疏勒

西域輓歌

薛林榮——著

目次

引子

冬天的疏勒城總是充滿了濃郁的羊膻味，這個習慣以金黃色的烤全羊犒勞將士的國家，今年入冬以來常常顯得心事重重。

國王的情緒影響了全城百姓的情緒，也似乎影響了一個國家的情緒。

因為，他們的國王兜題一直心事重重。

夕陽拖著很重的步伐一點一點地西沉，像一個巨大的紅燈籠，掛在疏勒城池的關堞之上，一種夜晚才會發出聲響的夜梟很早便開始「咕咕」地啼叫，那叫聲讓人毛骨悚然。

操著一口吐火羅語言的龜茲人兜題，每天在疏勒的國都——盤橐城的王宮內，細心修理自己的長鬚。他個子很高，深目高鼻，長髮及肩，身材削瘦，巧克力色的皮膚極少被王宮上空的驕陽曬著。夜色漸深後，他盤腿打坐在一張胡床上，偶爾誦讀幾段小乘佛教的經文，以此打發百無聊賴的時光。

僕從莫離目睹夕陽的最後一縷餘暉被遮擋在高大的宮牆外，他知道，又到了主人兜題卜卦的時間了。

莫離點燃兩盞羊油燈盞，一盞放在胡床的左側，另一盞高置在一座檯燈上，又在几案上鋪上一小片氈帳。做完這一切，莫離悄無聲息地退至門前，袖手而立。多年跟隨在兜題左右，莫離的一舉一動，完全稱得上訓練有素。

兜題微瞇雙目，一動也不動地坐著，像入定的僧侶。

莫離知道主人默誦小乘佛教經文已進入忘我之境。每當這時候，才是兜題最超脫最自由的時候。莫離不忍心打擾主人。

微風送來了窗外烤羊腿的香味，疏勒商隊遠行帶來的西方香料使城內濃烈的羊羶味嗅上去更加美味，誘人的異香使莫離禁不住打了一個響亮的噴嚏。

兜題微微睜開眼，看著眼前的羊油燈盞閃爍著一丁點燈花。他大夢初醒一般，一聲長嘆。

「主人，太陽已經完全落下去了！」

莫離右手按在左胸前，稍稍彎了一下腰，對主人說。他的一對巨大耳環在燈光下反射出青冷的光。

兜題若有所思，點點頭，解下自己脖子上掛著的一枚奇怪飾物。它看上去大致呈圓形，正反兩面，正面有奇怪的文字，背面是一隻大雕的圖案。

兜題手心相向，將圖章摩挲半晌後，忽然扔向半空。圖案在空中打了幾個旋，輕盈地落在莫離剛剛鋪好的氈帳上。

兜題雙手合十，默禱幾句，卻不看占卜的結果。

莫離走上前去，將落在氈帳上的飾物撿起來，對兜題說：「主人，大雕朝上，匈奴人可能又要出現在疏勒城外了。」

兜題無可奈何地搖了搖頭。近幾日卜卦，那只犀牛角做成的圖章總是朝上，像是存心挑戰他的耐心。

是的，數日之前，馬背上的民族——匈奴人高舉獨耳黑狼旗，像旋風一般進入塔里木盆地。

他們看中了兜題的故鄉——龜茲王國，並利用龜茲國與疏勒國之間的世仇，扇動起了一場血流漂杵的戰爭。

兜題永遠記得那場戰鬥，每次回憶起來，兜題看眼前的東西都彷彿蒙上了一層紅色。那是鮮血的顏色。

血，到處是血，到處聽得見慘叫，看得見屍體。

想到這些，兜題的眉頭就禁不住皺了起來。

誰能想像到，他竟然還是那場戰鬥的受益者。正是因為發生了這場戰鬥，兩個國家之間的世仇得以互相釋放，作為龜茲人的兜題，也才有機會當上疏勒王。

那場戰鬥中，匈奴支持龜茲攻破疏勒國城池後，立兜題為王。

身為龜茲人，兜題時時感到內心有一種無法調和的矛盾。

他們龜茲國，歷史上並不親近匈奴，而是親近漢朝。

是的，不需要鼓起勇氣，不需要面對帕米爾時把手撫在左胸宣誓，他們都應當承認自己的國家曾經仰仗過西漢王朝。

那是百年前的事了，與現在的反目為仇聯想起來，想想都讓人臉紅。

當時，龜茲王和夫人晉見漢朝，被賜以印綬，夫人號稱公主，接受了車騎旗鼓和數十人歌吹樂隊的賞賜，又得到了綺繡、雜繒、琦珍無數。後來龜茲國又多次前去漢廷朝賀，學習漢朝衣服制度，歸國後，按漢朝制度治理宮室，關係不可謂不親密。

但是，自匈奴人的鐵蹄從漠北踏進西域後，匈奴和漢朝就開始了爭奪天山南北的控制權，特別在塔里木盆地的爭奪上，往往不惜血本。於是，塔里木盆地狼煙四起，匈奴從西域三十六國以北的阿爾泰山高地窺視塔里木，漢朝則從這些王國以東的敦煌地區邊境控制著出口。

兜題明白，匈奴和漢朝爭奪的焦點，就是西域南道的疏勒。

出河西走廊西行，絲綢之路分南北兩道，最後在疏勒匯合。

疏勒的地理位置異常重要，它地處雪山之側，河流縱橫，土地肥沃，是一片天然的綠洲，是塔里木盆地的政治、經濟和軍事中心。它是南到印度、西達中亞和歐洲的交通樞紐，又是貨物的集散地。搶占到了疏勒就是搶占到了軍事先機。漢朝與匈奴一樣，都想以疏勒為據點，長期駐守。

兜題明白，盤橐城內，匈奴人的身影無處不在，疏勒大小事宜，事實上無不由匈奴管理。兜題承認自己是匈奴的傀儡，同時又不得不以疏勒王的身分與漢匈周旋。

他同時也明白，漢朝是不會拱手將疏勒讓給匈奴的。

一場大戰如箭在弦上，不得不發。

想到這裡，兜題一聲長嘆，似乎預感到了自己將來的命運。

兜題更加專注地盤腿坐於胡床之上，開始虔誠地誦讀小乘佛教的經典。

正如兜題所料，為了奪得在塔里木盆地行動的主動權，漢朝已經與匈奴兵戎相見多年了，戰火正往疏勒方向步步蔓延，眼下，似乎都聽得見金戈鐵馬的聲音。

第一章

疏勒國和龜茲國是克孜勒河沿岸偉大的兩片綠洲，走進這兩個國度的人，一邊心悸著距此不遠的沙漠與高原，一邊愜意地享受著克孜勒河畔的陽光與空氣。這裡真是一處休養生息的好地方，就連一束蕨痲，在疏勒國和龜茲國都長得分外好。

但是，兩個一衣帶水的鄰國，近百年來結下了世仇，且有不可調和之勢。

事情要從一隻天山金雕說起。

那是很多年前的事了，克孜勒河畔發生了一件奇怪的事——疏勒國王的金雕啄掉了龜茲國王的眼珠子！

疏勒國王沒有名字，龜茲國王也沒有名字。但是，讓兩個國家結了世仇的金雕，卻有一個克孜勒河畔黎民百姓無不熟知的名字：雪崩。

雪崩並不是白色的。牠通體長著漂亮的暗栗褐色的羽毛，背面有金屬光澤。之所以叫牠雪崩，是因為牠常高踞山崖巔頂或飛翔於高空中，性情非常凶猛。牠最喜歡做的事，是定在半空中紋絲不動，然後瞅準目標後閃電般俯衝，那種迅猛的速度與力度，就像雪崩一樣。

雪崩非常聰明，牠的智慧令人類相形見絀：牠抓住兔子之後會在懸崖或石頭上將其摔死，然後啄開兔子的頭顱，吃掉裡面的腦髓。牠專吃腦髓，於是牠越來越聰明。

雪崩是疏勒王在帕米爾高原深深的山谷中打獵時救回來的。那時候疏勒和龜茲的關係好得就像度蜜月，兩國常互派使者，百姓間友好互市，王宮間彼此通婚，共同享受著克孜勒河賦予它們的幸福。

疏勒王不會想到，從他開始營救和撫養雪崩的那一刻起，就已經為兩個國家埋下了無休無止爭鬥的隱患。

當時，疏勒王在帕米爾高原打獵。在高大的叢林裡，他的隨從看到了一隻身姿高大矯健的羊。隨從驚訝地說：「盤羊！神羊！」疏勒王果然發現這隻羊長著一雙美麗的大角。他從沒見過個頭這麼大的野羊，更沒見過哪隻野羊長著如此巨大的角——牠的角太大了，兩角略微向外側後上方延伸，隨即再向後下方及前方彎轉，角尖最後又微微往外上方卷曲，形成了明顯的螺旋狀角形，看上去一抱有餘，巨大的角和頭與身體相比顯得極不相稱。

一陣驚異過後，疏勒王才反應過來，這就是塔里木盆地所有的獵手做夢都想生擒的帕米爾盤羊！

能夠生擒盤羊的人，將被視作塔里木盆地的英雄。

他下令隨從不許傷害盤羊，他們悄悄地圍成一個圈，向盤羊靠攏。

他們離盤羊越來越近，盤羊暗褐色的皮毛看上去更像一頭牛。

盤羊的視覺、聽覺和嗅覺特別敏銳，性情機警，很快發現了周圍的威脅，牠直起身，向著山上迅速逃遁。

疏勒王發一聲喊，帶著隊伍在後面追趕。

盤羊轉眼間就沒了蹤影，山越來越高，空氣越來越稀薄，疏勒王和他的隨從氣喘吁吁地停下來。

這時候，他們發現不知不覺走到了高大的喬木叢中，四處張望，卻看不到出路在何處。

疏勒王聽見前面有什麼東西拍打著腐枝敗葉，動靜很大，隱約還傳來「咕咕」的叫聲。他循著聲音撥開樹叢，面前的一幕讓他驚呆了——。

一隻碗口粗的蟒蛇盤坐在山溪邊的一塊巨石上，吐著血紅的蛇信子，正在伺機出擊。蟒蛇的前面，是一隻渾身是血的雛雕。雛雕還不會飛，顯然，牠在老雕外出覓食時受到了蟒蛇的突然襲擊。但是蟒蛇並沒有占便宜，牠的兩隻眼睛已被雛雕啄瞎。眼睛本來是蛇類的裝飾品，蟒蛇是憑其發達的嗅覺判斷敵人的位置的。

眼看著蟒蛇高抬三角形的頭顱，蛇信「呼呼」地吐著，即將發起第二波攻擊，而雛雕已經氣力不支，渾身打顫，如果不出手營救，雛雕必定會葬身於蟒蛇之腹。

疏勒王從身後抽出一支竹箭，搭在弩機上，瞄準蟒蛇的七寸射去。蟒蛇高高躍起，像拉滿了的一張圓弓突然繃斷了弓弦，應聲倒地，抽搐著死去。

雛雕在不遠處的草叢中無力地撲打著長長的翎，黑灰色的眼睛警惕地打量著這位出手救牠的人。

疏勒王伸出手，試探著撫摸牠，雛雕卻狠狠地啄了疏勒王一口。這是牠僅剩的一絲力氣。經過與蟒蛇的一番惡鬥，雛雕已近於虛脫。啄完這一口，雛雕便不再反抗。疏勒王愛憐地將其籠於袖中，急忙招呼隨從即刻尋路出山。

他擔心再逗留片刻，老雕返回時，看到他袖中的雛雕，一定會和他拚命的。

疏勒王下意識地摸了摸自己的兩個眼珠子，硬硬的還在。

疏勒王在王宮給雛雕洗淨傷口，仔細包紮好，準備好撕碎的兔肉和帕米爾雪水，精心飼養著雛雕。他驚奇地發現，這隻雛雕雖然幼小，但體重與身形卻是普通鷹隼的數倍。

難道，自己遇到了傳說中的帕米爾雕王的後裔？

相傳帕米爾高原的最深處，有一種雕王，體形特別巨大，牠們離天最近，離太陽也最近，翅膀上常常掛著一綹雲彩。牠的地位尊貴，山中動物都受牠的統領，哪種動物膽敢不從，輕則被牠廢去雙目，重則被牠吃掉腦髓。在疏勒人的眼中，牠又像一尊神，保佑著克孜勒沿岸的生靈百姓。牠幾乎不在世人面前露面，因為牠飛得太高太高，高過世人目所能及的地方。有幸看到雕王的人，會得到永恆的幸福。

聯想到這一點，疏勒王決心把雛雕就當作傳說中的雕王一樣對待。他專注地照料雛雕，在他身上花費了大量的精力。他要把牠的傷養好，然後將其放歸帕米爾高原，那裡才是雛雕自己的家。

疏勒王把雛雕留在自己家裡，每天清晨，天邊露出魚肚白時，他就馬上起床，跑到山上去採草藥，拿回家在石臼裡搗爛後，敷到雛雕的腿上和翅膀上，為牠療傷。一個月後，雛雕的傷奇跡般地好了，雙翼伸展開來，可以遮擋住太陽的光輝，稍稍撲騰，但會掀起一股颶風。最可稱道的是那雙雕眼，精光四射，彷彿可以明察秋毫。疏勒王高興地用活雞活兔訓練牠捕食的本領，然後，在肩上架了牠，去山裡打獵。

疏勒王看到小雕飛起來，停滯在半空，像釘子釘在那裡一樣紋絲不動。如果牠看到地面的獵物，就會突然俯衝下來，將草叢中的兔狐高高叼起，速度快如閃電。

疏勒王遙望著白雪皚皚的天山，那裡常常發生駭人的雪崩，於是靈機一動，給小雕起名「雪崩」。

§

雪崩在疏勒國的王宮中很快就長大了，克孜勒河畔人人都知道牠，喜歡牠，即便在相鄰的龜茲國，人人茶餘飯後議論的，也是雪崩。最挑剔的獵手也會對雪崩豎起大拇指，在他們的眼裡，那是世上最漂亮的神雕。沒有人否認，疏勒王肩上的雕，是雕王。

大家都說，有了雪崩，帕米爾高原所有的動物甚至所有的植物，每一寸疆域，都是疏勒王的；神雕降落在疏勒國，疏勒國就要成為帕米爾腳下的霸主了；整個西域，都要受疏勒王的管制了。

話越說越玄，漸漸傳到了龜茲王的耳朵裡。

龜茲在塔里木盆地的地位非常特殊，最大的特點是藝術非常發達，特別是音樂和舞蹈可以稱得上是冠絕塔里木，那些穿著紅抹額、緋襖、白布褲和穄烏皮鞋的龜茲舞者遍布包括疏勒在內的每一個西域王國。龜茲舞者編排的舞曲〈小天〉和〈疏勒鹽〉在疏勒國常演不衰。

但令龜茲王不滿的是，眼下，龜茲國的樂師們都成了疏勒國的樂伎，受疏勒人使喚，被疏勒人評頭品足，甚至歧視和嘲笑。現在，神雕又在幫助疏勒漸漸強大，龜茲王越想，心裡越不是滋味。

龜茲王決定訪問疏勒，見識一下疏勒王肩頭的那隻神雕。

龜茲王想，憑著龜茲和疏勒幾代人一衣帶水的友好交往，如果他向疏勒王借用一下神雕，疏勒王應該是可以同意的。如果疏勒王同意借給他神雕，說明疏勒王襟懷坦白，沒有稱霸塔里木的想法。反之，則一定要警惕疏勒國的動向。

§

說幹就幹，龜茲王第二天就起程訪問疏勒。

疏勒王在城外舉行了盛大的儀式，隆重歡迎他們情同手足的龜茲王來訪，賓主相見甚歡。他們還在克孜勒河邊焚香沐浴，祭祀了河神，感謝克孜勒河賜予他們牛羊和莊稼。

一切禮數都十分周到。龜茲王和疏勒王還互贈了禮品。前者贈送給後者的是一卷羊皮書，後者贈送給前者的是一個巨大的陶瓷花瓶。

之後，龜茲王忍不住問疏勒王：「聽說貴國最近來了一隻神雕，不知可否一開眼界？」

疏勒王早有心理準備，淡淡地說：「神雕有自己的家，已經送回山中去了！」

龜茲王進城之後，已經注意到疏勒王肩頭沒有停著巨雕，便多了幾分猜測。訪問全程下來，也一直沒有發現神雕的影子。神雕真的被送到山中去了？

龜茲王有些不悅，覺得疏勒王在敷衍他。敷衍使節可以，但怎麼可以敷衍一國之主呢？為了自己國家的利益，龜茲王決定向疏勒王攤牌。

龜茲王說，神雕是帕米爾的守護神，疏勒不能私自擁有這隻神雕，牠應當也屬於龜茲。

疏勒王聽著龜茲王這話刺耳，但還是耐心解釋那隻被他叫作雪崩的大雕養好傷後，已被他送到了帕米爾山谷的最深處。

疏勒王說的是真的。雪崩是一隻神雕，牠需要高原上的陽光、雨露和空氣，需要飛到雲彩之上，一直向太陽飛去，而不是蝸居在王宮，讓美麗的羽毛失去金屬一般的光澤。

疏勒王是在他發現雪崩受傷的地方放飛雪崩的。他看到，兩隻老雕一直盤旋在喬木叢的上空，哀鳴哭號，看到他肩上的雪崩後，牠們像兩個巨大的車輪一樣劈頭蓋臉撲了下來，翅膀掀起了急促的風浪，眼看著要把他掀翻在地、啄成肉泥。

他急忙抖動肩膀，示意肩頭的雪崩馬上離開他，越快越好。

等雪崩離開他了，他慌忙用手捂了雙眼，一個就地十八滾，躲到一棵巨大的空洞的腐樹後面。

就像黑雲壓城一樣，疏勒王只覺得身旁的枯枝敗葉像被戈壁灘上的大旋風卷起一般，兩隻老雕的巨翅將身前的腐樹拍得粉碎。

吾命休矣！疏勒王不無委屈地想。該如何躲過這一劫呢？

疏勒王一動不動在躲在腐樹後，將自己想像成一截枯木。但兩隻老雕再沒有撲下來。疏勒王睜開眼，看到老雕圍著雪崩，在空中翻騰嬉戲，早已經忘了他的存在。

疏勒王就這樣回來了。他捨不得雪崩，但是老雕也捨不得牠們的孩子，帕米爾高原更捨不得像雪崩這樣的靈禽。也許，雪崩就該屬於高原吧。

龜茲王聽了疏勒王的話將信將疑。他有些自責，訪問疏勒國倒沒有錯，但追究雪崩似乎顯出了自己的狹隘。

就在他準備向疏勒王道歉並邀請後者回訪龜茲國的時候，在場的人都聽到半空中傳來鷹隼獨有的那種咕咕聲。

眾人抬起頭，看到半空中的一個黑點越來越近，越來越大，一頭威武的大雕出現在眾人眼前。

疏勒的上空，何時出現比雪崩更大的神雕？

那不是雪崩又是什麼？

眾人大聲說：「雪崩回來了！」

龜茲王和疏勒王都頗感意外地「啊」了一聲。

龜茲王沒有見過雪崩，他看到那個越來越大的圓點，已經像暗栗褐色的巨大布匹劈頭蓋了下來。龜茲王馬上反應過來，原來神雕還在疏勒啊！

疏勒王看到雪崩，竟是滿心歡喜。可是牠為什麼回來了呢？牠又是怎麼回來的呢？

雪崩落到疏勒王肩頭，疏勒王把自己的唾沫沾到手上，遞給雪崩吃，以示和牠打招呼。雪崩用牠的尖喙吞吃了疏勒王手心的唾沫。他們配合默契，看得出已非一日之情。

龜茲王心裡酸酸的，要是雪崩也能落到自己肩上該有多好，如果真是那樣，就說明神雕不單屬於疏勒，而是屬於整個克孜勒流域。

龜茲王請求疏勒王下個指令，讓雪崩落到自己的肩上。

疏勒王不同意。誰的雕只能落在誰的肩上，你龜茲王和神雕有什麼關係，要落到你的肩上？

你救過牠的命嗎？你訓練過牠嗎？

牠認得你嗎？牠吃過你的唾沫嗎？

疏勒王這樣想著，一絲不快就表露在臉上，鼻子裡不由自主地哼了一聲。

龜茲王覺得，這是疏勒王赤裸裸的挑釁行為。

兩個國王為了一隻大雕應該停在誰的肩頭生起氣來。

疏勒王抖抖肩膀，雪崩順從地展翅飛走。

兩國會面的氣氛瞬間變得非常不友好。疏勒王想儘快送客。

龜茲王憤憤不平起來，他感受到了疏勒王表情中的逐客意味。

兩個國家平日被世代友好深深掩藏的積怨漸漸露出苗頭，於是，疏勒王和龜茲王互相指責起來。他們的聲音很大，整個克孜勒河都能聽到。

誰也沒有發現，這一刻，雪崩又一次像被定在半空一樣一動不動，準備隨時像雪崩一樣撲向目標。

雪崩果然撲向了目標——當兩個國王互相指責的時候，氣憤的疏勒王指著同樣氣憤的龜茲王的眼睛，兩人破口大罵。

兩個國王的風範這一刻完全消失了，他們看上去更像兩個小孩。

這時候，半空中的空氣疾速流動起來，像一艘船破開了水面，激起了白花花的波浪。

雪崩，那隻神雕，忽然猛地一頭扎下來，向兩位國王俯衝而去。

誰都以為雪崩會落在疏勒王的肩頭，如此而已。

但是誰都錯了。

雪崩一個猛子扎到龜茲王眼前，在龜茲王還沒有看清面前的一團黑影是什麼的時候，準確地摘掉了他的左眼珠！

「啊」的一聲慘叫，龜茲王捂住眼，在地上打滾，手指間不停淌出血來。

在場的人沒有不大驚失色的，每個人都下意識地捂住自己的左眼。就連培養了雪崩的疏勒王，也驚慌地捂住自己的左眼，就好像受傷的不是龜茲王，而是自己一樣。

所有的人，都捂著左眼。

他們通過右眼，手足無措地看著腳下打滾的龜茲王。

抬頭看時，天空早沒有雪崩的影子，就連牠飛過的痕跡都無法找到。

§

第二天，龜茲國在疏勒城下陳兵六千，要向疏勒王討回他們最高首領的眼珠子。

他們說，如果交出雪崩，六千兵馬即刻退至攻擊範圍之外。

如果交不出雪崩，那麼，龜茲國要用疏勒軍人的五千隻眼珠子為已經在雪崩嘴裡化作肉沫的龜茲國王的眼珠子報仇。

疏勒王當然沒辦法交出雪崩。雪崩是帕米爾高原上的一道閃電、一個精靈、一個傳說，誰也不知道他在哪裡，也不知道還會不會在塔里木盆地的上空出現。

於是，憤怒的龜茲軍隊使用他們新發明的登城工具，攻破了疏勒國破敗的城門。他們和疏勒國的軍人們展開慘烈的巷戰，雙方以一比一的死亡比例激烈鏖戰，一個個軍人像麥垛一樣倒下。龜茲國的戰士們艱難地完成了搜集五千隻眼珠子的使命，然後倉皇撤城。

等他們回到龜茲時才發現，大約有五千名龜茲軍人也將他們的眼珠子連同頭顱和軀殼永遠留在了疏勒城。

世代友好的疏勒國和龜茲國從此反目為仇，再也沒有彼此微笑過。

§

大約過了三五十年，當疏勒人和龜茲人都對那種無休無止的報復、反報復和糾纏、反糾纏感到極端疲憊的時候，兩個國家之間的仇視看起來更像是一種形式。其實，某些時候那種仇視更像是一種儀式。比如說，提到疏勒的時候，龜茲人如果不惡毒地咒罵幾聲，就彷彿反證了他不愛龜茲似的。當然，提到龜茲的時候，疏勒人也是要幸災樂禍地詛咒那個國家的人失去眼珠子。

兩個相鄰的國家就這樣板著臉孔一直對峙下去。

聯想到自己的國王那失去的眼睛，一些軍人出身的年邁龜茲人總感到憋屈。在他們的意識裡，仇視疏勒已經從儀式演變成了某種下意識。他們寄希望於年輕一代的龜茲人奮發圖強，有朝一日踏平疏勒。

但是年輕一代的龜茲人並不熱衷於這一點，他們更嚮往去中原做香料生意，返回時帶上閃閃發光的絲綢。他們覺得，當一名優秀的生意人遠比當一名優秀的軍人充實。

在局部衝突不斷但大規模戰鬥較少的年代中，龜茲在絲綢之路上做足了過往生意，財富積累與日俱增，國家實力越來越強，以至於龜茲王宮中的浴缸，都捨得使用琉璃；廚房中的餐具，無不用純金打造，看上去金光閃閃。至於戰士們腰間的挎刀，更是使用了從中原進口的純鋼，刀刃既輕又薄，但無不劍氣縱橫、寒光逼人——他們拔出腰間的佩刀，那一閃而過的劍氣和寒光，就足以克敵制勝。

與此同時，疏勒人卻仍然沉浸在很多年前虛擬的勝利中。他們耽於飛鷹走狗，每個人的肩頭都停著一隻鷹，手中牽著一隻狗，但每個人除了狩獵的技巧越來越高超外，卻並沒有變得越來越有戰鬥力，也沒有給國家帶來更多的財富。當年，他們能把最硬的拳頭用到敢於向他們挑戰的龜茲人身上，但是現在，他們居然日復一日地窮困潦倒，手中的刀劍日復一日地鈍化。

疏勒人分明感到，他們很快就要淪為龜茲人的奴僕了。

這讓他們驚慌，但是又找不到原因到底在哪裡，又該如何解決。

偏偏這時候，發生了一件轟動克孜勒河谷的大事，那就是，疏勒國的公主被龜茲國的牧羊青年領走了。

疏勒公主是疏勒最美麗的女子，不僅是疏勒王的驕傲，也是疏勒人的驕傲。有一天，疏勒公主騎馬去克孜勒河畔遊玩，由於追逐一隻她很喜歡的天鵝，她和隨從走散了，在一條很深的峽谷迷了路。

這時，她遇到了一位龜茲羊倌。龜茲羊倌獨自一人趕著一大群羊，就像放牧著一大片潔白的雲彩。身著一襲白衣的龜茲羊倌混在羊群中，也像一隻羊。

在山谷中，龜茲羊倌的羊將疏勒公主的馬團團圍住，就像一朵白雲包圍了一隻白天鵝。

年輕而長相英武的羊倌，熱烈大膽地向羊群中的這隻白天鵝唱起了情歌：

晨風啊，帶去我心中的祕密吧，
請向我的愛人送達我的問候。
清晨或黃昏你挨近她的身邊，
請轉述我對她朝夕不斷的思念……。

從小生長在王宮中的疏勒公主何曾見過這樣熱辣的表白，她感到新奇，也感到激動。這種感覺，她在疏勒國從未體驗到。

她感覺到，有一扇陌生的門在朝她徐徐打開。

於是，疏勒公主和龜茲羊倌相愛了。

克孜勒河畔的兩個國家分別獲悉這一消息後，他們各自吃驚得張大了嘴巴。

龜茲王宮內，羊倌跪在龜茲王面前，忐忑不安地請求國王同意他和疏勒公主結合。龜茲國的王公大臣勃然變色，無不痛斥羊倌的無知，咒罵疏勒公主的淺薄。在所有龜茲人眼裡，這是一件荒唐得不能饒恕的事情，偉大的龜茲國的臣民們，就是一生放羊也不能向疏勒國求婚。龜茲王非常憤怒，抽出腰刀就要砍向羊倌，有人急忙拉住了他：「大王息怒，也許罪過不在羊倌身上。兩國紛爭多年，軍隊的規模在一天天損耗、削減，能夠上陣打仗的年輕人是我們國家的財富。留著羊倌，也許他還是未來討伐疏勒國時的偉大旗手。」

龜茲王憤憤地抽回了半空中的腰刀，並馬上派人出使疏勒，質問疏勒國的女子為何擅入龜茲，並且勾引他們的男子。

新的爭端又開始了，戰爭一觸即發。

§

眼下，疏勒國的國王，名叫成。

疏勒王成早已知道了女兒和龜茲羊倌的戀情，他輕撫著女兒的秀髮，內疚地向孩子表示，自己作為一國之主，可以決定一個人的生死，卻不能決定一份愛情的歸屬。孩子，這份愛情註定是苦澀的。

疏勒王成說，如果羊倌能把女兒帶到一個幸福的地方去，他可以將這座城池作為女兒的嫁妝。

可是，不能啊。

疏勒王成說得對。這個時候，匈奴人的長筒皮靴已經踩在克孜勒河畔了，龜茲和疏勒間的世仇，已經不是兩個國家之間的仇恨，龜茲，此時成了匈奴的急先鋒。

這是東漢明帝永平十六年（西元七三年）的春天，沙塵暴仍在西域各國的上空肆虐，渾濁的空氣使帕米爾雄鷹發出了絕望的嘶鳴，那叫聲尖利、剛烈，似乎是從牠們喉嚨中飛出的一把把尖刀。

天剛蒙蒙亮，疏勒王成就起床了。今天，他有非常重要的事情。

疏勒王成穿了一身火紅的長老袍，嚴肅地來到太陽神廟。那裡早已烈火熊熊。

這一天，疏勒王成要舉行一場拜教大典。

他要通過這場規模空前的大典祈佑疏勒的平安。

隨從遞給他一本極為考究的燙金硬殼大書，上面寫著《阿維斯塔》四字。

這是瑣羅亞斯德教（即拜火教）的聖書，也叫波斯古經，主要記述瑣羅亞斯德的生平以及教義。

太陽升起來了，萬道金光灑在疏勒上空。

疏勒王成邁步來到聖火台上面，由於激動，他的雙手在微微顫抖。

多少年來，疏勒國王一直致力於傳播他信奉的瑣羅亞斯德教，疏勒國王相信自己信仰的東西是多麼的崇高，而這些崇高的東西可以給世人帶來無邊的福祉。終於，疏勒人對太陽和火光顯示出理所當然的恭敬來。

疏勒王成相信，只要全國上下信奉太陽神，那麼，就可以打敗以蒼狼為圖騰的匈奴。

太陽神廟位於疏勒城的南部，那裡是疏勒城最繁華的地區。

瑣羅亞斯德教認為火是太陽神阿胡拉．瑪茲達最早創造出來的兒子，是象徵神的絕對和至善，是「正義之眼」，所以太陽神廟的四角有四個日夜燃燒的火炬。

疏勒人崇拜太陽。

他們自豪地認為，自己是太陽神的後代。

整個塔里木河流域的人，包括疏勒國的人，幾乎都會講述一個有關「漢日天神」的美麗傳說：

相傳，帕米爾腳下的一個國王，娶了一位美麗善良的中原公主。迎娶公主的那天，恰逢絲路兵亂，東西路絕，國王只好將公主置於一座孤峰之上。這座孤峰十分險峻，只能架梯而上。為了保證公主的安全，國王在派人照顧好公主生活起居的同時，還在孤峰腳下派出重兵把守，日夜加以巡視。

三個月後，兵亂結束，絲綢之路重新通商。國王迎接公主的時候，吃驚地發現她已經懷孕。國王大怒，嚴刑拷問隨從和迎親使臣，他下令，一旦追查出何人所為，便會按照這個國家的刑律，將其活活土埋。

就在大家都倍感冤枉、膽顫心驚，同時又莫名其妙的時候，公主的貼身侍女站出來說：「萬萬不要大動干戈了，是偉大的太陽神光顧了我們美麗的公主。每天中午，我親眼看見一位英俊男子騎著白馬從太陽裡走出來，與公主相會。公主懷的正是太陽神的孩子。」

太陽是帕米爾一帶國家最尊敬的天神，國王聽了又驚又喜，於是決定不再接公主回國，而是在山頂為公主建造了宮殿，長期住了下來。後來，公主生了一個男孩，取名「至那提婆瞿旦羅」，意即「漢日天神」。他智慧過人，有駕馭風雲的本領。後來，漢日天神統一了帕米爾，建成了包括疏勒國在內的自己的國家。

疏勒人每次提到太陽神，都會無比激動。他們不僅崇拜太陽，還崇拜火。以拜火的名義，百姓很快在廣場上聚集起來，商家不失時機地開始推銷皮貨、絲綢、絹布、貝殼和葡萄酒。

大典即將舉行的時候，姑師、精絕、婼羌等鄰近國家所派的使者紛紛到場，前來祝賀，一大批拜火教的教徒從各地趕了過來，太陽神廟前熱鬧非凡。

疏勒國的儀仗隊護衛著一大盆從帕米爾高原上採集下來的聖火，走進場中，人群一陣騷動。聖火經過的地方，人們自發跪成兩列，拜接聖火。

塔里木盆地諸國中，大多數國度以拜火教為國教，拜火教的權勢極大。但疏勒信奉拜火教只是迫於外交形勢。它國內的民眾，一大批人並不信奉這一宗教。

太陽逐漸升高，一名執火郎手執火把走到疏勒國王前面，對國王微微欠身行禮，道：「大王，正午時分已到，可行大典。」

眾拜火教徒聞言，紛紛向太陽神祈禱起來。

疏勒王成「哦」了一聲。

拜火教的拜教是一個極為複雜的過程，首先要淨體淨言，先祭拜火神瑪茲達，然後祭水神阿娜希妲，最後依次祭六位從神，而且每個神一天之內得拜三次，所以拜火大典一般需要三日才能完成。

疏勒王成今日的拜火大典僅僅只是一個開始。

疏勒王成大步走上聖火壇，將瑣羅亞斯德教的聖書放在桌前，大聲說：「請祭品！」

執火郎們是帶人擺起了牛、馬、羊頭之類的犧牲品。不同的神有不同的祭品，比如植物神的祭品中有一種叫「豪麻」的植物，肉厚多汁，可以釀酒。

疏勒王成又大聲說：「請聖火！」

執火郎將那盆採自帕米爾高原的聖火投入聖火壇中，「嘩」地一下，聖火壇中烈焰騰空。人群發出了歡呼聲。

太陽神廟前，跪倒一大片百姓，信奉拜火教的眾人一齊口誦經文。

疏勒王成說：「拜聖火！」

疏勒王成說：「傳聖訓！」

言罷，自己打開波斯聖經念了起來。

疏勒王成所讀的聖訓大意是說，凡信奉瑣羅亞斯德教者，須得相信代表光明的善神阿胡拉·瑪茲達，須得憎惡代表黑暗的惡神安格拉·曼紐。善神的隨從是天使，惡神的隨從是魔鬼，互相之間進行長期、反覆的鬥爭。為了戰鬥，阿胡拉·瑪茲達創造了世界和人，首先創造了火。瑣羅亞斯德的出生是善神阿胡拉·瑪茲達勝利的結果，瑣羅亞斯德的精髓每一千年產生一個兒子，他指定第三個兒子為救世主，以徹底肅清魔鬼，使人類進入光明，建立公正和真理的王國為旨。瑣羅亞斯德教認為人死後要進入「裁判之橋」，根據其生前所作所為決定入地獄或天堂，但在世界末日時都要受一次最後審判，惡人的靈魂可以蕩除罪惡而復活……疏勒王成所讀聖訓，其實也相當於傳教。

傳播完聖訓，疏勒王成威嚴地環視四周，說：「三日之內，善神阿胡拉·瑪茲達都在等待眾人的拜謁，城中百姓都有義務為偉大的疏勒國祈福。」

沙塵暴包圍著的疏勒國，街上空無一人。但燈火通明的王宮中正在舉行一場華麗的舞會。

在春天的夜晚觀看龜茲舞女的表演，是疏勒王成的一大愛好。這愛好如此頑固，彷彿附著在了他的身上。對於疏勒東邊的這個叫龜茲的鄰國，疏勒王成一直感到束手無策。同為塔里木盆地的西域大國，近些年，龜茲依靠匈奴慢慢坐大，可是疏勒王成沒有依靠匈奴的堅定決心，疏勒受龜茲和匈奴的威脅越來越大。現在，自己的女兒又與龜茲羊倌產生了不合時宜的愛情，他們註定沒有幸福，會受到兩國百姓的反對與咒罵，作為一國之主，同時作為女兒的父親，疏勒王成感到十分煩躁，他的心情如這個沙塵暴籠罩的天氣一樣糟糕。

只有在觀看龜茲舞女的表演時，疏勒王成才能暫時忘掉令他不快的一切。

僕從阿羅陀帶著疏勒王成走過一段曲曲折折的回廊，來到一個很大的廳堂，幾十把羊油蠟燭把堂上照得燈火通明。廳堂正中央是一個金獅子座，四周是一圈几案，兩邊各排開十餘張長條筵席，一席可坐兩三位客人，已有二十多位賓客就坐。舞池一角排列著八十八名樂工，他們手持琵琶、羯鼓、腰鼓、雞婁鼓、短笛、拍板、長短簫、橫笛、大銅鈸、貝琴等各種樂器。

樂工看到疏勒王成已經在主桌就座，便吹拉彈唱起來，聲音震厲，迴蕩在大廳。

龜茲舞蹈和管弦樂伎，冠於西域諸國。這些樂工和即將出場的龜茲舞女，是疏勒王成從龜茲招募的，專門為疏勒國舉行盛大活動時演出助興。

伴隨著琵琶、羯鼓、短笛的奏鳴，龜茲樂像一朵盛開的雪蓮，開放在疏勒國的王宮內，似乎沖淡了宮殿外渾濁的沙塵天氣。聲音最初發出時比較閒緩，然後突然急促起來，乍動乍息，情發於中，不能自止。

四名緋色夾襖、白色布褲、紹烏皮鞋、細辮垂腰的龜茲舞女，隨著音樂節奏扭腰而來，她們各個皮膚雪白，腰肢細圓，手指、腳趾都塗為豆蔻紅色，肚臍上也描畫著一朵嫣紅的鮮花。四人分作雙人對舞，或打擊手鼓，或舞弄纓絡，或振臂擊掌，邊舞邊弄目傳情，舞姿與嬌容相映，分外迷人。看她們落落大方，雙目開闔間沉浮著光影萬千，不是普通舞女所能比擬的。

疏勒王成正看得發呆，真正忘卻自己國家面臨的麻煩。

突然，僕從阿羅陀躬身進來，向疏勒王成耳語幾句，疏勒王成臉上現出詫異的神色來。他焦躁地揮手中止節奏越來越急促的樂聲，樂工和龜茲舞女悄然退下。

原來，龜茲國的兵馬已經悄無聲息地布置在了疏勒國城下，他們要作為匈奴的急先鋒，一洗多年來兩國相爭的深仇大恨！

§

當紅嘴鴨在克孜勒河邊的灌木叢中驕傲地產下自己本年度的第一枚卵時，帕米爾高原的氣候才有了轉暖的跡象。整個塔里木盆地，千百年來一直堅持這樣不慌不忙地進入春季，似乎春風在遙遠的玉門關外被阻隔了過多的時日似的。

克孜勒河渾濁赤褐的水依然冷徹肌骨，而穿著長筒皮靴的匈奴人已經在塔里木盆地駐紮了許久。

他們的身材矮而粗壯，頭大而圓，臉盤闊大，顴骨奇高，鼻翼寬廣，眉毛濃厚，杏眼，目光如鷹，上唇鬍鬚濃密，下巴上留著一小撮硬鬚，長長的耳垂上鑽著孔，普遍佩戴著耳環。他們只在頭頂上留著一束頭髮，其餘部分全都剃光。他們身穿長及小腿、兩邊開叉的寬鬆長袍，繫有腰帶，寬大的褲子用一條皮帶在踝部紮緊，袖子也在手腕處收緊，以抵禦邊塞之地的寒冷。他們嗜好皮衣，頭戴皮帽，腳蹬皮靴。他們把弓箭袋繫在腰帶上，垂在左腿的前面，箭頭朝著右邊。

匈奴早就從河西走廊得到消息，漢朝已經派出使者，趕赴西域諸國遊說。所以，匈奴要趕在漢朝遊說西域各國之前，儘快把疏勒這個位於絲綢之路南北兩道交會處的咽喉位置，掌握在自己手中。

他們瞭解到疏勒與龜茲有世仇，並且由於疏勒公主與龜茲羊倌之間產生了愛情，兩個國家正在橫眉冷對之中對峙。

匈奴人知道，拿下疏勒的捷徑無疑是支持疏勒東側的龜茲與疏勒交戰。

匈奴人與龜茲王一拍即合，在攻打疏勒的戰事中，他們有共同的政治利益。

龜茲左侯兜題現在是龜茲國最高興的人，因為，如果不出意外的話，他馬上就會有一塊自己的封地，這塊封地便是龜茲西側的疏勒國！

這是匈奴左賢王以狩獵名義潛入龜茲，與龜茲王密謀剪掉疏勒國時，向兜題祕密作出的承諾。

當然，龜茲左侯兜題為此付出的代價是，忍痛向匈奴左賢王獻出了那串祖傳的血膽瑪瑙。

血膽瑪瑙是水膽瑪瑙中的稀有品種。水膽瑪瑙是自然界形成的瑪瑙中，包裹有天然形成的水。如果水膽中部有天然形成的明顯紅色水泡，則是十分罕見的血膽瑪瑙。一顆血膽瑪瑙便已價值連城，成串血膽瑪瑙則更加價值不菲。這串血膽瑪瑙是龜茲左侯兜題的曾祖父在崑崙山採石時偶然得到的，並作為鎮宅之寶傳了下來。在太陽光下，這串血膽瑪瑙熠熠生輝，裡面彷彿有一股淡淡的煙霧，在寶石間不停徘徊；又彷彿有一股鮮紅色的液體，在寶石裡邊不斷翻滾流動，煞是奇特可愛。

向匈奴左賢王獻上那串血膽瑪瑙，是龜茲左侯兜題的一個大膽決定。因為，兜題對西域形勢的判斷是，漢朝的力量還遠在陽關之東，只有匈奴的力量可以左右西域的局勢。耽於歌舞的弱國疏勒必將成為龜茲的囊中之物，當然，這有賴於匈奴的支持。

匈奴左賢王來到龜茲，恰好給了兜題一次瞭解匈奴、見識匈奴的機會。

僅僅一天時間，兜題就從匈奴身上感受到了這個草原帝國軍力的強大，和野狼一般堅韌的統一意志。

那一天，也是一個沙塵天氣。左賢王的人馬翻越天山，來到龜茲。左賢王五短身材，面有橫肉，下頦生了一叢褐色的鬍子，雙目精光四射，一望便知是漠北草原上的一隻蒼狼。

兩國密謀之前，左賢王邀請龜茲王在狩獵場觀禮，他帶來的匈奴衛隊要舉行一個簡短的入營式。

左賢王高坐於金色的輦帳上首，龜茲王神色不定地陪於左首。他知道這是左賢王在向自己示威，但也無可奈何。

入營式開始了，五十騎精兵在帳外列隊，戰馬打著響鼻，雙蹄不停地刨著草地。馬上的騎兵均著軟甲，著鐵盔，右手持著馬鞭，馬鞭梢上或多或少地繫著軟皮，那是他們將敵人的首級取下後揭下來的頭皮，馬鞭上頭皮的多少，代表著這位騎兵戰鬥力的強弱，所繫頭皮越多，證明殺敵越多，反之，則證明殺敵越少或純粹是沒有經過血戰的新兵。敵人的頭蓋骨，則普遍被他們當作了飲酒的器具。

兜題是熟悉匈奴的這些習性的，今日親眼見了，心裡也是一番感歎。

為首的一名騎兵頭盔上戴有花翎，雙腿一夾戰馬的肚子，那戰馬踢踏著碎步，一路小跑進入軍帳，竟然是沿著一條白線，不差分毫地走到狩獵場觀禮臺前的。頭戴花翎的騎士右手置於左胸前，稍稍彎腰，說：「大王，草原上的雄鷹等待您的檢閱！」

左賢王也不講話，抬起右手的馬鞭往藍天一指。兜題注意到，那條馬鞭上，居然紮滿了密密麻麻的人頭皮。兜題不由得倒吸一口涼氣。

頭戴花翎的騎士掉轉馬頭，朝帳外大喝一聲：「發！」

聽到號令的匈奴騎兵一齊從馬身上坐起來，抖動韁繩，早已不堪拘束的戰馬一聲嘶鳴，每排五騎，向狩獵場奔來，馬蹄的得得聲像擂響在大地之上的戰鼓。匈奴騎兵沿著狩獵場高速奔跑，卷起的塵土使他們身處其中如騰雲駕霧一般。

兜題發現，匈奴騎兵即便在高速奔跑時，也保持著縱橫排列的整齊，真是一支訓練有素的鐵騎。

兜題正在心裡感歎，忽聽空中一聲絕響，一支鳴鏑尖利地呼嘯著，向匈奴騎兵隊伍中射去。原來是左賢王彎弓搭箭，在演示自己的射技。

不僅兜題，連站在氈帳內的龜茲王也吃了一驚：左賢王這是要幹什麼？難道，他要射殺自己的手下？

說時遲，那時快，不容兜題和龜茲王多想，左賢王的劍準確地射進了匈奴騎兵團中最後一匹戰馬的脖子上，那馬大叫一聲，負疼後腿人立，將馬上的騎士掀了下去。

龜茲國的將士們還沒有反應過來是怎麼回事，不可思議的一幕發生了。

只見匈奴騎兵團的其他四十九騎，突然作二龍出水狀四散開去，將那匹負傷的戰馬團團圍住，四十九名騎士彎弓搭箭，弓弦響處，箭如飛蝗，一齊射向中間的戰馬，頃刻間將那匹戰馬變為一個箭垛子。

兜題明白，左賢王剛才射出的鳴鏑，是匈奴的冒頓單于發明的，從冒頓單于開始，匈奴就將「鳴鏑所射而不悉射者，斬之。」作為一條鐵的紀律，凡部下有不射響箭所射目標者，立即處死。哪怕這個目標是將帥的坐騎甚至是將帥寵愛的妻子。鳴鏑鐵律使一些匈奴兵士不是死於戰場，而是死於訓練場。但正是這一鐵律，建立起了匈奴軍人的鐵血威風。

左賢王長嘯一聲，四十九騎收弓完畢，列為一個方陣，紋絲不動。

頭戴花翎的騎士帶著所有騎士大聲高唱：

我們是蒼狼的子孫，
長生天賜予我們強壯的筋骨。
彎刀是我們的牙齒，
戰馬是我們的翅膀，
陽光下所有土地都是我們的牧場。
蒼狼的子孫，
伸出手去拿，
將男人的頭砍下來，
將女人拖進你的帳篷，
別理睬他們的哭泣與哀告，
這都是長生天賜予我的。

我是天生的狩獵者，
我是天生的狩獵者，
身體裡流淌著蒼狼的血脈。
長生天的寵兒，
伸手去拿，
將男人的頭砍下來，
將女人拖進帳篷，
用他們的血來見證我的榮耀，
這都是長生天賜予的恩典，
我是天生的強者，
我是天生的強者，
無人能阻擋我的腳步，
催動戰馬，
踏過高山和原野，
在白骨和屍體上豎起我們的戰旗，
別聽弱者的祈求與哭聲，

烈火焚燒過的地方很快就會長滿青草，

……。

第二章

龜茲和疏勒，此時誰都不能主宰自己的命運。

匈奴來到龜茲國，不僅促成了兩個國家之間的聯手，也意外地使兜題成為疏勒國王的候選人。

兜題雖然不瞭解遙遠的長安此時正在發生什麼，據說，他們的信使也跟隨絲綢的步伐西進，漢朝的觸角隨時可以伸至這裡。但是，兜題明白，如此強大的匈奴，是目前主宰西域最強大的力量；早日投靠匈奴，是兜題當下的明智選擇。至於以後是否仰仗漢朝，則就管不了那麼多了。

當匈奴左賢王看到兜題送給他的那串血膽瑪瑙時，這隻來自漠北草原的蒼狼激動得兩眼放光。兜題趁機提出，他想成為疏勒的鷹王。左賢王那雙放光的雙眼默許了兜題的請求。在遙遠的疏勒直接安插匈奴人作為統治者，目前還占不了天時地利人和，只有間接管理疏勒，通過安插自己的親信左右西域的政局，匈奴在塔里木盆地的影響才是長久的。正是基於這一策略上的考慮，左賢王才樂得送給兜題一個順水人情。

於是，匈奴人支持的龜茲軍隊大肆陳兵於疏勒城下。

戰鬥開始了。幾乎毫無道理可講，也不需要任何繁文縟節，龜茲想要的，就是拿下疏勒。他們恨疏勒，是疏勒豢養的大雕讓他們的國王在百年前丟了眼珠子，也是疏勒讓他們在克孜勒河畔毫無顏面。現在，這一切都要一筆勾銷。就讓偉大的克孜勒河為這個同樣偉大的進程作證吧。

在匈奴的督陣下，龜茲集中所有優勢兵力攻打疏勒的東城門。隊伍前高擎戰旗的，正是那位龜茲羊倌。他迷離的目光看著面前這座陌生的城，並急切地在城牆上搜尋著什麼。是的，他在克孜勒河的山谷中為之唱過情歌的，像白雲一樣美麗的疏勒公主，此刻正站在那個戴著王冠的疏勒王成身邊，鎮靜地看著腳下如蟻一般蠢蠢而動的攻城士兵。

他揮舞著龜茲的旗幟向她大喊，我來了！

她站在城頭，一直向龜茲軍隊這邊看，不知道是否看見了隊伍前高擎戰旗的他。他希望龜茲盡快攻下疏勒的城池，這樣他就可以在亂軍陣中迎娶到自己的新娘。

但是，一支支帶著火焰的箭鏃密集地射向城樓，他分明看到，一襲白衣的疏勒公主像一隻天鵝一樣從城牆上一頭栽下！

龜茲羊倌大叫一聲，彷彿自己身上中了箭鏃。他扔掉手中的旗幟，滾鞍下馬，然後被身後滾滾的鐵軍碾作肉泥。

誰也沒有料到，來自兩個國家且犯了眾怒的戀人竟然會死在同一座城池的腳下。

五十餘騎彪悍的匈奴騎兵，策動幾千名龜茲軍隊發動了一輪又一輪猛烈的攻勢。他們將草原上練就的「群狼戰術」使用到攻城掠地上，幾千名士兵瞅準疏勒城最薄弱的一個城垛，集中優勢兵力進攻。戰鬥力低下的疏勒軍人何曾見過如此懾人的進攻，抵擋了一陣，便紛紛作鳥獸散。

正是從這場戰鬥開始，龜茲軍隊的血性被激發出來，他們是西域被匈奴文化改造得最徹底的一個國家，所以從此之後，龜茲幾乎再沒有被天山南北的任何一個國家欺負過。

疏勒國王成的寶貝女兒疏勒公主墜下城牆後，他便是眾矢之的。龜茲的軍人都認得他，因為他戴著那頂象徵著地位與身分的高大王冠。隨從都緊張地建議疏勒國王摘掉他的王冠，但是被國王拒絕了。一支支飛箭如蝗蟲般射來，疏勒王成揮起大刀，不停格鬥抵擋，漸漸體力不支。一支箭呼嘯而來，不偏不倚射中了王冠，王冠被箭鏃一穿兩半，可笑地斜扣在疏勒王成的頭上。

疏勒王成急忙停下手中揮舞的大刀，扶正他的王冠。王冠是他作為國王的象徵，就是死了，也要端正地戴著王冠，體面地死去！

亂箭裂空，疏勒王成手扶著自己的王冠，慢慢倒下了。

他像一名真正的軍人那樣死去。他至死也從沒有想過逃避。他其實並不是軍人出身，但一個國家的最高統帥事實上最應當具備寧死不屈的戰士氣質。

疏勒毫無懸念地失守了，疏勒的城門被粗暴地打開，就像西域的一個小祕密被暴露在光天化日之下。

龜茲國咬牙切齒地占領了他們世代仇恨的疏勒國。他們將這場戰役視作對龜茲王當年喪失了眼珠子的報復。

雖然他們的身後是獵獵作響的匈奴人的旌旆，但攻破疏勒，依然是他們百年以來最揚眉吐氣的大事。

左賢王兌現了他的承諾，立龜茲左侯兜題為疏勒王。

§

匈奴一直在西域逞勇，彪騎所至，占領了月氏的地盤，踞守西北一隅，羽翼日漸豐滿，江山日益坐大，像一枚強硬的釘子嵌在漢朝的北部，漢朝就寢食不安了。

他們不得不認真地打量起這個陌生的部落。

綜合各方面的資訊，他們知道：

匈奴人的凶猛和野蠻是難以想像的。他們劃破孩子們的面頰，使他們以後長不出鬍子。

他們身體粗壯，手臂巨長，不合比例的大頭，形成了畸形的外表。他們像野獸般地生活，食生食，不調味，吃樹根和放在他們馬鞍下壓碎的嫩肉。不知道犁的使用，不知道固定住處，無論是房屋，還是棚子。常年游牧。他們從小習慣了忍受寒冷、飢餓和乾渴。其牧群隨著他們遷徙，其中一些牲畜用來拉篷車，車內有其妻室兒女。婦女在車中紡線做衣，生兒育女，直到把他們撫養成人。如果你問他們來自何方，出生於何地，他們不可能告訴你。他們的服裝是縫在一起的一件麻織內衣和一件鼠皮外套。內衣是深色調的，穿上後不再換下，直到在身上穿壞為止。頭盔或帽子朝後戴在頭上，多毛的腿部用羊皮裹住，是他們十足的盛裝。他們的鞋子，無形狀和尺碼，使他們不宜行走，因此他們作為步兵是相當不適合的，但騎在馬上，他們幾乎像嵌在他們的醜陋的小馬上一樣，這些馬不知疲乏，並且奔馳時像閃電一樣迅速。他們在馬背上度過一生，有時跨在馬背上，有時像婦女一樣側坐馬上。他們在馬背上開會、做買賣、吃喝——甚至躺在馬脖子上睡覺。在戰鬥中，他們撲向敵人，發出可怕的吶喊聲。當他們受到阻擋時，他們分散，又以同樣的速度返回，砸碎和推翻沿路所見到的一切。他們不知道如何攻下一個要塞或一個周圍挖有壕溝的營帳。但是，他們的射箭技術是無與倫比的，他們能從驚人的距離射出他們的箭，其箭頭上裝有像鐵一樣硬得可以殺死人的骨頭。匈奴人用巨大的弓和長箭武裝起來，總是可以達到目標。他的目標對準誰就打敗誰，因為他的箭帶去了死亡！

§

漢朝國力雖強，但兵馬太弱，無法有效打擊匈奴，只好採取一些軟硬兼施的辦法，曾派王昭君出塞和親，希望達到邊疆無事的目的。但匈奴生性剽悍，性情又反覆無常，漢朝事實上一直無法徹底制服匈奴。

漢武帝劉徹從捕獲的匈奴人口中瞭解到了大月氏，並知道他們曾在敦煌、祁連山一帶游牧。大月氏又稱「禺氏」，多次被匈奴冒頓單于打敗後，國勢日衰，至老上單于時被匈奴徹底征服。老上單于殺掉月氏國王，還把他的頭顱割下來做成酒器。所以，月氏人不得不西遷，趕走原來的「塞人」，重新建立了國家。

漢朝從這個被俘的匈奴人那裡獲悉了最重要的情報——月氏人念念不忘故土，時刻準備對匈奴復仇，並很想有人相助，共擊匈奴。

那時候，漢朝還不知道帝國的西邊有一個無比廣闊的疆域。直到有一天，長安城外來了一支高擎獨耳黑狼旗幟的胡人使者。胡使臉上掛著諷刺的笑容，以強硬的口吻喝令守城士兵開城。就在短短幾天前，漢高祖的三十萬大軍被匈奴包圍，漢軍全軍覆沒，高祖狼狽地穿上士兵的衣服倉皇衝出重重包圍，逃回長安，此刻剛在未央宮喘息未定。

掛著一臉諷刺笑容的胡使向未央宮投上《冒頓文書》，文書中稱，西域十六國已盡在匈奴人的鐵騎之下，要求分疆而治。

西域十六國？

漢朝面對這個陌生的地理概念和疆域概念感到十分困惑。

難道，遠在玉門關之西，還有更加遼闊的土地和美麗的國度？

胡使以傲慢的態度告訴漢人，這是千真萬確的！

他打開隨手攜帶的包裹，從中取出一個黑乎乎的、散發著臭味的皮囊，打開，裡邊是一卷羊皮，再打開，原來是一卷羊皮地圖。

在這張黑乎乎的羊皮地圖上，詳盡地標明了西域各國的位置分布。漢武帝驚慌並沮喪地發現，他引以為豪的強大帝國，居然在西域的地圖上只占了一個毫不起眼的位置。看上去，整個西域的疆界，確實大得令他無法想像！

就是這個著名的《冒頓文書》，才一語驚醒夢中人，令漢王室知道了西域尚有那麼遼闊的地域。漢武帝聽了兩眼一亮，決定派人出使西域，聯合大月氏，共同夾擊匈奴並徹底戰勝之。

雄心勃勃的大帝下令在全國選拔人才，出使西域。

滿懷抱負的年輕的張騫挺身應募，要完成前人沒有完成的事業。

絲綢之路就要被張騫這樣的使者，以及行走於中原與西域間的商人踩出來了。

一個沙塵大作的天氣，張騫在長安西城門口的青石路面上，向專程為他餞行的漢武帝重重地磕了一個響頭，接過侍官遞過來的一碗黃酒後一飲而盡，帶著一百多名隨從，迎著太陽落山的地方祕密西行。

猛烈的沙塵暴自西邊襲來。

張騫告訴隨從，一直向西，再向西，沙塵暴來自哪裡，我們就到哪裡去！

一個歸順的匈奴人、堂邑氏的家奴堂邑父，自願充當張騫的助手、嚮導和翻譯，這個射箭技巧精良的優秀射手，在西行路上的困難時期，憑射殺野獸給張騫充飢。

張騫一行沿著渭河西行，翻越烏鞘嶺進入沙漠，一腳深一腳淺地走著，走得非常艱難。他手下的人員不停地損耗，一些人很快死掉了，一些人受不了這份大苦，偷偷溜走。他們進入完全被匈奴人控制的河西走廊時，不幸碰上匈奴的騎兵隊，剽悍的匈奴騎兵將漢使團團團圍住。匈奴的右部將士們一看他們的腫泡眼和大板牙，就知道來自中原，於是一一跳下馬來，用羊毛繩捆紮了，押送到匈奴王庭，面見老上單于之子軍臣單于，聽候發落。

軍臣單于得知張騫想出使月氏後，竟親自給張騫解開繩索，溫和地和張騫說起話來。站在匈奴人的立場上，無論如何也不容許漢使通過匈奴人的地區，去出使月氏。就像漢朝不會讓匈奴使者穿過漢朝，到南方的越國去一樣。

說完了話，軍臣單于一個眼色，把張騫一行扣留和軟禁起來。

這一扣就是十年。

軍臣單于為了軟化並拉攏張騫，打消其出使月氏的念頭，進行了種種威逼利誘，還給張騫娶了匈奴的女子為妻，生了孩子。十年裡，張騫習慣了穿羊皮襖，喝馬奶。雖然做了匈奴的女婿，和匈奴妻子間有了漢匈混血兒，但他是漢室忠臣，念念不忘漢武帝交給自己的神聖使命，一心想著不辱使命，為漢朝通使月氏。

在被扣押期間，他採取韜晦之計，使匈奴人放鬆警惕，放寬對他的監禁，並瞅準機會，果斷離開妻兒，帶領少數隨從，逃出了匈奴王庭。

這種逃亡是十分危險的，如果失敗，等待他們的必是死刑無疑。幸運的是，張騫等人留居匈奴十年，詳細瞭解了通往西域的道路，並學會了匈奴人的語言。他們穿上胡服，蒙蔽了匈奴人，順利穿過了匈奴的控制區。

到大月氏以後，張騫發現情況有了變化。大月氏的老國王被匈奴人殺害，現在當國的是太子。新國王認為，大月氏土地肥美，日子好過，而且離漢朝太遠，沒有必要一定報復匈奴、捲入戰事。

張騫在大月氏受了冷遇，只好罵了一句「小國寡民」，帶著他的忠實助手甘父，一路披星戴月、風塵僕僕地來到天山以南的重鎮疏勒城（盤櫜城）——西域三十六國之一，疏勒國的首府。

進得城來，張騫一行驚異地發現，疏勒城居然已出現了城市的規模，店鋪林立，車水馬龍，操著各類語言的駝隊馬幫熙來攘往，行商坐賈，雜貨紛呈，琳琅滿目，服飾雜處，熱鬧非凡，儼然是一個輻輳五方的國際商埠。

疏勒居民主要是諸羌之族遷來的後裔，羌人很早就進入帕米爾東的疏勒綠洲定居。他們西遷的時間，有可能比塞種人還要早好幾個世紀。但羌人行蹤飄忽不定，經濟文化水準也比塞人低，很長一段時間，諸羌各部族還是以「酋豪」相統屬，而早在此之前，塞人就已有了「塞王」。

張騫進入西域後，看到大宛以西的居民多深色眼眶，多鬚髯，有明顯的印歐人種特徵；而位居大宛以東的疏勒居民，在外貌上與中原人相差不大，那時還沒有混入印歐人種血統，而是與中原人相同的蒙古利亞人種成分居多。

疏勒街上的行人都非常有禮貌，他們見面時實行吻禮。兩個男人見面吻手背；兩個女人見面吻臉；老人見小孩吻臉；男人見女人吻手心。

疏勒城市場上的暢銷熱貨，首推帛、錦、綺、緞之類的中原絲織品，其次多有月氏細氈、大秦琉璃、安息香料、罽賓麻布、大宛駿馬、于闐玉石與龜茲鐵器等等，本地自產的手工業產品和農產品也有不少，堪稱西域的第一座商業城。

疏勒國王熱情接待了張騫，拿出窖藏多年的珍品阿納（石榴）酒宴請張騫。阿納酒盛裝在精緻的皮囊中，酒香撲鼻，沁人心脾，張騫很是喜愛。疏勒國王見狀，便隨贈使團阿納酒數囊，又裝阿納幼苗數棵，望其帶到長安獻給漢武帝。從此，風行西域古國的珍品阿納石榴酒，沿著絲綢之路到達中原並開始普遍栽植。

在考察了西域諸國後，張騫策馬東歸，經過羌族部落。羌族是匈奴控制區，張騫再次被匈奴抓獲，後又趁匈奴內亂逃回長安，歷盡千辛萬苦，前後共用了十三年時間。出發時張騫帶著隨從一百人，返回時，只剩甘父一人同行。

張騫伏在殿前痛哭流涕，向漢武帝細細稟報西域見聞，並向朝廷請罪。漢武帝微微搖頭，愛理不理的樣子。突然，他從張騫的敘述中聽到「大宛有奇特的良馬，出汗為血，日行千里」的話，身體一激靈，霍地一下就站起來了，要求張騫把大宛良馬的情況複述一遍。

張騫只好一字一頓地說：「大宛馬，其先天馬子也。」

張騫告訴漢武帝，根據他瞭解的情況，這種馬在高速疾跑後，肩膀位置會慢慢鼓起，並流出像鮮血一樣的汗水，因此又可稱作「汗血寶馬」。

漢武帝問，那麼，這種馬是怎麼出產的呢？

張騫說，據當地人介紹，大宛國有高山，山上有天馬，人們無法將其捕捉到手，無奈之下放養五也母馬於山下，與其交配後生下的馬駒即是汗血馬，故而汗血馬又叫「天馬子」，其馬「踏石汗血」，馬蹄堅利，踩石有跡，前肩流沫如赭血，速度極快。

漢武帝非常興奮，胸海中開始勾勒一幅雄偉的圖景。他想得到這種神奇的天馬。

從西域進口天馬成了漢帝國的國家大事。

漢武帝甚至請一個名叫東門京的相馬專家鑄造了一匹天馬，立於長安未央宮的魯班門之側，作為判別馬匹優劣的標準形象，並馬上把文學之士進出、等待天子詔召的魯班門改名為「金馬門」。

§

自從前輩張騫鑿空西域，為漢王朝帶來異域的消息後，漢朝的目光就開始投向那片出產汗血寶馬、胭脂、香料、苜蓿和葡萄的土地。

班超的目光也投向了那裡。

扶風人氏班超聯想到前輩的種種英雄壯舉，就覺得體內奔湧著游牧人的血液，心思早就飛到了彙集著各色人種的西域，那裡是騎士的帝國、英雄輩出的帝國，他似乎專為在塔里木盆地成就自己的偉名而生。

扶風班氏是名門望族，班超與其父班彪、兄班固、妹班昭，都是大學問家，可謂一門出四賢。

班超為人有大志，不修細節，但內心孝敬恭謹，居家常親事勤苦之役，不恥勞辱，有口辯之才，博覽群書，能夠權衡輕重，審察事理。此時，他和母親跟隨哥哥住在洛陽，替官府抄寫文書維持生計，工作極其勞苦。這時候，他不過是東漢的一名文書。每天，班超伏案揮毫，邊嚮往建功立業，邊投筆感歎：「大丈夫無它志略，猶當效傅介子、張騫立功異域，以取封侯，安能久事筆研間乎？」

傅介子是漢代義渠人，十分好學，曾棄筆而歎：「大丈夫當立功絕域，何能坐事散儒！」於是毅然從軍，昭帝時奉命出使西域。當時樓蘭幫助匈奴反對漢朝，他「願往刺之」，殺死了樓蘭王，立功而還，被封為義陽侯。

張騫是西漢漢中人，曾應募出使月氏，經匈奴時被留居十餘年，逃歸後拜大中大夫，後隨大將軍衛青抗擊匈奴，被封為博望侯，是漢武帝時代首先打通西域的探險家。

班超把傅介子和張騫這兩個人看作是自己的榜樣。

旁人聽了班超的感歎，都認為他是口吐狂言，無不取笑他。班超則說：「小子安知壯士志哉！」不屑與眾人爭論。

卻說某一天，班超前去洛陽街頭找一位久負盛名的老相面師相面。

東漢時代，男子成年是要找相面者相面的，也就是看他的前途如何，命理怎樣。這在當時是一種風尚。

相面師認真端詳了班超的面容長相，沉吟半晌，默而不語。班超急了，忙請教詳情。相面師就慢條斯理地說：

「祭酒，布衣諸生耳，而當封侯萬里之外。」

這句話的意思是說，您現在是普通的平民百姓，但根據相貌，一定會在萬里之外封侯。

班超聽了，覺得老者不像在開玩笑，忙問其故，相面師就指著班超的面容深沉地說：

「燕頷虎頸，飛而食肉，此萬里侯相也。」

古代漢人方臉，面貌中正；韃靼人圓臉，面龐較大、粗放；東胡人長臉或瓜子臉，前額大，下巴較窄，小眼；古越人膚色稍黑，眼球突出，體毛少。同時，漢人血統中還有大量的同屬漢藏語系的羌、氐、党項血統，以及部分白人血統、突厥血統和極少量的黑人血統。在漢族形成的過程中，許多人還保留著原始先民的面貌特徵和行為特點，在民族形成的初期頗為明顯，由此形成了基於統計概率上的相面術。

「燕頷虎頸，飛而食肉」意謂班超相貌威武，有王侯之相。相者的話，正是班超想要聽到的，這無疑對他投筆從戎起到了暗示與鼓勵作用。

過了一段時間，漢明帝問班超的哥哥、校書郎班固：「你弟弟現在何處？」班固說：「為官府抄寫文書，掙點錢養活老母。」明帝聽了，覺得班氏一門忠厚，班氏兄妹都很有才華，於是任命班超為蘭臺令史。

蘭臺位於長安未央宮，為漢代的藏書之所。當了蘭臺令史的班超相當於漢王朝的中央檔案典籍管理員，掌管著奏章和文書。

蘭臺令史是個典型的文職崗位，班超不太喜歡，沒有全情投入工作當中。時隔不久，班超就因為一次小過失被免除了職務。

班超的這段從政經歷雖然短暫，但有一個巨大的收穫，就是得到了皇親竇固將軍的賞識。

竇固是東漢名將，字孟孫，與班固是同鄉，年少時因娶光武帝之女涅陽公主而被任命為黃門侍郎。

兩漢四百多年來在邊境上存在的最大隱患是西北方匈奴的不斷入侵中土，如何正確處理這個問題，關係到漢代政治經濟的發展，以及與西域各國的經濟文化交流，因此為歷朝統治者所重視。

無論在蘭臺還是賦閒在家，班超一直關注著匈奴的動靜。他不願重蹈父兄的覆轍，不願終生當一名文抄公，不願終日埋首於典籍與文書中了此一生。他想效法張騫與傅介子，以自己的武學之長建功立業，報效祖國，光耀門庭。

投筆從戎成了班超最大的心願。當北匈奴在邊境侵擾的時候，明帝想恢復與西域各族的連繫，出兵西擊北匈奴。竇固因為熟悉邊疆的軍事，被拜為奉車都尉，征討北匈奴。

竇固是扶風平陵（今陝西咸陽西北）人，漢光武帝時襲父爵，封顯親侯。漢明帝時，遷中郎將、騎都尉監羽林，秩比二千石。後從兄竇穆獲罪，受牽連，罷職家居十餘年。

竇固這次以奉車都尉的身分西征，主要使命只有一個，那就是恢復與西域各族的連繫。

班超的機會降臨了。

兵權在握的奉車都尉竇固奉命率兵討伐匈奴，直接把班超調入軍中，擔任假司馬（代理司馬）之職。

司馬是漢武帝定的官職，主武，掌管軍事之職。大將軍所屬軍隊分為五部，各置司馬一人統領。漢代官職名前凡加「假」字者，均為副手、貳將之意。假司馬即司馬的副貳。餘類此者甚多，如假侯即為軍侯的副貳。

假司馬的官職雖然不大，但對於班超來講，卻是人生的一個轉折，因為從這時起，他終於跨出了棄文從武的第一步。

竇固率一萬餘大軍西出酒泉進軍天山，擊潰北匈奴軍隊，打開了內地與天山以北的通道。

這一年，竇固已經四十歲了。

班超是一個軍事天才，天生就是打仗的料。他一來到軍中，立刻顯示出卓爾不群的軍事才華，在蒲類海大戰中嶄露頭角，並獨當一面領兵攻取了伊吾盧，把匈奴趕至巴里坤湖以北的大漠，開始了為東漢王朝安撫西域、重振絲路的宏偉大業。

由於班超在軍中不可取代的重要作用，竇固對班超十分賞識。

從西漢張騫鑿通西域後，直到東漢，西域各國包括疏勒國在內，是漢王朝與匈奴爭奪戰的重要砝碼。漢朝和匈奴的共識是「得西域者得天下，失西域者失天下」。到了班超這個時代，漢與匈奴對於西域的爭奪已進入白熱化程度。如果匈奴和西域聯合起來，共同對付東漢，東漢的處境將會非常危險。

針對這種情況，竇固決定派人去爭取西域各國，徹底打破匈奴人想要與西域諸國聯合的如意算盤，從而取得對敵作戰的主動權。

竇固把這個光榮而艱巨的任務交給了他。

英雄的戰士班超，憑藉其在戰場上的出色表現，光榮地接受了竇固的任命，成了竇固帳下的一名急先鋒。

第三章

出玉門關西北七百五十里，便是雄偉的伊吾盧城。

鐵馬叮噹，朔風怒號。

匈奴人的旗幟剛剛從伊吾盧城的城頭撤走，殺伐的氣息漸漸消退，四周一片安靜。

落日的餘暉映紅了天際，一群漢軍裝束的人跪伏在地，迎接來自漢廷的使臣。

使臣走進駐紮在伊吾盧城的奉車都尉竇固的大營，帶來了朝廷的最新命令。

伊吾盧城本是伊吾盧部的王城，是西域距離漢朝最近的大城。匈奴人來到這裡，打敗了他們，把伊吾盧人屠殺殆盡。竇固在來到伊吾盧之前，匈奴已經調整了布防，全線撤退，漢軍就接收了這座空城。

竇固將額頭緊貼伊吾盧城的大地，聽見使臣宣布天子的詔命：「收歸耿秉、來苗、祭彤的兵符，交竇固一人節度，任竇固為漢軍的主帥。」

竇固全身一震。此前，朝廷派遣太僕祭彤出高闕，奉車都尉竇固出酒泉，駙馬都尉耿秉出居延，騎都尉來苗出平城，討伐北匈奴，但是除了竇固，其他人都無功而返。

是的，英雄的竇固在祁連山一帶大破匈奴後，留兵屯守於伊吾盧城。

朝廷傳令耿秉諸將，授予竇固節度之職。

竇固將軍很感動，感到自己與匈奴對抗的壓力更大了。

晚飯後，竇固步出伊吾盧城。伊吾盧城外是遼闊的草原，土地肥沃，水草豐美，是一塊膏腴之地。一望無邊的大草原上奇妙地出現了一座很大的沙山，沙粒細而無土，山中有一眼泉，四周水草豐茂，一條河從山腳下蜿蜒流過。夕陽尚未落山，微風過處，沙山上傳來各種聲響，時起時伏，或如雷鳴高亢，或如牧笛悠揚。

這遼闊的疆域與奇妙的天籟使竇固感動，他全身蓄滿了力量，於是立刻回城，命副將假司馬班超來見。

不一刻，班超入帳。

竇固牽了班超的手，指著地圖說：「絲綢之路出玉門關進入西域之後，分為南北兩道，兩道之間有大漠相隔，在疏勒匯合後進入帕米爾。多年來，匈奴一直在這兩條道路上滋事，阻斷東西商旅。我大漢進軍西域，其意何在？」

班超朗聲說：「平匈奴，定西域，通貿易，強國力！」

竇固頷首稱是。在他的心目中，班超這員副將不僅具有極強的戰鬥力，而且深具戰略眼光，能當大任，可成大事，堪以重用。

竇固說：「我軍占據伊吾盧之後，截斷了匈奴經北道東端的南下之路，但匈奴仍然可以從北道的焉耆、龜茲、莎車等部，輾轉經過疏勒，進入南道，向南道的于闐、鄯善等部收稅，干擾東西貿易。我軍僅僅北進攻下車師，並不能截斷這條路線。如何是好？」

現場一片沉靜。

竇固認真觀察地圖，稍事沉吟道：「疏勒是南北兩道西端的匯合處，也是天山之南的咽喉。得疏勒則滿盤皆活，失疏勒則滿盤皆輸。我等當兵分兩路，既攻車師，又取疏勒，徹底斷絕匈奴的糧食、鹽和鐵的供應，匈奴人才會像一百年前的呼韓邪單于那樣為了生存而歸附我大漢。如此，西域可定！」

班超擊掌大喊：「得疏勒則滿盤皆活，失疏勒則滿盤皆輸——好一招妙棋！」

兩人相視哈哈大笑起來。

竇固所言呼韓邪單于歸漢是有史實依據的：本朝漢宣帝年間，呼韓邪單于平服其他四單于不久，他的兄長左賢王呼屠吾斯又在東邊自立，並對他發動進攻，把他趕出單于庭。為了恢復和維持自己的統治，呼韓邪單于決定歸附漢朝，親自到長安朝見漢宣帝，向漢朝稱臣。漢朝先後向他調撥谷米三點四萬斛，並從軍事上給予支持。他在漢朝住了八年多的時間，兵力和部眾逐漸增多後，才返歸單于庭。

竇固的意思是說，只有自己身強力壯了，才能吸引外族主動投奔而來。

竇固以挑戰的眼神盯著班超：「何人可出使南道，平定疏勒？」

班超跨前一步，堅定地說：「末將願出使南道，勸說南道各部脫離匈奴，平定疏勒，歸附我大漢。」

竇固說：「如此甚好。需要多少兵馬？」

班超道：「包括末將，三十六騎足矣。」

竇固驚訝地說：「三十六騎恐不能拿下南道，匈奴的勢力密布南道，萬萬不可大意啊！」

班超說：「將軍放心，兵不在多，而在精。三十六乃天罡之數，用於南道足矣！」

§

這一天，班超受命竇固，和擔任從事之職的郭恂帶領侍從，一行三十六騎踏上了漫漫西行之路，直指南道咽喉疏勒。

假司馬班超的坐騎，是一匹赤炭火龍駒。

這是臨行前，大將軍竇固專門贈送的。

赤炭火龍駒的母親是大宛國進貢給漢朝的一匹汗血寶馬，從西域進入陽關時已有身孕，並且即將臨盆。為了保證汗血寶馬安全分娩，大宛國單獨將汗血寶馬留在了甘州的草原上。汗血寶馬艱難地生下赤炭火龍駒，替牠舔乾淨滿身的血汙後，突然一聲長嘶，身下鮮血像熔岩一樣噴射而出，一頭栽到在地，悲壯殞命。

剛出生就失去了母親的赤炭火龍駒吮吸著其他母馬的乳汁順利長大，在甘州長到兩歲時，已經出落成了一匹帥氣的小公馬：全身是純紅色的，四蹄則點綴著一圈白色的毛髮。牠身上有正宗的汗血寶馬血統，奔跑起來疾如閃電，彷彿一道紅光，而四蹄的白色毛髮則像四朵白色的雲彩，更加烘托出汗血寶馬的速度與神韻。

赤炭火龍駒長大後，幾乎無人能降住牠。它的脾氣特別暴烈，人人近身不得。甘州的長官為了留住赤炭火龍駒，專門依託秦朝的長城，修築了兩片全封閉的面積約有百頃的草場，專門放牧赤炭火龍駒，而且春秋兩個季節還要轉場，以保證草場品質。

甘州長官甚至挖空心思，向牧場裡投放了數十匹雌性焉耆馬。因為赤炭火龍駒過了兩歲就已經進入性成熟期，甘州長官希望汗血寶馬能和品種也相當優秀的焉耆馬交配，強強聯合，產下更加優秀的天馬。

焉耆馬素有「龍駒」、「海馬」之稱，身架緊湊適中，馬頭秀麗壯美，馬眼炯炯有神，馬耳長立，看上去威風凜凜。焉耆馬的鼻孔大，有吞吐千里之勢；嘴顎寬，有遍嘗百草之福；頸如鹿頸，傾斜適度；馬背高長而挺平，馬胸發育適度，腹形良好，四肢長而壯實，蹄形小而善奔馳——這幾乎是一副龍的身軀。牠原產於西域焉耆地區的博斯騰大海子冰灘，善游泳，故有「海馬」之謂。

按說焉耆馬的血統也非常高貴，這麼優秀的馬投放到牧場，卻沒有引起赤炭火龍駒的興趣。牠對方圓數百頃的龐大牧場不屑一顧，對周圍糾纏的焉耆馬也沒有興趣。牠總是孤獨地在牧場最西邊的角落徘徊，常常引頸西望，悲歌長鳴。

赤炭火龍駒雖然對家鄉的草沒有味覺上的記憶，但是牠在母腹裡享受了太多家鄉草場的汁液，甘州的草遠沒有家鄉的草可口。周圍散發著異性風韻的焉耆馬，對牠而言也是陌生的。

牠們這個種屬的馬，從成熟的那一天起，就不允許與其他種屬的馬發生性關係。這是汗血寶馬的紀律，也是汗血寶馬這個馬種長期以來形成的道德。如果誰敢無視這種紀律和這種道德，強迫汗血寶馬與土馬繁衍混血的下一代，汗血寶馬受不了這種侮辱，就會縱身跳下懸崖。

浸淫了太多西域文化的甘州長官深知這一點。他知道，懂得動物的心，順從牠，尊重牠，也就是順從和尊重大自然。

特別是對於與戰士更加親近的烈性之馬，更要懂得尊重。

他仍然記得前不久發生在草場裡的驚心動魄的一幕。

甘州長官的一位僚屬回家探親時，從卑禾羌海附近帶回來一匹純種的河曲馬。河曲馬也是一個古老而優良的地方馬種，歷史上常用牠作貢禮，原產於黃河上游的草原上，因地處黃河盤曲，故名河曲馬。

這匹河曲馬體格非常高大，馬頭長大，鼻樑隆起，微呈兔頭型，頸寬厚，軀幹平直，胸廓深廣，體形粗壯，具有絕對的挽馬優勢，且性情溫順，氣質穩靜，持久力較強，恢復疲勞快，是最優異的農用挽馬。

僚屬提議將甘州牧場中培育的汗血寶馬和這匹河曲馬合飼到一個圈舍中，以期生下混血的優質馬種。甘州長官覺得主意不錯，予以採納。

他們找來一匹正處於發情期的汗血寶馬，這匹馬沒有當時尚未成年的赤炭火龍駒優秀，奔跑速度並不出色，體型也並不健美，但畢竟是純種汗血馬，氣質高雅，風度翩翩。

合飼第一天，汗血寶馬就將河曲馬的頸部咬傷了。

正處於發情期的汗血寶馬顯然對河曲馬不屑一顧，他瘋狂地在廄舍中發飆，要衝出圍障去找自己的同類。不得已，僚屬將兩匹馬分開，並將汗血寶馬圈到另一間廄舍。

幾天後，一籌莫展的他突然靈機一動，無師自通地想出了一個自以為是的好辦法。他將汗血寶馬的眼睛用黑色的眼罩蒙住，然後，把懷春良久的河曲馬放了進去。

這是一個巨大的陰謀。人類懂得，但馬並不懂得。

兩匹馬逐漸開始親近，開始耳鬢廝磨，牠們互相都感受到了對方強烈的異性氣息。

然後，僚屬和一大幫士兵與文官親眼看著汗血寶馬騎到河曲馬的背上，牠那高貴的、如檀的生殖器徐徐進入河曲馬的體內。兩種不同的血質融合到一起，大自然在這一刻也感受到了快樂的顫慄，一些新鮮生命的元素在兩種馬匹交合的體內發生了一些祕密的變化。

這一刻，大自然是快樂的，馬也是快樂的。就是看熱鬧的文官與士兵，也有他們自己的快樂。一干人看得眼都傻了，每個人的嘴巴都張成圓形，半天不能合攏。

汗血寶馬從河曲馬的身上跳下來，兩匹的頸部糾纏在一起，互相蹭撫，顯得親暱無比。

僚屬非常具有成就感地將汗血寶馬的眼罩摘了下來。

亮光刺得汗血寶馬的眼睛半天沒有睜開，等牠適應過來後，牠突然發現，面前站著的，正是被自己不久前咬傷的那匹河曲馬。在牠的眼中，這是一匹醜陋的馬、來歷不明的馬，甚至，還是一匹骯髒的馬。

牠突然就明白發生了什麼事。

牠仰天長嘯一聲，頸鬃彷彿都要直立起來。

這淒厲、悲壯的嘶鳴引得附近的汗血馬紛紛嘶鳴，彷彿在遙相呼應著什麼。

眾人都驚呆了，不曉得發生了什麼事，更不曉得將要發生什麼事，人人怔在當地，手足無措。

替汗血寶馬解下了眼罩的僚屬雙腿像篩糠一樣，只有他明白發生了什麼事。他知道要出事了，要出人事了。他想逃。他從汗血寶馬的前面繞到後面，那裡有一個鬆動的木柵欄，他想踢斷木柵欄，以最快的速度離開這是非之地。

但是還沒等他靠近木柵欄，汗血寶馬飛起後踢，準確地踢在他的襠部，只聽僚屬「啊」的一聲慘叫，便飛在半空中，結結實實地砸到地上，抽搐著，很快就不動了。

人群像炸了鍋似的四散奔逃。剛剛經過這裡的甘州長官恰好目睹了汗血寶馬踢人的一幕。他掏出長索，準備在汗血寶馬驚逃的時候制服牠。

但是汗血寶馬沒有從廄舍中奔出來。牠繞著河曲馬開始轉圈子。河曲馬的四條腿也開始篩糠，最後，牠臥到地上，將自己的腹部緊貼大地。

汗血寶馬又是一聲長嘶。這聲音，既像一個兒童的笑聲，又像一個老人的哭聲。牠從一匹馬的喉嚨裡發出來，讓人膽顫心驚，甚至魂飛魄散。

周圍的馬廄裡，呼應起無數聲汗血寶馬的嘶鳴。

一時山谷回應，萬物靜聽。沒有人知道，汗血寶馬想做什麼。

聞訊趕來的甘州長官看著已經在遠處死去的僚屬，覺得將有大事發生——他擔心汗血寶馬帶領自己的種屬，包括那匹赤炭火龍駒向西奔逃，從此不入河西走廊。

他剛準備下令封鎖草場，這時，不可思議的一幕發生了——。

那匹汗血寶馬倒退至馬廄的西北角，突然疾速衝刺，像一道閃電，一頭撞向馬廄東南角的一塊巨石上，寶馬腦漿四濺，龐大的身軀轟然倒地。

四周又響起汗血寶馬聲擊長空的嘶鳴。

甘州長官和他的文武官員，以及甘州城的黎民百姓，從沒見過如此匪夷所思的場景，這是比壯士還要暴烈的行為啊！

整個甘州草原，因為一匹馬的自戕而顯得悲壯異常，並且在很長一段時間內都心事重重。

甘州長官厚葬了汗血寶馬，將牠的遺軀安葬在祁連山腳下，已經碎裂的馬頭朝向西域方向。他率領文武官員向汗血寶馬鞠躬，心中懷著深深的歉疚。

§

正是有了這次教訓，甘州長官對任何一匹汗血寶馬都不敢怠慢。

甘州長官知道，汗血寶馬的來歷有某種傳奇色彩：相傳大宛國貳師城附近有一座高山，山上生有野馬，奔躍如飛，無法捕捉。大宛國人在春天的晚上把五色母馬放在山下。野馬與母馬交配了，生下來就是汗血寶馬。這種馬肩上出汗時殷紅如血，脅如插翅，日行千里。

他發現，汗血寶馬只視大宛國及其周圍山川為故鄉，總是不把河西走廊當成自己的家。牠們雖然也繁衍生息，隊伍日益壯大，但整個馬群失去了一種原生態的活力。

現在，他又發現，他寄予厚望、準備給漢朝大帝進貢的赤炭火龍駒也悶悶不樂起來。

赤炭火龍駒何止是悶悶不樂，牠簡直對這個與牠的血性毫不相容的河西走廊產生了厭倦與絕望。

牠是一名遺腹子，是吃著其他汗血寶馬的奶汁長大的，雖然沒有見過自己的父親和母親，但牠知道，河西走廊的甘州不是自己的家，高高的、連綿的、終年積雪的祁連山也不是自己生存的屏障。自己的家在西北向西的地方。具體而言，在科佩特山脈和卡拉庫姆沙漠間的阿哈爾綠洲；自己的種屬其實也不是周圍人俗謂的汗血寶馬，而是阿哈爾捷金馬。

赤炭火龍駒在水影裡端詳著自己的體徵。自己的祖先，三千年來都擁有這樣的體徵。

牠看著自己的體徵，就如同看著祖先的體徵：頭細頸高，四肢修長，皮薄毛細，步伐輕盈，力量大、速度快、耐力強。

牠的全身上下是一片耀眼的棗紅，牠的祖先和同齡人，毛色還包括淡金、銀白及黑色等。牠想去自己的故土馳騁。

但秦朝的長城很高，赤炭火龍駒縱是天馬，也躍不過去；漢朝的長城也正在秦朝長城的側面另起爐灶繼續修築，赤炭火龍駒眼中的光焰一天一天黯淡下去，牠生病了，茶飯不思。

甘州長官也漸漸茶飯不思起來。

眼看著甘州的人與西域的馬即將在祁連山下兩敗俱傷，在這關鍵的時刻，有一個人經過甘州，要去西域。

這個人，正是奉漢明帝之命，率領班超等人出兵西擊北匈奴的奉車都尉竇固。

當風塵僕僕的竇固經過甘州時，恰好看到了無精打采的赤炭火龍駒。

心事重重的甘州長官看到西行的竇固時，突然眼前一亮，覺得找到了解決難題的辦法。二人商議，決定由竇固將赤炭火龍駒帶到牠它的故鄉去，讓牠它獲得新生。

於是，竇固西征的部隊裡出現了一匹純種的汗血寶馬。

第一天，牠由一名士兵牽著，蔫頭蔫腦地跟在大部隊的後面，走得疲疲遝遝。大部隊在前面打尖半晌，等牠剛剛趕到時，大部隊又開拔了。牠總是跟不上大部隊的步伐。

第二天，竇固的隊伍經過敦煌，進入西域。汗血寶馬仍然走在大部隊的最後面，但是牠的食量開始猛增，路邊的苜蓿與野草散發出一種牠在娘胎中就已經嗅到的熟悉的清香，這令牠感到無比親切。河西走廊固然也有苜蓿，但那是祁連山的雪水澆灌的，不是天山上的雪水澆灌的。牠漸漸開始興奮起來，舉目四望，如同看到了夢中才能見到的地方。

第三天，大部隊看見了天山。天山上的雪，像王冠一樣耀眼。赤炭火龍駒突然像聽到了指令，四蹄閃亮地疾馳起來。牠轉眼就超越了大部隊，來到走在隊伍最前面的竇固身邊，向竇固不停地噴響鼻。

竇固明白，赤炭火龍駒復活了，牠這是在向自己感恩。

他換乘了赤炭火龍駒，從天山到蒲類海（今新疆巴里坤湖），大大小小的戰事，一路上都是赤炭火龍駒伴隨他縱橫馳騁。

竇固大敗北匈奴呼延王，斬首千餘級，最後留軍屯伊吾廬城，受到了漢朝的表彰。

從此，竇固視赤炭火龍駒為自己的手足，他不止一次對隨從感慨地說，赤炭火龍駒進入西域，真是川魚得水，牠應該永遠屬於西域。

所以，當班超受竇固派遣進駐疏勒的時候，竇固忍痛割愛，將赤炭火龍駒作為特殊的禮物贈送給班超。

兩位將軍懷著相似的心思，那就是赤炭火龍駒屬於西域，而且只能屬於西域。

§

烏雲低垂，羯鼓咚咚，胡笳嗚咽，旗幡獵獵，威武的漢軍快速列隊，他們要喝混和著馬血的烈酒，然後開往西域。

幾隻帕米爾兀鷲在空中盤旋，牠們靈敏的鼻息似乎早就嗅到了大地上的一絲血腥。

兩名軍卒將一匹白馬牽到栽有木樁的土臺前，固定好白馬的四肢，一名虬髯客嘴裡小聲地默悼著什麼，然後，手持尖刀，望白馬頸部刺去。白馬大叫一聲，熱血噴湧而出，噴射進一只早已放在土臺上的金碗內。

虬髯客恭恭敬敬地端起盛著馬血的金碗，將金碗小心翼翼地放在一個擺著供品的几案上。几案正中央有一個銅鑄的香爐，香爐裡焚著三柱天竺產的檀香。

香爐上方，是空曠遼闊的天空和看不見的天神。沒有人懷疑天神就在空中看著他們。

虯髯客帶領漢軍跪拜在地，然後，將金碗中的馬血倒進巨大的酒甕中。

漢軍人人手持瓷碗，分得一碗酒，雙手高舉，一飲而盡。

在震耳的號鼓聲中，漢軍開始向西域開拔。

正是秋高氣爽的季節，風靜沙平，天際飛鳴。

西域秋天的風景與中原有很大的區別，傍晚時分，太陽西沉，雁陣悠悠地掠過天空，戈壁一片蒼茫的景象。

突然，急促的馬蹄聲像一陣大風，又像大地上擂響的戰鼓，自遠而近掠過來。

在伊吾廬通往鄯善的古道上，裝備精良的大漢三十六騎將士正在急行軍，他們身佩的銀槍和護心鏡在落日的餘暉下反射出銳利的光芒。

班超帶領的這支隊伍，是真正的特種部隊，輕、快、靈、準，戰鬥力奇強。

他們決心披星戴月，要趕在清晨之前到達鄯善。

這次西行，大將軍竇固讓班超在數萬大軍中精選壯士和良馬，但班超只挑選了三十五人，包括他在內，這支隊伍共計三十六人。竇固與班超惺惺相惜，瞭解班超的雄才大略，於是頷首微笑，認可了班超只挑選三十五人的舉動。

班超的三十五位隨從無不身高體壯、面色黑中透紅，有久經沙場的氣概。他們身穿黑鐵甲，頭戴烏鐵盔，騎著或如黑炭、或如白雪、或如紅綢的良馬，手持丈八矛舌槍或大刀，身佩弓箭，疾馳向前。

在強大的西域諸國中，只有三十六騎的隊伍雖然太過單薄，但竇固和班超都懂得在地廣人稀的西域用兵，只能支配以一當千的精兵，只能智取，不能蠻鬥。

班超深知大將軍竇固對自己寄予殷切希望，竇固出發前的諄諄告誡似乎還在耳邊。班超聯想到自己投筆從戎、效力邊疆的遠大理想，回頭望望身後精幹的三十五騎精兵，他一時有些興奮：在廣闊的西域施展自己的宏才大略、創立不世之功的時機到來了！

但這是一副千斤重擔啊，如果擔當不好，上對不起江山社稷，下無法對黎民百姓交代。

班超手搭涼棚，朝著夕陽墜下的地方望去。

他似乎望到了帕米爾腳下的疏勒。

第四章

西去疏勒，必須經過鄯善國。

西出陽關一千六百里，就是鄯善國，其前身就是樓蘭國，是著名的城郭之國，都城在扜泥城（今羅布泊西岸）。

樓蘭國與大漢之間，有扯不斷的愛恨情仇。

班超騎在馬背上，思緒早就飛過迎面而來的沙棗樹，沿著蒼茫、渾沌的大地投向西邊的遼闊大地。

對大漢而言，西域三十六國之一的樓蘭，更像一個傳說。大漢以前，中原人根本不知道樓蘭國的存在。

樓蘭國一望無邊的沙鹵地上，生長著葭葦、檉柳、胡桐和白草等。這個設有輔國侯、卻胡侯、鄯善都尉、擊車師都尉、左右且渠、擊車師君和驛長的國家，自認為已經漢化，所以稱其他部落為「胡」，把掌管防務的官員稱為「卻胡侯」。他們的耕地稀少，百姓以畜牧為生，逐水草而居，有驢馬，多橐駝，能作兵。

此前，一心想建立功業的張騫走出陽關，來到美麗的塔里木綠洲，首先見到的就是樓蘭。

樓蘭人有深深的眼窩，大眼睛，低顴骨，高鼻樑，相貌與漢人大不一樣。他們說著如同鳥兒鳴叫一般古怪難懂的語言，用蘆葦杆、胡楊、紅柳作為寫字用的筆，寫出的文字就像蝌蚪一樣，無法識別。

樓蘭國西南通且末、精絕、拘彌、于闐，北通車師，西北通焉耆，東當白龍堆，通敦煌，扼絲綢之路的要衝。他們先後受月氏和匈奴統治。

樓蘭國有時充當匈奴的耳目，有時歸附於漢朝政府，周旋在漢和匈奴兩大勢力之間，巧妙地維持著它的政治生命。由於它處在漢與西域各國的交通要衝，漢政府不能越過這一地區去打匈奴；與此同時，匈奴如果不假借樓蘭的力量，也無從威脅漢王朝。因而，漢和匈奴這兩大集團對樓蘭都盡力實施懷柔政策。為表示降服，樓蘭將王子送到漢王朝作為人質，同時，也向匈奴送去了一個王子，以表示在匈奴和漢王朝之間嚴守中立。

後來，樓蘭改名為鄯善，但首都均是扜泥城。

伊循城是鄯善國的水草豐盛之地，國王曾請求漢朝派官吏四十人到此城組織、指導軍民屯田。

現在，鄯善還抱著對漢朝友好的態度嗎？

身後傳來一陣急促的蹄聲，打斷了班超在馬背上的沉思。

負責打探路程的一名將軍趕上前來向班超報告：「這裡離鄯善不遠了，是否休整一下再進城？」

一夜急馳，班超和隨從都很累。於是他命令一行人在道旁的一排胡楊樹下席地而坐，稍事休整。

從事郭恂走在隊伍的最後面，發現大部隊停止了前進，便追上前來詢問情況。

郭恂身高八尺有餘，面黑眼白，喜飲酒，口才很好，通曉五經，但胸中並無良謀。

郭恂深知班超的能耐，大將軍竇固派班超西行時，郭恂知道這是一次立大功的好機會，於是主動請纓願隨班超同往。竇固雖然並不賞識郭恂，知其小肚雞腸，為人刻薄，不善與將領相處，但為了不打擊部下請纓的積極性，只好勉強同意了郭恂的請求。

三十六人席地而坐，為防止遭受敵人的突然襲擊，他們圍成了一圈。

班超給勇士們鼓勁說，鄯善是此次受命西行的第一站，這是一座處於西域南北兩道的要衝之地。要想得到疏勒，必先得到鄯善，這樣才能復通西域。要完成斷匈奴右臂的任務，解除匈奴對大漢邊關的威脅，必須先在鄯善站穩腳跟。

郭恂說，大漢如今如日中天，大將軍又在伊吾盧大敗匈奴兵，鄯善小國聞風必降，此去必能成功，不必多慮。

有人對郭恂的話表示擔憂，說不論對手實力如何，都應謹慎從事，不能托大。

班超說，大將軍反覆囑託我等按計畫行事，遇到情況要隨機應變，況且鄯善脫離大漢已有六十五年，不可不慎重。

郭恂聽班超如此說了，便低頭不再吭聲。

班超等人最後議定，首先派人面見鄯善王，呈上大將軍書信，並向其宣揚漢德，以觀其效。然後派人分頭瞭解鄯善的各位大臣對和漢的態度，暗中考察鄯善國兵馬分布，做好兩手準備。最好通過遊說解決問題，如果遊說無效，確需動武，則要當機立斷，速戰速決。

隔著塔里木河，遠遠地就可以望見鄯善。

§

鄯善王嚴肅地站在孔雀河邊，雙手交叉疊於腹前，耐心等待著頭頂的陽光一點點直射到腳下的一個陶罐中去。

每年這個時候，這個國家的王都要親自主持一場隆重的祭河儀式，感謝身邊這條母親河為鄯善國帶來了森綠的樹、清澈的小溪和成群的牛馬。

鄯善王為塔里木盆地東端的這塊天然綠洲自豪著。他願意人們稱他為綠洲之王。雖然他從沒聽見有人這樣叫他。鄯善國的人仰仗孔雀河，似乎已經成了一種習慣。孔雀河是鄯善人的父母，是他們的兄弟，甚至是他們的情人。當然，孔雀河更像是鄯善人的血脈。假如失去了孔雀河，鄯善人就會像蒼鷹失去了天空，就不會再愛什麼，更不會激動什麼。

當然，失去孔雀河的這個念頭，想都不敢想。每想一次，罪孽加深一重。

鄯善人更願意把自己稱作樓蘭。他們一直不明白，百年之前，漢朝派遣的使者，那個叫傅介子的魯莽大漢刺殺樓蘭王安歸後，為什麼要把都城從樓蘭城遷到現在的扜泥城，並改國名為鄯善。

整個鄯善國百年以來一直思念著樓蘭，就像一個人思念自己的童年。就像樹木的枝椏思念腳下的根。就像沙漠中的流沙思念海底的水藻。

每年這個日子，在孔雀河邊舉行祭河儀式的時候，鄯善對樓蘭的思念，會隨著孔雀河，一直蔓延到煙波浩淼的蒲昌海（羅布泊）去。

在那裡，他們的樓蘭先人生活在湖畔的小海子邊，不種五穀，不牧牲畜，以小舟捕魚為食。他們喝羅布麻茶，穿羅布麻衣，每個人都能長壽，八九十歲都是好勞力，甚至還有一百歲的新郎。

甚至先輩們結婚時，有時陪嫁的是一個可愛的小孩子。

如此幸福的時光。

鄯善人把這一切都歸功於水勢浩大的孔雀河。沒有孔雀河，就沒有綠洲，就沒有綠洲的一切。

陽光終於歡快地跳進鄯善王腳下陶罐的最底部。鄯善王威嚴地咳嗽一聲，準備祭河。在他身後，四十九名玄色侍衛分作四列，手持短劍；十二位紫衣少女排成兩列，各捧陶罐。鄯善萬人空巷，全部聚集到孔雀河兩岸，長久地歡呼。

鄯善王帶領長長的隊伍，緩慢走向河邊的祭壇。

人群自動讓出一條通道。

「祭河大典開始！」內臣高聲宣布。

跟在鄯善王身後的玄色侍衛和紫衣少女一齊面河而跪。

孔雀河兩岸的民眾停止喧嘩，也紛紛面河而跪，和鄯善王一道，行三拜九叩之禮，並保持額頭貼地，紋絲不動。

鄯善王祈禱道：「孔雀河神，樓蘭國上下得河神庇佑，不伐上游之木，無取中游之魚。祈河神保我樓蘭國運昌隆，安居樂業，我等願世代為神君僕從。」

鄯善國的人至今都喜歡自稱為樓蘭國，包括他們的國王。

鄯善王禮畢，仍以額抵地。

河邊的十二名紫衣少女雙手捧起陶罐，將所盛液體傾倒入河。

一陣大風吹過，剛才還很平靜的孔雀河驟起滔天波浪。

河邊的鄯善人無不吃了一驚，鄯善王更是吃了一驚。按照祭河風俗，如果孔雀河騰起波浪，說明河神有所不滿，這就需要重祭，且須向河中投入犧牲品。

好在內臣早有準備。年初以來，匈奴與大漢王朝輪番對鄯善國進行拉攏，孔雀河邊，早已沒有寧日，河神不滿也在情理之中。

早有四個壯漢抬出一隻香味四溢的烤全羊，烤全羊後面是點心、五花肉和熱氣騰騰的大饅頭。饅頭是人頭形的，上面塗滿了動物的鮮血。

內臣帶領大家高喊：「謝——恩！」

四名壯漢將祭品投入水流湍急的河中。

烤全羊在水中激起一團巨大的浪花，剛才波浪滔天的孔雀河果然平靜下來。

眾人又行九叩大禮。

鄯善王鬆了一口氣。這一刻，他感到孔雀河岸的空氣新鮮而溼潤。雖然他分明感到，急促的鐵蹄聲很快將撕碎孔雀河岸的寧靜。

但是，又能有什麼辦法呢？

§

班超和他的隨從出現在塔里木盆地東端的羅布泊時，簡直被它的美麗驚得目瞪口呆。這幾日，班超一行幾乎一直在荒涼蕭瑟的瀚海戈壁之間行進，為了防止沙塵暴，他們還牽著一串駱駝。一連數天急行軍，滿眼焦土，最多只看到稀稀疏疏的駱駝刺和低窪處才有的一簇簇芨芨草，眼睛裡邊幾乎要冒出火星來。

進入塔里木盆地後，他們只感到眼前一亮，只見遍地的綠色和金黃的麥浪，廣袤三百餘里的羅布淖爾水平如鏡，閃著銀光，像仙湖一樣，散發著迷人的氣息。和煦的陽光下，成群的野鴨在湖面上玩耍，鷗鷺及其他小鳥歡快地歌唱。豐盈的萬頃綠地啊，潮溼的樓蘭就要到了。

「將軍，前面有一條大河，水質清澈，馬累了，是否稍事歇息？」

「探清是什麼河，是否為匈奴控制。」

「將軍，是鄯善國的孔雀河。黃羊在河邊飲水，並無異常。」

三十六騎於是在孔雀河邊安頓下來。

戰馬已跑了半天，又困又渴，此番見到河水，歡快地打著響鼻，伸長脖子，喝得非常痛快。

戰馬是軍人的第二條生命，看著戰馬愜意的樣子，班超感到莫大的欣慰，他饒有興味地說：「孔雀河者，飲馬河也！」

孔雀河谷似乎也聽懂了班超的話，孔雀河谷的居民從此便把這條母親河當作是飲馬之河。

一行人沿孔雀河繼續向鄯善方向馳去。

鄯善國美麗的孔雀河與塔里木河交會之處，便是樓蘭城。樓蘭城平面略呈方形，城內房屋用土坯建成，以粗狀的木礎支撐，飾以雕鏤精細的木柱和雕花裝飾的木板。樓蘭因被漢朝收歸而逐年漢化，嚮往著「延年益壽大宜子孫」、「長壽光明」、「長樂光明」、「長葆子孫」，開始使用瑞獸紋、瑞禽紋、波紋錦作裝飾，習俗也從游牧轉入農耕。

歷代鄯善王不惜血本構建的這個城三面環水，易守難攻，一旦戰事吃緊，樓蘭城可以將全部落的百姓悉數收入。

鄯善國憑藉樓蘭城在多次戰爭中立於不敗之地。

從張騫通西域以來，西域和漢朝不相往來又有六十五年了。班超帶領的三十六騎來到鄯善國時，鄯善王既想歸附漢朝，又想歸附匈奴，正處在舉棋未定之際。

在漢軍重返西域之前，鄯善正在和車師部爭奪大漠以東各綠洲的控制權，漢軍追擊匈奴進入大漠，鄯善部立刻從北方撤回了部隊，密切關注著漢朝和匈奴的動向，思考下一步的行動。

鄯善國的國王數天前接到通報，知道班超的隊伍已經進入了鄯善境內，便派人等候在塔里木河岸邊。

素有「無韁之馬」之稱的塔里木河，自西向東蜿蜒於塔里木盆地北部，兩岸胡楊林濃蔭蔽日，形成天然綠色長廊，沃野千里。這是一條美麗異常的內陸河，第一次見到它的人，總會認為它是世界最長、最美麗的河流。第二次見到它的人，總會認為它是文明的視窗和母腹，打到了塔里木河這把鑰匙，便可以打開一扇耀眼的大門。塔里木河流淌在塔克拉瑪干沙漠北緣的幹道，河道含沙量大，沖淤變化頻繁，河流經常改道，在中游地區造成南北寬達百公里左右的沖積平原，河道曲折，汊流眾多，蘆葦水草叢生，浩浩蕩蕩，完全是一座「水上迷宮」，假如沒有鄯善國王派出的人馬引導，班超一行很容易迷失在河道中，甚至命喪塔里木河。

鄯善部落引導班超的隊伍有驚無險地渡過塔里木河，來到樓蘭城下。

鄯善王安排了隆重的入城儀式，並親自在王宮前迎接班超一行，設盛宴為漢使接風，執禮甚勤。

鄯善國的宴席非常豐盛，擺在班超一行面前的有炒野兔、烤黃羊、蒸沙狐等野味以及西域特產葡萄美酒。葡萄酒澄清赤紅，散發著葡萄的清香，入口平和，後味無窮，與中原用糧食釀造的烈酒大不相同。烤黃羊是沙漠特產，需用刀一片片切食。

鄯善的國宴令班超一行大開眼界的，是飲食中暗藏的機關，這種機關使美味套著美味，進食的過程就像探險：一大隻黃羊的肚子裡藏著一隻烤熟的小羊羔，小羊羔的肚子裡又藏著一隻烤好的天鵝。天鵝是在塔里木河畔捉到的野鵝，是鵝中珍品，體型碩大，屬禽肉之王，肉質鮮美有韌性，野味十分濃郁。班超以為吃完天鵝，這頓國宴就可以接近尾聲了，孰料吃完天鵝後他才發現，天鵝的肚子裡還藏著一隻烤好的鵪鶉！

看著班超一行吃驚的樣子，鄯善王不無得意地介紹說，這鵪鶉也是塔里木河的特產，成長在茂盛的蘆葦蕩裡，燒烤時使用了來自大食的茴香，所以味道更純正，更鮮美。鵪鶉雖小，但其肉可補五臟，益中續氣，實筋骨，耐寒暑，消積熱。在鄯善國，只有尊貴的國賓才可享用此等美味。

飲食代表著一個國家的開化程度和文化水準，班超原以為河西走廊之西的人只懂得生吃牛羊肉，飲食粗魯野蠻，今日見了，方覺其精細程度，更在漢人之上，真是大開眼界，不由得嘖嘖稱讚。

第五章

鄯善王懷著複雜的心情，站在宮門前等候班超一行。

他看上去明顯老了，腰身已經下躬。

這個國家從最初叫「樓蘭」開始，就一直在漢與匈奴之間左右搖擺。樓蘭的態度是漢與匈奴力量對比的風向儀。他們每年有一大半時間，都在迎來送往，在接受匈奴與大漢的分別遊說中度過。

為了在匈奴與漢之間找到恰當的平衡點，鄯善國常年都會使出他們的拿手絕技：各向兩國派遣一名太子作為「質子」，也就是人質。

這些人質，去匈奴或漢朝，一去就是幾年甚至十幾年，往往有去無回。但也因此能為鄯善國爭取到幾年中立國的平靜時光。

聯想到那些為國家犧牲了的質子，鄯善王就感到內心一陣刺疼。

樓蘭，或者鄯善，註定是一個被遊說的國家。

被遊說，就是這個國家的命運。

鄯善王為無法改變他的國家被遊說的命運而難過。

想到這一點，他就開始討厭那些巧言如簧的使者。由於不堪重負，他們甚至祕密殺害過漢朝的使者，並把他們的死亡歸罪於大漠、流沙與響馬。

難道，自己的國家，沙漠邊緣的偉大綠洲，孔雀河畔的驕子，就要這樣在與漢和匈奴曠日持久的談判中，年復一年地萎縮沉淪下去，然後消失得像大漠深處的一滴水嗎？

鄯善王沉重地嘆了一口氣。

鄯善王在王宮門口迎接到班超一行，熱情地將他們請至客廳。

鄯善王看著面前這個威猛的漢子，聯想到這個漢子身後廣闊的中原腹地，以及他們手上掌握的明光閃閃的鐵馬金戈，內心疲憊得早已不想抵抗。

他想，不說話就是一種抵抗，少說話也是一種抵抗。

班超也在打量著鄯善王。面前這個頭髮灰白的老人，看上去如此困頓、落寞和低調。但是，絕不能因此低估鄯善國為了生存而採取的中立策略。他的軟弱，事實上就如水一般。鄯善有水則生，失水則亡；鄯善向水則勝，去水則敗。

水，真是鄯善國的一個生命符號。

鄯善人從他的先輩樓蘭人那裡，繼承了塔里木盆地的豪華綠洲。他們對水的理解，應當不比中原聖賢所謂的「上善若水」這一哲理差。

雙方在開始刺探各自的想法前，就已經用含笑的目光進行了三五個回合的較量。

§

侍者獻上奶茶，賓主雙方落坐。

班超向鄯善王抱拳作揖，鄯善王右手貼於左胸，微微躬身致意。雙方臉上都掛著節制的笑。

先禮後兵。不僅來自中原腹地的大漢使者懂得這一點，鄯善王也深諳這一道理。

班超朝身後打了一個響指，隨從田慮馬上拿來一個黃色的錦盒交給班超。

班超起身，謙遜地說：「大王，這是當今漢天子託竇固將軍送給您的禮物，竇固將軍派末將專程馳送，請過目。」

錦盒在鄯善王手中徐徐打開，是一個長軸。長軸慢慢打開，眾人只覺眼前錦碧萬端，原來是一匹巨大的黃色絲綢。

「大王，我大漢是產絲之地，這匹絲綢，需要蘇州的十二名少女連續勞作半年以上才能織成。鄯善和大漢世代友好，鄯善是孔雀河畔的偉大部落，我大漢本應勤於走動，通連西域，無奈近幾十年因新莽篡漢，拒納西域，致使兩國不通資訊。今日大漢復興，四夷咸服，大將軍竇固受大漢皇帝之命坐鎮河西，志在復通西域，今日派我等前來示好，特攜上等蘇州絲綢一匹，請大王笑納。」

班超這番話大方、得體，說的是漂亮的外交辭令，明面上是送禮，實則展示大漢的實力，鄯善王哪能不懂言外之意。

從事郭恂平素說話莽撞，又急於搶功，冷不丁在旁邊插話說：「近日十萬大漢鐵騎在伊吾盧大敗匈奴，匈奴北走大漠，想必大王也知道了！」

郭恂此言一出，分明是威脅鄯善王。

班超用眼色制止郭恂，示意他不可亂說。

郭恂此番話說出來，客觀效果是和班超兩個人一個唱紅臉，一個唱黑臉，有文有武，軟硬兼施。鄯善王聽了，不由得臉上紅一陣白一陣。

但鄯善王保持著一如既往的糊塗，他馬上堆上了誇張的笑容，歡喜地摩挲著這一大匹絲綢。

除卻政治意味，這匹絲綢確實值得讚歎，色澤鮮豔，飛雲流彩，即便放在產絲大國漢王朝的宮殿，也絕對算得上是極好的物產。

鄯善王覺得有必要將雙方的注意力從暗中較勁的對峙狀態中解脫出來。他實在不願意對大漢或匈奴明確表示自己的立場。

鄯善王就開始讚歎這匹絲綢是如何豪華、高貴。他甚至把絲綢披到自己身上，在大殿裡大模大樣走了幾步。

班超沒料到在如此嚴肅的場合，鄯善王居然關心絲綢甚於關心自己國家的命運，不禁在心裡微微搖了搖頭。

看著拖在鄯善王腳下的絲綢，以及鄯善王眉宇間透露出來的滑稽樣子，賓主雙方都笑起來，氣氛馬上緩和了，大殿間的空氣，也從剛才的凝滯重返流動狀態。賓主間開始像鄰居之間互相串門那樣親切和隨意。

絲綢能給人帶來高貴的感受。

這一刻，絲綢還能調節兩個國家之間的對峙氣氛。

鄯善王說：「絲綢太珍貴了，一定要用這匹絲綢做兩套官服。」

從事郭恂說：「大王，一人穿絲綢，何如一邦穿絲綢？一邦穿絲綢，何如一國穿絲綢？鄯善田豐水足，設若能如我大漢還廬樹桑、女修蠶織，何愁舉國沒有絲綢？」

鄯善王早就知道，在大漢王朝那裡，食貨兩者是生命之本，不僅施行減賦政策，獎勵農業生產，提倡食貨並重，而且明確把蠶桑放到農業生產的第二位，位於畜牧業之上，並以農桑為衣食之本。

但是，在西域這塊沙漠的邊緣還廬樹桑，這話又該從何說起啊？

班超狠狠瞪了郭恂一眼，丟人現眼也不該在此時、在此地，且當著這麼多鄯善大臣的面。

鄯善王對大漢重視農業內心充滿了敬佩，他對派往漢朝的質子唯一寄予的希望，就是假如有朝一日能夠返回西域，可以帶回先進的農業生產技術。

鄯善王還有一個夢想，現在，他願意把這個夢想和在座的大漢使者分享：

「有一天，西域海清河晏，沒有殺伐和爭鬥，空氣中彌漫著苜蓿花的清香，雲杉組成了森林的長城和綠色的神殿，孔雀河邊的葡萄樹攀越天空，迎合著帕米爾神鷹對家園的嚮往……那時候，我願意是西域一粒小小的塵埃，翻山越嶺，到中原親眼目睹絲綢如何在少女的手中輕柔地滑落……」

一句一頓，一句再一頓，句與句間充滿了緊張的期待和神奇的冥想。

一點也沒錯，鄯善王就是這樣描述的。

他雙手交疊在胸前，陌生的詞彙、陌生的句式和陌生的語氣，像水一樣從他鬍鬚濃密的嘴裡流淌出來，這使得鄯善王看上去不像一名萎靡不振的國王，倒像一名流浪在王宮的吟遊詩人。

鄯善王宮中的人都很吃驚，包括鄯善王的衛士和僕從。特別是鄯善國的大臣們，他們從沒聽過自己的國王會如此說話。多麼美妙的景象啊，又是多麼陌生的風格啊，這景象從國王的嘴裡說出來，輕歌曼語似的，此刻，鄯善王不是詩人又是什麼？

班超也很吃驚，甚至受了感動。蒼老的鄯善王，頭髮灰白、躬著腰身的鄯善王，居然擁有一顆年輕、敏感和詩意的心。

鄯善國躲避著殺伐和爭鬥，小心翼翼地保存著自己。原來他們想過的生活，就是生活在植物的傳奇王國中。在他們眼裡，所有的植物都是一盞燈，而香味就是它的光。

§

一位元將軍與一位元國王的對話可以詩情畫意，但國家與國家間的對話永遠像鐵一樣冰冷。

談判開始了。由於剛才的交流，這番談判已經有了難得的溫度。

班超向鄯善王表達了近些年漢朝對西域諸國，特別是對鄯善國的關心，希望鄯善國一如既往忠於漢朝，不要對匈奴俯首聽命。

鄯善王似乎還沉浸在剛才描述的意境中，席間出現了片刻的沉默。

鄯善國的大臣們顯然不太滿意大漢使者的話，但客人在座，鄯善王又不發話，群臣面面相覷，只是沉默。

班超又說：「西域各國在大漢西域都護的管理之下，刀劍入庫、馬放南山、兵戈不起、天下太平。後因漢朝政亂，匈奴趁虛侵擾漢邊，又對西域諸國盤剝日甚，南下之欲漸強，大漢忍無可忍，遣使打通西域，維護大漢邊關安寧，以利各國友好，西域亦可休養生息，人民安居樂業，請大王詳慮。」

鄯善王回過神來。天山還是那個天山，博斯騰湖還是那個博斯騰湖，使者還是那個使者。今天來的是大漢的使者，明天來的也許就是匈奴的使者。絲路很長很遠，而殺伐和爭鬥很近很近。

鄯善王咳嗽一聲，用他慣有的慢騰騰的語速說：「鄯善國從來都只忠於天漢，天漢把北匈奴趕出大漠，鄯善部落再也不用看匈奴的眼色行事了，此鄯善之幸也！」

班超不由得和郭恂交換了一下眼色，沒想到鄯善王表態如此之快。

鄯善王撥拉著面前的那匹絲綢，突然想起了什麼。他雙手擊掌，幃幔後閃出一名戴著大耳環的少女，躬身到鄯善王面前。鄯善王用鄯善方言對其說了幾句什麼，少女轉身，耳環叮噹，不絕而去。

班超馬上警惕起來，回首用中原方言問田慮：「他們在說什麼？」

田慮年輕時曾跟隨叔父在絲綢之路上做陶瓷生意，大致懂得西域各國方言，他似乎聽到鄯善王讓少女去後宮拿葡萄酒。

班超這才放下心來。

又是一陣耳環叮噹，如玉佩相撞，聽上去聲勢甚為浩大。伴著踢踏的腳步，先前領命而去的少女領著一大群年輕女子從後宮走來，每個女子都帶著巨大的耳環，形制各異，蔚為壯觀。

她們身上都抱著一個泥罈。一罈又一罈，一共抱來十八罈。少女們把酒罈置於當地，頷首，鞠躬，逶迤而去，清脆的叮鐺聲逐漸消失在後花園。

葡萄酒！

田慮驚喜地差點喊出聲來。漢軍軍紀甚嚴，竇固和班超又不嗜酒，平時軍士連中原米酒都不能喝。田慮做陶瓷生意時喝過葡萄酒，對那種芳香酷烈、味兼醍醐的感覺印象極深。

鄯善王站起來。這個具有吟遊詩人氣質的國王看樣子想說一個較長的句子，表達一個較長的意思。聽上去，他的語速稍微快了一些。

「這批葡萄酒，夫人藏於後宮已近十年。這是柏格達神賜予我們的甘露，來自月亮的聖樹——葡萄樹。如此珍貴的甘露，樓蘭人不敢獨享，否則柏格達神會怪罪我們。尊使一路風塵顛簸，鞍馬勞頓，我等就用十八壇葡萄酒為各位接風洗塵吧！」

一路之上，班超看到了成片成片的葡萄園。葡萄酒是西域的特產，早已傳入中原。但班超從沒飲過葡萄酒。他看到西域人大桶大桶地喝葡萄酒，總喝得酩酊大醉，連守城的士兵也不例外。胡人奢侈，厚於養身。此番在西域境內，算是親見了。

十八壇葡萄酒接風，是樓蘭國傳至鄯善國的最高待客禮儀。

說話間，十八個酒罈的泥封被乒乒乓乓地開啟，一股清雅無比的淡淡酒味在大殿裡彌漫開來。人群中發出一陣騷動。在場的鄯善人眉宇間充滿了欣喜與期待。

班超擔心酒裡有詐，正琢磨如何應對鄯善王的邀請。田慮看出了他的心思，悄悄地說：「酒是好酒，人也是好人。西域各部落即便是對待敵人，也從不會在葡萄酒中使詐，看到了醉酒的敵人，也不趁虛攻擊。他們認為葡萄酒是柏格達神的賜予，是以不敢褻瀆。我行走西域多年，從未因酒失事，將軍盡可放心。」

班超不自然地衝田慮笑笑，為自己的想法感到羞愧。大漢民族的一些人無視信義，習慣在背後使用小伎倆，使人不得不生提防之心。這種提防心原是不該帶到西域來的。西域的人心，純淨得像帕米爾高原上的空氣。

一盞夜光杯擺了上來，葡萄酒閃著深紅色的光澤，徐徐注入杯中，旋起一個小小的波浪。

吟遊詩人一般的鄯善王端起酒杯，環視四周，帶頭高歌：

讓我們吆喝著各飲三十杯，
讓我們歡樂蹦跳，
讓我們如獅子一樣吼叫，
憂愁散去，
讓我們盡情歡笑。
……。

起初，是鄯善王一個人在高歌。唱到中間，是所有的鄯善人在高歌。這是一首古老的突厥語民歌　班超雖然聽不懂他們在唱什麼，但情緒也因此受到很大的感染，禁不住和著他們的節律一同狂歡起來。

然後，他和鄯善王相對舉杯，各自仰脖，一飲而盡！

一種神奇的清涼伴著略有些生澀的酒香，像塔里木綠洲的陽光從體內穿越而過，這一刻，班超已經無可救藥地愛上了西域。

巨大的歡呼聲中，班超和各位將士連飲數杯。

在喝酒的疆域，沒有敵友，沒有你我。他們面對著同一個神祇，現在，這個神祇是和太陽一樣高的西域眾神之神——柏格達神。

但是不能這樣沒有節制地海飲下去啊。班超，你是誰，從哪裡來，向何處去？

班超閉上眼，腦海中出現了一幅完整的西域疆界圖。

微風吹來，班超猛地驚醒。

在鄯善國巨大的酒歌聲中，班超輕輕哼起了漢軍的軍歌。血染戰袍，是男兒衣；馬革裹屍，是英雄塚。是的，他是一名大漢的軍人。

他要把那些分別叫鄯善、龜茲、于闐、疏勒的國家一一走到，並用審視絲綢一樣的目光默默丈量它們。

他腦海中的目光最後停留在絲路南北交界處的疏勒，那裡才是他此行最重要的目的地。

一杯葡萄酒在鄯善迎候了班超，那麼，必有另一杯葡萄酒在疏勒等他舉杯。

疏勒，疏勒，等我。

§

宴罷，鄯善王說：「請尊使早些回驛館歇息吧。」

班超略有醉意，說：「大王用塔里木的最高規格接待末將，盛意著實可感，容他日回請。大王為樓蘭生民計，棄匈奴而向漢，當信守諾言。果如此，偉大的柏格達神都會讚揚您的！」

鄯善王微微一笑。他看上去也喝了不少葡萄酒，顯得比較興奮，但絲毫不顯醉態。

班超走後，鄯善國的群臣還在殿中歡狂。他們高聲歌唱，歡快跳舞，有人甚至砸了裝酒的泥罈，現場一片狼籍。

鄯善王手握夜光杯走到角落裡，落寞的神情再一次襲上了這位時刻想保住綠洲的國王的臉。

強敵如林，環伺在側，綠洲隨時可能變成火焰和戈壁，樓蘭人有何面目在此狂飲神聖的甘露？

鄯善王站起來，猛地把酒杯砸向離他最近的一個燭臺。「啪」的一聲巨響，夜光杯被砸成碎片，燭臺倒在地上，桌裙遇火，猛烈地燃燒起來。

人群發出驚叫，大臣們像雕塑一樣定格在原地。

僕從將桌裙上的火撲滅，惴惴不安地看著面前突如其來發生的一切。

鄯善王說：「我要給你們講一個古老的傳說。從前，有一個魔鬼，種下葡萄籽，先用一隻狐狸的血澆了，再用一隻老虎的血澆了，第三次用一隻野豬的血澆了。魔鬼後來用葡萄釀酒，喝了第一種酒的人，就像狐狸一樣聰明，並與以前沒見過的人交上了朋友；喝了第二種酒的人，就像老虎那樣凶猛，無所畏懼；喝了第三種酒的人，就像豬那樣愚蠢，幹盡了一切骯髒的事。」

鄯善王講完這個古老的傳說，沙啞著嗓子，一字一頓地問：「你們，喝了柏格達神賜予的酒，是變得聰明了，還是變得凶猛了，或者是變得愚蠢了？」

大臣們怔怔地站在那裡，沒人敢答話。

鄯善王大聲吼道：「睜開你們像豬一樣愚蠢的眼睛看看吧，孔雀河的河神已經發怒，我們的綠洲，正因馬蹄的踐踏變得無比骯髒，蒼鷹飛起的地方，沙漠風暴已經出發，先輩建立的樓蘭國已經消亡，鄯善，還要褻瀆眾神賜予的聰明與智慧嗎？」

大家都慚愧地低下頭，有人開始帶頭退出狼藉的大殿。眾臣依次退出，自動聚集到議事廳議事。

他們喝過了葡萄酒的思維因慚愧變得無比活躍。

群臣分為兩派，一派認為西域都護撤銷後，西域諸國迫於匈奴兵威，不得不歸順之。如大漢能重設都護，西域可安，我等亦可歸之，如此綠洲可保。

另一派則說，匈奴地廣萬里，騎兵幾十萬，昔時漢軍衛青、霍去病等多次發大兵進擊，匈奴雖敗而不亡。近日雖漢軍獲勝，但漢軍一退，匈奴必來。我等現屬匈奴，今日以禮接待漢使，必得罪匈奴，不如拿下班超獻給單于，尋求保護，以免重蹈戰亂之火覆轍。

一面是「引弓之國」的匈奴，一面是「衣裳之邦」的大漢，到底誰會主宰塔里木盆地的局勢？

左右兩派各持己見，爭論得不可開交。

葡萄酒的紅暈漸漸從他們臉上消散，人人不再像最初那樣激動和活躍。

他們爭論半天，還是沒有任何結果。

這時候突然有探子來報：「匈奴的使者已經距扜泥城不遠，指定明天面見大王。」

鄯善王一驚。他明知這一天遲早都會到來，卻也沒料到來得如此神速。

小國在大國中間，不兩屬無以自安。

他思忖半晌，長嘆一聲。

§

數天前，單于庭的營地前，胡笳聲聲，羯鼓陣陣，橫笛、箜篌、琵琶的聲音夾雜其間，儼然是一番塞外景象。

匈奴單于正在這裡祭天、授旗。

高聳的祭台前，十二個部落的騎兵隊伍整齊排列著，每個隊伍前均有一千騎長，他們不穿鎧甲，只穿羊皮製成的皮衣，腰間緊束著一根皮帶，騎在配有馬鐙和馬鞍的駿馬上，顯得威風凜凜、英姿颯爽。

一陣節奏明快的鼓點自帳外響起，一名大祭司緩步從單于的圓頂帳篷中走向祭台。在他身後，北匈奴單于率領匈奴的貴族、將領、各部落酋長等數十人出現在場中。

大祭司登上祭台，率領台下的人向眾神祇祭拜。

祭拜完畢後，單于向北匈奴的十二個部落授旗。這十二個部落分別是：青龍部、飛虎部、雄獅部、蒼狼部、麒麟部、兀鷲部、野牛部、黑熊部、羽蛇部、飛馬部、猞猁部、白象部。單于展開一面面用質地優良的絲綢做成的軍旗。這些旗幟都是白底紅邊，旗後飄著長長的、紅色的旒，每面旗按部落命名的獸類，用彩色絲線繡成，煞是威武、雄壯。

單于登上高臺，向全場迅速掃視了一下，說：「我的臣民們……」

只聽台下的匈奴騎卒們有節奏地呼喊：

「單于、大單于，撐犁孤塗單于！」

匈奴的國王叫單于，是「廣大的」意思。第一位匈奴領袖人物是頭曼單于，全稱為「撐犁孤塗單于」。此後，匈奴人把他們的最高長官都習慣稱作「撐犁孤塗」。「撐犁孤塗」匈奴語就是天子的意思，「撐犁孤塗單于」就是天地所生、日月同輝的匈奴大王。

單于繼續說：「我的臣民們，自頭曼、冒頓單于以來，我匈奴立國已有數百年了。現在，我們要到天山去。為了到達天山，占領那裡的大好牧場，好吃的食物要給能打仗的年輕人，年老和疾病將被視作恥辱！」

台下的匈奴騎卒們馬上呼應，繼續有節奏地喊：「撐犁孤塗單于！撐犁孤塗單于！」

單于說：「我們，現在就挺起腰來，越過天山，占領疏勒！風沙吹打著我們的臉，膽小者將被踩在馬蹄底下！我們要把敵人的血灑在神聖的短彎刀上，我們還要喝一杯敵人的血！」

匈奴士卒高喊：「撐犁孤塗單于！撐犁孤塗單于！」

單于大聲鼓動：「把自己的臉劃破，讓血和淚一起流出來！」

單于庭的營地前，匈奴士卒紛紛解下尖刀，劃破自己的臉，讓血從臉上流出來，流到前面的酒碗中。

他們端起酒碗，一飲而盡。

然後，由匈奴左賢王率領的大軍，蹄聲隆隆地向疏勒方向開進了。

§

扜泥城外，倨傲的匈奴左賢王的使者，左大將呼延勝正在等待鄯善王的召見。

他身材矮胖，雙肩很寬，短粗的脖子上長著一個碩大的頭顱。他留有粗硬的黑髮和稀疏的鬍鬚，鼻子扁平，一雙黑眼睛銳利而陰鷙。

匈奴以左為尊，所以左賢王的地位僅次於單于，左賢王一般是單于的候補人選，因此常常由單于稱心的兒子擔任。在賢王以下，分別設有谷蠡王、大將等職務，分別隸屬左右賢王。他們的地位高下順序是：

左賢王第一，右賢王第二；左谷蠡王第三，右谷蠡王第四；左大將第五，右大將第六；左大都尉第七，右大都尉第八；左大當戶第九，右大當戶第十。

左右賢王有固定的游牧地域，他們手下的谷蠡王等高官也有相對固定的駐牧之地。

呼延勝的裝扮，是典型的匈奴軍人的行頭，甚至像極了他們匈奴國偉大的領袖冒頓單于。

呼延勝身後的士兵，高擎一面旗幟，上面繡著一隻威武的獨耳黑狼。

呼延勝的肩上，還停著一隻隼鷹。牠從群峰間飛來，在高空踅飛兩大圈後，斂起翅膀輕盈地落在呼延勝肩上。這是一隻凶猛的、善於撲叼獵物的隼鷹，一雙青黃透明的眼睛透著十二分的機靈。

呼延勝抖動肩膀，讓牠去藍天底下撒野，隼鷹便向高空飛去，盤旋，或者停止。有那麼一刻，牠就像定格在空中的一個小黑點。牠在全神貫注地注視著什麼。果然，一柱香的功夫過後，隼鷹突然像一塊自由落體的石頭，凶猛迅捷地從半空直撲下來，雙爪箝住一隻在草叢中疾逃奔跑的兔子，鷹嘴牢牢叼著，借勢扶搖直上，眨眼間，一塊塊血紅的肉團便從半空中掉落下來。

隼鷹把獵物儲存在只有牠知道的地方，然後，再次輕盈地落在呼延勝的肩膀上。

§

呼延勝一行的到來，使鄯善國上下高度緊張。

鄯善國王宮的衛士們站在遠處交頭接耳，議論著這位不速之客。

呼延勝被迎進扜泥城的會客廳。鄯善王表現出非常驚喜的樣子，高舉雙手迎上前去，向匈奴使者行鞠躬禮，嘴裡連連說：「有失遠迎，有失遠迎！」

呼延勝略略點頭，目光始終飄得高高的，然後再從高處投射下來，表現出一種一望而知的強勢狀態。他的眼睛陷在黑洞似的眼眶中，銳利的目光時刻警覺地注視著前方。游牧民族鷹一般的眼睛習慣於環視廣闊的草原，能夠分辯出現在遠處地平線上的鹿群或野馬群。

他身後的隨行腋下夾著一把胡床，也就是交椅，放到當地，打開，遞到呼延勝面前。

呼延勝彈彈長袍上的塵土，大大咧咧坐了下來。

鄯善王始終彎著腰，他一點都不敢輕視這個小個子的匈奴人。

匈奴人個頭都很小。當他們站在地上時，個頭確實矮於一般人，但當他們跨上駿馬，便成了世界上最高大的人。

鄯善王知道匈奴使者會問他什麼問題，說什麼話。對他而言，這些話都已經聽得很多了。

果然匈奴使者說：「漢朝的使者，是不是來向貴國遊說啊？」

鄯善王宮中陪同迎接匈奴使者的大小官員面面相覷，覺得十分無趣。

鄯善王硬著頭皮應付道：「尊使的消息真是靈通，漢朝的使者果然正在本國。」

呼延勝說：「那，貴國想必已經認下漢朝這個親戚了吧？」

鄯善王說：「豈敢豈敢，敝國只想在漢匈之間求得中立，謀一立錐之地。貴國與漢朝，敝國均尊為貴賓。」

呼延勝聽了，霍地從胡床上坐起來，眼睛裡邊閃著凶狠的光，說：「漢匈不共戴天，塔里木盆地有漢無匈，有匈無漢。左賢王今日派我前來，就是想要鄯善王一句話，是和草原上偉大的天之驕子坐下來一起飲酒呢？還是要和漢朝狼狽為奸，激怒我們偉大的單于，而使塔里木盆地血流成河呢？」

看來，呼延勝根本不想和鄯善王談判，已經向鄯善王攤牌了。

大殿內空氣十分緊張，一觸即發。

鄯善王怔了怔，但臉上始終堆著笑：「尊使莫急，只要匈奴保證鄯善國泰民安，鄯善隨時恭候大單于駕臨孔雀河。」

呼延勝說：「我們偉大的冒頓大帝說過，我匈奴人的牛羊吃草到哪裡，哪裡就是匈奴人的疆界。現在，我匈奴人的牛羊已經到了天山，天山便是匈奴帝國的疆界，對此，你們還在懷疑嗎？」

鄯善王頻頻點頭。他知道那個冒頓單于。在成為單于之前，他發明了匈奴的標誌性號令——鳴鏑。在一次狩獵途中，他突然把鳴鏑射向自己的父親、匈奴的最高首領頭曼，他的部下也毫不猶豫地隨鳴鏑發箭射之，使頭曼單于死於亂箭之下。於是他成了匈奴的最高統帥——冒頓單于。匈奴國使用的是獵獵狼旗，旗幟上那隻獨耳黑狼，就是冒頓單于畫上去的。據說冒頓死後，葬於天鵝湖中，下葬時成千上萬隻白天鵝遮蔽湖面，久久不散。

鄯善王暗自思忖，在這個強悍的草原蒼狼面前，像孔雀一樣軟弱無力的鄯善只好左右屈就了。

鄯善王於是答應呼延勝，鄯善國受匈奴節制可以，但須簽定盟約。

呼延勝看到出使鄯善的目的即將達到，略略考慮片刻，又與手擎獨狼旗的僕從耳語一陣，答應與鄯善國修盟，以達到節制西域諸國、抗衡大漢的目的。

事不宜遲。鄯善王馬上吩咐屬下準備修盟儀式。

一切準備停當，鄯善王及眾大臣和呼延勝的隨從一同登上鄯善城外的東山，兩國分作兩排，站在香案前。不遠處，一匹白馬早被拴在木樁上。鄯善王一聲令下，士兵手揮尖刃刺向白馬的肚子，白馬長嘶一聲，前蹄高高揚起，鮮血從傷口噴射而出，就像一道紅色的瀑布。白馬負痛而鳴，聲震山谷，聞之不勝慘苦。

鄯善王及眾大臣一齊低下頭去。

呼延勝和他的隨從眼中卻流露出嗜血的渴望來。

鄯善國的士兵用大盆接了白馬流出的鮮血，端到几案前。

士兵把鮮血分成兩份，倒入兩只瓷碗，分別端到鄯善王和呼延勝面前。

呼延勝看著那只瓷碗，臉上露出不屑的神色說：「等等！」

他朝身後一揮手，一個匈奴兵馬上解下腰間的布包，取出一樣物事呈上前來。

那是一個半碗型的金黃色器具。

鄯善王認得，這器具便是冒頓單于發明的頭蓋骨飲器。匈奴人常把敵人的頭蓋骨沿眉毛處鋸開，在外面蒙上皮套，裡邊嵌上金片，作為飲器使用。他們西邊的鄰居月氏王的頭顱，就是不幸被老上單于當作戰利品，製成了酒器。不知道這位匈奴使者，又把哪位敵人的頭顱製成了飲器。也不知道自己的頭顱，會不會穩穩當當地長在自己的項上。

冷風吹過，鄯善王下意識地打了一個冷顫。

香案燃起來了，在嚴肅的氣氛中，鄯善王端起瓷碗，與呼延勝端著的人骨飲器碰到一起，雙方互相承諾，絕不背叛自己的盟友，如若有違，下場便如剛剛死去的那隻白馬。

他們把手中的血碗高高地端起來，然後，豪邁地將其一飲而盡。

四周響起滿懷心事的稀疏掌聲。

夜深了，鄯善王宮漸漸沉入靜謐的黑暗。

§

西域巫風盛行，薩滿教的影響無處不在。

精通西域事務的田慮說，薩滿教常賦予火、山川、樹木、日月星辰、雷電、雲霧、冰雪、風雨、彩虹和某些動物以人格化的想像和神祕化的靈性，把它們視為主宰自然和人間的神靈。特別是由祖先亡靈所形成的鬼神觀念，以及人間的各種疾病與死亡造成的恐懼，是薩滿教神靈觀念的核心。薩滿教認為，各種神靈同人類一樣有意志、願望和情欲，更有善惡之分，不能違拗、觸犯。各類神靈具有不同的屬性和功能，各主其事，各行一方，地位大體平等，絕大多數尚無等級差別，也沒有主宰一切的神。

班超對田慮的說法不置可否。他長期生長在中原，在他心裡，只有兩個大神，一個叫山神爺，另一個叫土地爺，除此之外，似乎還沒有更大的神。

但是這一路之上，班超一行總能看到一些中原不易看到的景象，許多景象都讓他吃驚，可謂開了眼界。

那是一個傍晚，他和他的戰友們經過一個村落，看到當地居民在村頭用香木燃起了數十個火堆，火光騰空而起，一股濃濃的香氣撲鼻而來。

班超問：「這是什麼木頭啊？這麼香。」

田慮說：「這是一種西域的香花樹，中間混有香草。看樣子，這裡的人要跳神了。」

班超問：「跳什麼神？」

田慮說：「其實和我們中原祈求神靈保佑的道理是一樣的，剛才燃起香木和香草是為了淨化汙濁的空氣，以便歡迎神靈的到來。」

班超一行走得很累，便在距火堆不遠處打尖。當地居民雖然已經注意到有外人到來，但並不以為意。他們跳神的時候，認為神就在周圍保護著自己，一切與他們作對的人都是與神作對，會受到非常嚴厲的懲罰，所以他們此時不太防範陌生人。

說話間，只見一人身穿神衣，頭戴神帽，左手持鼓，右手拿槌，盤腿坐在西北角的一個專門位置上；另一個病態懨懨的人，則被安排坐在東南位置上。

田慮湊近班超的耳旁說：「那個身穿古怪衣服的人，當地人叫薩滿，他現在就是神的使者。」

只見薩滿的雙眼半睜半閉，連打幾個哈欠後，開始擊鼓。鼓聲宏大而嘈雜，起初較小，然後越來越大，節奏也越來越複雜。伴隨著如雷的鼓聲，薩滿的面部表情也越來越複雜，四周籠罩著一種神祕異常的氣氛，使他們從中原來到西域的人，無不感到駭然，彷彿神真的就在鼓聲中降臨了。

薩滿站起身，邊擊鼓，邊跳躍，邊吟唱，音調極其深沉渾厚。周圍有人情不自禁地加入跳躍的行列。薩滿領唱一句，參加跳神儀式的人跟著唱一句，漸漸形成了龐大無比的合唱。合唱的隊伍不斷壯大，聲音已使山谷出現了回音！

鼓聲越來越緊，薩滿渾身哆嗦著，牙齒咬得格格作響，雙目緊閉，周身搖晃，就像神靈附體一般，顯得痛苦不堪。這時，有人拿出一團燒紅的火炭，放在薩滿腳前，為神引路。

薩滿鼓聲突停，混身大抖。眾人齊聲高歌，意味著神已附體到薩滿身上。

這時附體的是祖先神，借薩滿之口詢問：「你們請我來有什麼事？」

東南角病人的親屬代為答道：「因家人患病，驚動祖先前來看病。」

薩滿點點頭，似乎明白了眾人請他到來的原因。於是他開始再次擊鼓吟唱，與此同時，旁邊有人擊響了腰鈴，配合他演奏。腰鈴可通神。此時，鈴、鼓大作，節奏驟緊，營造出一種神祕、空幻，並使人神情迷離的氛圍和非人間的情境。即便是熟悉西域風俗的田慮，此時也感到頗為緊張。

伴著鼓、鈴、歌、舞，似乎有一種難以名狀的強烈情緒在薩滿心中躍動，並統攝他的整個身心，一股洶湧的心潮迫使他不由自主地向天界升騰……他要代神立言，宣啟神諭，再由輔祭者解釋給他人。

薩滿開始逐一恭請諸神，探尋病人沖犯哪位神。他說的神名田慮都聞所未聞，應當是病人的各位先輩。

薩滿提到一個又一個神的名字，病人都沒有反應。

薩滿又提到了一個神的名字，病人突然不停地顫抖起來。

旁邊的輔祭者說：「好了好了，祖先找到了！」

他們認為，正是這位神在作祟。

薩滿說：「我就是你的祖先，我要你供祭三隻羊和一頭牛！」

病人的家屬趕緊應允，答應病好後就還願。

薩滿對病人家屬的態度顯得很滿意，他讓病人裸體躺在地上，用隨身攜帶的水瓶，向其身上噴水。

田慮說，危重病人的靈魂被惡神掠去，薩滿要借助祖先神的力量，遠征沙場，與惡鬼搏鬥，把患者的靈魂奪回來，病人方能得救。

班超點點頭，若有所思：我的靈魂本來在中原，現在，是不是跟隨我來到了西域呢？

§

西域到處可以看到巫師，鄯善國也不例外。

鄯善國的巫者一般出身於少數民族，即所謂「胡巫」，他們曾經「事九天於神明台」，高踞接近王朝統治的中樞地位，進行過活躍的文化表演。就連漢武帝晚年病重時，因為中原的巫醫對其病無所作為，久久不愈，不得已啟用了胡巫。胡巫能代「神君」立言，他們所使用的特殊巫術，正是鄯善國盛行的薩滿法術。

鄯善國的大街上，經常有巫師表演各種神魔妖道，表演出色的，還有可能被一些西域小國聘為國師。

班超一行走在疏勒的大街上，看到一個老薩滿正在臨時搭建的擂臺上賣力表演。

老薩滿騎一頭犄角牛，身披黑斗篷，胸前掛著一面神鏡，手上拿著神鼓，看上去十分怪異。

起初，老薩滿只是在臺上敲鼓唱歌，並不表演。待圍觀的人越來越多，他來了興致，指揮隨從推上來一輛木籠車，木籠中有一隻凶猛的老虎在不停地咆哮。

老薩滿打開籠門，老虎咆哮著跳了出來。人群像炸了鍋一樣四散奔逃。他們跑遠了，看老虎並沒有追上來的意思，才又小心翼翼地再次圍攏上來。但人們畢竟擔心老虎傷人，只敢遠遠地看著。

老薩滿打一聲口哨，老虎前爪直立，像人一樣站了起來，隨著老薩滿的手勢不停地舞動身姿，看上去無比嫵媚。老薩滿又打一聲口哨，老虎順從地一頭鑽進籠子裡。老薩滿的隨從用一塊大黑布蓋住木籠，老薩滿繞著木籠念念有詞，突然揭開黑布，觀眾吃驚地看到，木籠子裡的老虎已不見去向，卻關著一個半裸的年輕女薩滿。

觀眾席上有人大喊一聲：「好，好魔法！」

年輕女薩滿打開籠子，手托銀盤走向觀眾。觀眾這才反應過來發生了什麼事，立即報以雷鳴般的掌聲和歡呼聲，紛紛掏出銀幣擲向銀盤。

班超搖搖頭，老薩滿的魔法固然精彩，但畢竟僅僅是魔法。欺騙大多數人可以，但絕不能長久。

班超需要的魔法，是利用三十六騎的力量，爭取到西域諸國的優勢兵力，特別是要控制住疏勒這一重要的節點，這樣才可以徹底削弱匈奴在西域的勢力。

班超覺得，這種魔法才是長久的魔法。

而他現在在鄯善國所做的一切，就是為了掃清進入疏勒國的路障。

鄯善國已連續兩天沒有給班超一行送酒肉了，官吏也似乎在刻意冷淡班超一行。鄯善國彌漫著一股不可說與外人知的神祕氣氛。

真奇怪啊，鄯善王一定變卦了。班超警覺起來。

班超召集大夥議事，告誡說：「我等此行身負重任，來到敵屬之國，必須時時提高警惕，處處小心在意，倘若無法完成朝廷交付的任務，不僅有負朝廷及大將軍竇固的重托，還可能危及我等生命，當慎，當慎！」

從事郭恂聽了滿不在乎地說：「此等西域小國，禮數不全，何足掛齒。待我明日面見鄯善王，數落一通，早日簽訂和約即可！」說罷自行前去歇息。

班超搖了搖頭，眉毛擰成了一個十字結。

第二天，班超派出的密探來報，稱匈奴的使者已於早上面見了鄯善王，二者言笑晏晏，相談甚歡。特別重要的是，匈奴和鄯善已在東山飲血盟誓，互相許諾永不背叛！

班超心裡暗暗發笑，知道盟誓不過是匈奴與鄯善共同麻痺對方的一個策略，不能當真。但需要重視的是，匈奴已給鄯善施加了一定的影響。如何讓鄯善棄匈歸漢，這個問題應該馬上解決。

班超把接待他們的鄯善侍者找來，出其不意地問他：「聽說匈奴使者來貴國已有數天，而且去了東山。東山風景很好嗎？」

侍者已受到鄯善王的專門囑託，要嚴加防範班超在匈奴尚未離開時滋事，最好將他們軟禁在驛館，待匈奴人走後再作打算。現在，班超似乎已經發現了鄯善與匈奴盟誓的事情，再瞞無益。侍者倉促間難以置詞，只好把情況照實說了。

班超點點頭，贊許地對侍者說：「想不到孔雀河畔還有你這樣的義士！」

侍者受到稱讚，一時立功心切，主動透露了一個極其重要的情報：北方的蒼狼今晚要包圍漢使所在的驛館，截殺漢使！

班超大驚，他最不希望發生的事情將要發生。班超單膝跪地，向侍者表示感謝。但為了不走漏風聲，班超下令馬上把侍者關押起來，事成後再予以釋放。

班超立即召集部下，用西域葡萄酒招待大家。但是他沒有通知郭恂參加。部下雖然不明白班超為什麼請大家喝酒，但有酒喝總歸是好事。於是，三十五人大杯小盞痛飲起來。

飲到酣處，班超故意設辭激怒大家，他說：「我們來到西域，就是為了立功報國，現在鄯善王因匈奴使者的到來而變得優柔寡斷，怠慢你我，我們都已身處絕境，生死難卜。鄯善王如果把咱們捆綁起來送給匈奴單于邀功請賞，咱們便要身首分離，屍骨拋撒異鄉。當此生死關頭，如何是好？」

眾人都說：「今在危亡之地，死生從司馬。」

班超說：「不入虎穴，焉得虎子。當務之急，也是唯一可供選擇的辦法，就是在今夜火攻匈奴，對方不知我方虛實，必須產生恐怖心理，正好一舉將其殲滅。拿下匈奴使者，鄯善國王的後顧之憂就解除了，必會死心塌地地忠於天漢，如此，則功成事立矣。」

有人提議是否與從事郭恂商量一下，班超大怒，說：「我們生死與否就取決於今天晚上，郭從事不過是一介文官，聽到如此重大的行動，恐怕得嚇得半死，一旦洩露了消息，我們這些人會死得更快，並且連名字都不會留下，你們怎麼一點兒大丈夫的英雄氣概都沒有啊？」

部下見主帥決心已定，已經沒有商量的餘地了，況且他們也沒有別的更好的辦法，加之酒助英雄膽，眾人的豪情壯志瞬間被激發出來，於是紛紛表示願意和班超同生共死。

§

八月秋高，夜幕低垂，大風呼嘯，班超率領他的忠勇之士直奔匈奴使者的駐地。

此刻，整個扜泥城早已進入夢鄉，只有西域獨有的梟鳥的瞳孔在月光的照耀下閃著詭異的光芒，偶爾發出兩聲懾人的叫聲，越發增添了扜泥城的寂靜。

此時天刮大風，班超命令十個人拿著戰鼓藏在敵人駐地之後，約好一見火起，就猛敲戰鼓，大聲吶喊。並命令其他人拿著刀槍弓弩埋伏在大門兩邊。

安排已畢，班超順風縱火，一時，戰鼓齊鳴，殺聲四起，聲勢喧天，匈奴人亂作一團，逃遁無門。班超親手搏殺了三個匈奴人，他的部下也殺死了三十多人，其餘的匈奴人都葬身火海。戰鬥取得了徹底勝利，班超一行無一傷亡。

西域人總是非常奇怪，不明白為何漢軍區區三十餘騎就可以將西域各國的軍隊視若草芥。

這個原因班超是知道的，因為西域各國群龍無首，需要大漢這一定海神針。

從事郭恂一覺醒來，天已大亮。他正納悶驛館中怎麼沒有一個人，突然見班超等人滿身汗血，提著匈奴使者呼延勝等將領的人頭回來了。郭恂十分吃驚。

班超說：「從事莫慌，昨夜獲得重要情報，聞知匈奴使臣將包圍驛館，對我等不利。我見從事酒醉，沒有打擾，便率領三十四名弟兄夜襲匈奴使者，以火攻之，現已將匈奴使者全部擊斃了！」

郭恂聽了，臉上神色十分尷尬，不停地說：「如此甚好，如此甚好！」

班超瞭解郭恂的為人，他馬上表態說：「郭從事雖然沒有參加這次重要行動，但我哪裡會獨占功勞呢？我會奏明竇大將軍和朝廷，這份功勞，使團人人有份。」

郭恂聽了，臉上震驚、羨慕、嫉妒和懊悔的神色才漸漸褪去，顯得自如起來，喜悅之情溢於言表。

天色大亮，班超提著匈奴使者的首級闖進鄯善王宮，把滿臉血汗的匈奴頭領呼延勝的首級扔到鄯善王腳下，鄯善王嚇得面如土色，雙腿篩糠。

鄯善王欲捨漢朝而結交匈奴，主要是匈奴使臣相迫所致。現在匈奴使者被殲，鄯善王沒有別的選擇，加之班超乘機說服鄯善王與漢朝建立友善關係，鄯善王連連點頭稱是。

班超對鄯善王說：「請大王請放心，有我班超在，就絕不會讓匈奴人再來到鄯善！」

鄯善王即召集輔國侯、卻胡侯、鄯善都尉、擊車師都尉、左右且渠、擊車師君、驛長等鄯善部主要官員，當眾宣布：鄯善正式斷絕和匈奴的一切往來，從今天起專屬天漢。

鄯善群臣早已知道了昨晚發生的大事，於是眾口一詞，莫不稱善。

三天後，班超一行告別鄯善王，離開扜泥城，經敦煌道回伊吾盧向竇將軍覆命。鄯善王率眾出城相送。後來，為了表示自己的忠誠，他還把自己的長子送到洛陽去學習漢朝文化，實際上還是做了人質。

班超完成使命後，率眾回到洛陽。竇固上表奏明班超出使經過和所取得的成就，並請漢明帝選派使者再度出使西域，以利西域的長治久安。

漢明帝很欣賞班超的勇敢和韜略，認為他是難得的人才，對竇固說，有班超這樣的人才，為什麼還要挑選他人呢？

於是漢明帝封班超為軍司馬，命其繼續出使西域其他國家，繼續完成穩定西域的重任。

第六章

疏勒的五月到來了。對匈奴而言，五月是一個神聖的日子。信奉薩滿教的匈奴人自古崇拜太陽和月亮。每年五月，匈奴都要舉行祭日月的活動——早上拜日，夕陽西下時拜月，自稱「天地所生，日月所至」。

匈奴人像自己令旗上那隻仰天長嘯的獨耳黑狼一樣，對天空中的星宿充滿了畏懼。

離疏勒不遠的山谷中，一支匈奴隊伍剛剛祭完太陽，現在，正在為不久前在鄯善國被班超殺死的使者呼延勝，舉行簡短而隆重的葬禮。

當班超進入孔雀河流域的時候，帶著神聖使命的匈奴，早已來到了疏勒腳下，駐紮在克孜勒河畔。他們要趕在班超遊說西域各部之前，儘快把疏勒這個位於絲綢之路南北兩道交會處的咽喉位置，掌握在自己手中。

沒想到，剛剛出師就損失了一名使者。

疏勒國無名的牧羊人目睹了葬禮的全過程。

一大隊匈奴人面向漠北方向，整齊地排成一列，手裡各自端著一具頭蓋骨飲器。

呼延勝是匈奴的英雄，匈奴的士兵們要向草原上的英雄致敬。

飲器中盛著的馬血依然冒著絲絲熱氣。

面前的荒地上，呼延勝的屍骸整齊地擺放在高處。這具屍骸是為呼延勝掌旗的匈奴人，冒著死亡威脅從鄯善國搶回的。匈奴士兵之所以能在千軍萬馬中搶回首領的屍骸，是因為無論大漢還是西域各國，都忌諱屍體。既然匈奴人想運走他們戰死的首領，索性就成全了他吧。

他們一行人騎馬向西狂奔，直到疏勒地界，進入隱蔽的河谷才驚魂未定地停下來。

他們搶回的是一具無頭屍骸。呼延勝沒有了高傲的頭顱，那麼，就用他喝過酒的敵人的人頭骨飲器作為他的頭顱吧，就用他使用過的纏著許多敵人頭皮的馬鞭作為他的頭髮吧。

疏勒牧民看到，衣衫不整的匈奴人割斷自己的頭髮，並用小刀刺破臉頰，任鮮血將自己的面容染得凶神惡煞。鮮血和淚水一齊從匈奴人的臉上流下來，滴入手中的馬血酒中。

他們將飲具高舉，一飲而盡。

疏勒驚奇地發現，整個過程中，沒有一個匈奴人哭泣。

匈奴人相信：最偉大的戰士是不應以女性的哀號和淚水，而是以戰士的鮮血來哀悼的。

他們排著隊，圍繞著存放遺體的山坡不停地轉圈，齊聲高唱無名的輓歌。

然後，他們把呼延勝埋葬在乾枯的河床上。

然後，他們打開隨身攜帶的酒囊，在墳墓前狂歌痛飲。

夜幕降臨時，這支軍容不整但軍紀依然嚴明如鐵的匈奴小分隊，帶著滿臉的傷痕，像風一般消失在克孜勒河的河谷中。

§

匈奴人重新集結小分隊，在一個叫巴蘭勃的王公的帶領下，準備繼續向疏勒城進發。

昏暗的油燈下，從山區找來的業務嫻熟的嚮導前來向匈奴人報到。嚮導留著滿臉略微發黃的濃密鬍子，穿著短皮襖，腰裡紮著布帶。他是一個住在天山深處的獵戶，是打獵的好把式，也倒賣皮子和藥材。

巴蘭勃叫人送給嚮導一塊鹽巴作為禮物，嚮導高興得鬍子一抖一抖的，說：「遠方客人送的禮物顯示了我享有的榮耀，我一定給你們帶好路。」

在嚮導的帶領下，匈奴的隊伍繼續向疏勒城進發。

天山東延的餘脈裡春風送暖，細雨飄零，空氣溼潤。進入天山南麓後，沿途的小型集市逐漸增多，氣溫也慢慢燥熱起來。再行兩日，展現在面前的是一片廣博的綠洲，綠色像地毯般鋪開，形成無聲的繁華世界。綠洲方圓，溪流環繞，水質純淨。溪流兩側，葡萄架遍布，葡萄藤蔓層層疊疊，綠意蔥蔥。四周是茂密的白楊林，花草果樹點綴其間，農家村舍錯落有致地排列在緩坡上。崖畔上有稀疏的白樺林和紅柳，林間散布著一團一團的蒿草和大片的駱駝刺。縱橫交錯的小路分布在林間，偶爾會掠過一兩隻灰色的兔子，甚至還有火紅的狐狸。

再往前，是一個景色優美的小綠洲，大人和孩子的嬉戲聲從遠處傳來。近前去看，是一群姑娘在溪旁嬉鬧。

嚮導見狀忘情地唱起歌來，衝著姑娘們邊唱邊舞：

美麗的姑娘賽玫瑰，
我的都是你的，
你不答應我要求，
我向河裡跳下去……。

綠洲旁的姑娘們嘻嘻哈哈地笑彎了腰，馬上回唱道：

你的話兒似甜蜜，

也許心中是假的，
你向河裡跳下去，
我便決心答應你。

歌聲節奏輕快，很有跳躍性，引得雙方哄笑起來。

這是一首在天山南北都廣為流行的民歌，它的歌詞版本多樣，一問一答，內容廣泛。可到底有多少段，沒人能說清。只要唱起來，就沒完沒了，能唱個通宵。

巴蘭勃催促嚮導早些上路，不要耽誤行程。嚮導依依不捨地向美麗的姑娘作別，帶領匈奴人繼續向前。

沿途，不時從田野上傳來歌聲，仔細去聽，歌聲曼妙，曲調多樣，但無不帶著濃厚的天山南部的風格。

熱愛音樂的巴蘭勃留心聽去，只見他們唱的是：

「我的姑娘依拉拉，人們都愛戀著她，多少人倒在她的腳下，那裡開滿了鮮花。」

「你騎馬來到我的家，為我歌唱愛戀的話，倒下的人裡我找不到你，那裡開滿了鮮花。」

雖然匈奴人在西域剛出師就遇到了挫折，這使整個匈奴隊伍的士氣受到了影響，但是，喜歡音樂的巴蘭勃仍然感到在歌聲中穿行的愉悅。

他禁不住唱起了自己會唱的歌，於是在馬背上哼了起來：

亡我祁連山，
使我六畜不蕃息。
失我焉支山，
使我嫁婦無顏色。

這首歌，凡匈奴人都會唱，幾乎無時不唱、無處不唱，唱的內容也許與現場的情境有些出入，但他們喜歡唱這首歌。當年，漢朝將匈奴勢力逐出河西走廊，從此使他們「漠南無王庭」，失去了祁連山一帶的優良牧場，馬、牛、羊的繁衍遭到巨大損失。他們永遠記得這些，因為他們是一個知恥近乎勇的民族。

他們經常把這首歌作為一種激勵，唱起這首歌，就聯想到了使命與責任。

由於沒有創制自己的民族文字，這首歌是在漠北口口相傳的，巴蘭勃就是從姥爺那裡學到的。

一隊唱著歌的匈奴隊伍在巴蘭勃的帶領下，沿著嚮導指示的方向，穿行在葡萄園和歌聲遍野的天堂綠洲之中，向疏勒方向趕去。

天黑之前，匈奴人宿在了一個叫烏帕爾的小村。宿至半夜，巴蘭勃突然聽到不知何處發出巨大的轟隆聲，大地在晃動，他以為是中了漢朝或疏勒人的埋伏，慌忙招呼各位騎士起身，拔劍出鞘，卻發現原來什麼都沒發生。

嚮導被他們驚醒，嘴裡嘟囔著，嫌漢軍打擾了他的清夢。巴蘭勃出門查看了一下，發現烏帕爾山村一片寧靜，人們無動於衷，狗都不叫一聲，似乎不曾發生過任何事情。巴蘭勃只好訕訕地睡了。

次日醒來，嚮導才告訴巴蘭勃，這裡是地震多發區，常年餘震不斷，幾乎沒有停歇，不必大驚小怪。處在地震帶上怎麼建房子呢？巴蘭勃注意到，烏帕爾村的都是低平的石頭屋，以牢固的木架作支撐，每間房的跨度都很小，門窗不但小，而且都呈窄長形狀，房頂開著天窗，且所有的房屋都遠離斜土層和碎石坡及谷底，能避開山體崩塌的災害和泥石流的侵襲。在與自然相處的過程中，人的智慧越來越高了。

一行人稍事休整繼續向前，現在，抬起頭就能看到高大的帕米爾高原。遠處的公格爾雪峰如在眼前，聖潔的峰頂被雲層裡的陽光塗上了一層淡淡的褐色，山谷裡已經被黑暗籠罩，但夜幕降臨的大地托著潔淨玉裝的雪峰，使它看上去晶瑩剔透，光芒四射。再遠望過去，公格爾峰的背後便是慕士塔格雪峰。兩座玉峰挺立，形成了帕米爾高原的主體。整個高原，此時看上去很有層次，底部是暗綠色的樹林草地，中間是綠色喬木，頂部則是潔白玉清的雪峰。

巴蘭勃在黑暗中遙望著空中的兩座山峰，在疏勒人的眼裡，那裡是太陽升起的地方，一定有瓊樓玉宇。

匈奴人也嚮往那兩座山峰。

遇到山峰並將其征服，這是匈奴人的理想。他們進入天山之南後，就一直是這樣想的。

§

在通往疏勒國的半山區，巴蘭勃一行看到，一個規模很大的集市正在有條不紊地交易。疏勒山區的集市以月亮盈虧定時，每七天一集，熱鬧非凡。集市一般經營農牧產品，也廣泛交易赤狐、雪雞、雪蓮、貝母、黨參等帕米爾高原的特產，手工藝品則有刀子、木碗、木盆等，交易方式都是以物易物。

巴蘭勃被集市上的一張雪豹皮深深地吸引住了。俘住雪豹的是一種原始的狩獵工具：套索和夾子。只見這張雪豹皮在黃白色的底毛上分布著不規則的褐斑，絨毛濃密厚實。雖然同樣來自中原，但巴蘭勃及隨行從沒見過這種東西。聽說帕米爾雪豹快捷凶殘，只看這張虎皮毛，便覺其虎虎生風。

巴蘭勃還看到幾個中年人在兜售一種呈球形、扁圓形或柿子形的帶有血斑的東西，問嚮導這是什麼，嚮導說，這是麝香。麝香開口面略扁平，長著灰白色或褐色的細短毛，呈旋渦狀排列，質地柔軟，略有彈性。巴蘭勃湊上去深深地吸了一口氣，果然香氣撲鼻。

嚮導說，這麝香產自喀什米爾，主要賣給漢朝人，放在箱子裡防止衣服生蟲。但是疏勒人對麝香不感興趣，因為他們認為，女人穿了麝香熏過的衣服就不會生孩子了，所以麝香的產量低，銷得也不快。

晚上，巴蘭勃一行宿營在半山坡上，嚮導則裹著羊皮衣，拉緊狐皮帽子坐在更高處，他能俯視到整個宿營地。為防不測，他抽出腰間的獵刀壓在身下。克孜勒河畔的環境瞬息萬變，經常發生意外事件。雖然嚮導的責任只是保證所帶隊伍在盆地和高原行走時的路徑正確，但他也要確保營寨不出任何意外。一旦出了事，那將是他的恥辱，在鄉親們面前也會失去榮譽。

昏睡許久，嚮導被一種奇異的聲音驚醒。他騰空而起，身下的刀已抄在手中。這時，他才借著寨門上羊油火把的暗光，看見犛牛已經頭朝外站成了一圈，低聲怒吼著，看上去在戒備和警告著什麼。嚮導大驚，大聲打了一個口哨，這時，他看到一道黑影從上面撲下，一記利爪抓向自己的右肩。嚮導只感到肩頭一陣刺骨的劇痛，刀幾乎脫手。他知道，這是遇到雪豹了！

嚮導忍著劇痛，反手一刀從左腋下刺出。身後的雪豹低吼一聲，鮮血狂湧，倒在地上打滾抽搐。嚮導手持獵刀嚴陣以待，直到確認雪豹已經死去。

狐狸最會裝死，但雪豹死了就是真死。被稱作「孤寂的雪山隱士」的雪豹是真正的英雄，常常單獨行動，正常情況下，此時是不會再出現第二隻雪豹的。

這時，驚醒後的巴蘭勃等人都圍了上來，參觀這隻雪豹。

雪豹是中亞高原的特產，是高原地區的岩棲性動物，常棲於海拔很高的高山上，生活在中原地帶的人是不會見到雪豹的。

這是一隻龐大的成年公雪豹，全身呈灰白色，布滿黑色斑點和黑環，特別是眼眶和頰部中央密布細小的黑點，使牠看上去特別漂亮。牠的毛皮細密而柔軟，底絨豐厚，尾巴粗大，即便已經倒地死去，也仍然可以感覺到牠的凶猛。

刺死了雪豹，嚮導感到有些疑惑，眼下他們並未進入海拔很高的山上，雪豹按理不會在此地出現。之所以在此地出現，只有兩種解釋：要麼是尋找食物，要麼是尋找自己的孩子。嚮導覺得，後一種可能性更大。看來，克孜勒河畔有人掠走了幼豹，公豹是循著幼豹留下的氣味一步步從雪線上走下來的！

看著面前的公雪豹，巴蘭勃吃驚之極，也感到非常後怕，要不是嚮導打死了雪豹，這支隊伍說不準還會受什麼損失。他下令加強戒備，確保無事。

嚮導的肩上血流不止，臉頰上也留下了一道很深的疤痕。巴蘭勃很不安，但嚮導像沒事一樣笑笑。後來巴蘭勃才知道，在天山南北的山區，臉上和身上的傷是英雄的印記，是深受女人崇拜的雄性飾物。

次日繼續上路，將近中午時，巴蘭勃一行爬上了一道山梁，只覺眼前猛然開闊——眼前是一片大得望不到邊際的綠洲和丘陵。

疏勒就在眼前！

匈奴人順利地來到了克孜勒河畔的疏勒國，嚮導的使命也完成了。他即將繼續隱身在塔里木盆地的深處。因為遭遇了雪豹，巴蘭勃覺得嚮導幫了大忙，遂要給嚮導再分一塊鹽巴，嚮導不僅婉辭了，還把自己的獵刀贈送給了巴蘭勃。

授人以刀，沒有比這更大的信任了。

巴蘭勃感到羞愧。淳樸的嚮導看樣子並不知道自己來到疏勒國的真正用意。要是知道了，他還會給自己贈送一把獵刀嗎？

但他顧不了那麼多。兄弟，如果匈奴和大漢在帕米爾腳下的戰場上廝殺起來，希望不要驚動你的好夢。

一路行來，巴蘭勃感到，大漢在西域尤其在疏勒重鎮的影響正越來越大。

是的，大漢在西域展示了中原華夏文化的風範，同時又空前集中、空前強烈地感受到了西方文化東來的影響。兩種文化在塔里木盆地碰撞、交融，在疏勒一帶留下了許多獨特的印記。

匈奴有什麼可以影響西域呢？匈奴有鼓角錚鳴。但鼓角錚鳴只能給一個地區帶來動盪，而不是安寧。

巴蘭勃為此感到深深的憂慮。

第七章

沙漠裡的綠洲疏勒，儼然已經是一個國際大都市，這裡胡楊森森，巷陌縱橫，行人如織，街道乾淨整潔，行走在街上的有白種人、黑種人和黃種人，人們穿的衣服絢麗多彩，既有亞麻布，也有羊皮衣；既點綴著閃光的絲綢，也有搭配華麗的狐狸皮。集市上，交易的物品有鹽、布、陶器、鐵器、牲畜甚至還有奴隸。一匹馬、一束絲可以交換到五個奴隸。華商蕃客在此地集結，載著絲綢的駱駝高昂著飽經風霜的頭顱，在驛館前噴著響鼻；具有天才商業才能的「商胡」，把疏勒作為從帕米爾高原下來或者準備攀登帕米爾高原時的打尖之所，於是，疏勒街頭，一路駝鈴，一路高歌。

在舉行了一場盛大的登基大典後，兜題戴上金獅子王冠，正式成為疏勒王。

王宮內，兜題端詳著剛剛從頭頂摘下的精緻的金獅子王冠，不知道這頂王冠會給自己帶來什麼。

王冠上栩栩如生的獅子張著威猛的大嘴，似乎準備考驗兜題的智慧。

歷任疏勒王都非常熱愛獅子。

不僅疏勒王熱愛，這個國家的人民都熱愛獅子。

很早很早以前，疏勒居民並不認為獅子有多重要。後來，前去中原的商隊返回時告訴疏勒王，中原諸王朝的國君自以為是真龍天子，他們穿龍袍、繫蟒帶、坐龍床，表示自己非同凡人。疏勒王聽了，就開始尋找這個國家的崇拜物。

恰好這時候，一位疏勒人在克孜勒河邊抓住了一頭小獅子，不忍傷害牠，便精心飼養，並日日教牠跳舞。疏勒人沒有想到的是，獅子在學習跳舞的過程中，與疏勒人打成一片，有了感情，疏勒人也因此摸清了獅子的習性，學會了獅子的各種動作形態，創作出了別具一格的疏勒獅子舞，給周圍的人帶去了快樂與吉祥。

疏勒王靈機一動，就將這種最初並不產於西域的威猛動物作為疏勒國的吉祥動物。從此以後，疏勒居民特別是王族開始崇拜獅子，疏勒王便把獅子作為國家的徽號。疏勒王的王冠和王座上，也開始了有了獅子的標誌。疏勒王坐的王座叫金獅子座，疏勒王戴的王冠叫金獅子王冠，以象徵自己不同凡人。

疏勒王的做法很快在西域流傳開來，於是，崇拜金鼠的于闐國以金鼠為王冠，崇拜羊的拔汗那國以金羊床為王床，崇拜魚的曹國以金魚頭冠為王冠，崇拜駱駝的安國以金駝座為王座，同樣崇拜獅子的龜茲古國的國王使用的則是金獅子床，以區別於疏勒。

懾於匈奴人的威勢，疏勒人對兜題的登基保留了一種謹慎的樂觀。在絕大多數老百姓眼裡，只要風調雨順、日子平安，誰當疏勒王都是次要的。

兜題上任後的第一件事，是高築疏勒國的城牆。

龜茲國攻打疏勒國如此順當，除了匈奴人的幫助，以及龜茲國兵力強於疏勒國外，兜題發現，疏勒國城牆破敗、防範設施陳舊、無力抵擋「群狼戰術」也是他們迅速潰敗的一個重要原因。既然自己已經成了疏勒王，就應當讓疏勒城固若金湯。若有朝一日匈奴與自己翻臉，或者漢朝劍指西域時，疏勒國還不至於馬上棄城受降。

用犀牛角圖章占卜是該偏向匈奴還是大漢，這種形式總是不能讓兜題滿意。因為那枚騰空而起然後輕輕落在氈布上的圖章，正面與反面的機率幾乎是一樣的，而且具有諷刺意味的是，當刻有大雕的圖案朝上，兜題準備向匈奴靠攏時，就一定會傳來對漢軍有利的消息；反之，如果當那句刻有「東方吹來了和煦的春風」的一面朝上，兜題準備向漢軍作出笑臉時，又往往得到的是匈奴鐵騎在西域節節布防的消息。

兜題痛苦難耐。

痛苦難耐的時候，兜題就喜歡去疏勒國規模宏大的藏書館坐坐。

藏書館位於王宮的東門，是一座藏青色的老建築，院子中有一棵十分茂盛的胡楊樹。看到這棵不知道長了幾千年仍然枝葉茂盛的胡楊，兜題的心情馬上就會好起來。

等他穿過胡楊樹的陰影，或者踩著厚厚的胡楊葉進入藏書館時，便幾乎忘記了自己是一位國王。

在這裡，他想當一名正宗的讀書人。

塔里木盆地規模最大的藏書館在疏勒，因為歷代疏勒王都有一個特殊的癖好，那就是搜羅各種文書珍藏起來。搜羅到稀奇文書的人，能夠得到獎賞。比如一位給疏勒王獻上了獸皮書的人，就得到了克孜勒河邊的一大塊水田。疏勒商人足跡所到之地，都一定會想方設法拿到當地的書籍，哪怕它僅僅是刻在大石頭上的一句話。並且歷代的疏勒王都特別無私，搜羅到的各種圖書，並不據為己有，而是完整無損在保存在疏勒王宮中，一代代自覺地傳下去。

經過幾代疏勒王的搜羅，到兜題這一代時，疏勒藏書館的藏書已經非常豐富。此處除了甲骨、竹木、帛以外，還有刻在石頭上的法典及經書，有鉛板做成的鉛書，有刻在鐵板上的鐵券丹書，有羊皮書、獸皮書、木書、草書，還有貝葉書，甚至還有幾本人皮書。

兜題喜歡泡在藏書館中。他喜歡看這些稀奇古怪的書。有些書，他甚至不認識上面的文字，但是他喜歡研究它們是怎樣做成的，並且為自己的智慧感到驕傲。比如，他知道獸皮書是用麋鹿皮染黑後寫上一般文字和官府文書的書，但麋鹿皮不是用墨寫的，而是用一種粉做成的小條子在皮上畫字，畫後永不脫落。再比如羊皮書，是把小羊皮在石灰水中洗淨、晾乾，綳在框架上，用厚石將它打磨平整，再塗上蜜，製成羊皮紙書寫的。木書則是在薄木片上澆上融蠟，趁蠟未乾的時候將其刮平，待蠟凝固後，用尖棒在蠟上寫字，然後用繩子把數塊寫好字的木板串接在一起，就成了書。那部疏勒人從非洲偷來的草書，是用尼羅河蘆葦做成的紙草書寫的。至於那部貝葉書，是用貝葉棕的葉子刻寫經文的書。

當然，疏勒藏書館所藏最為豐富的書，還是漢簡。

這些邊塞漢簡來源複雜，有些是疏勒讀書人自己串編成冊的，有些是疏勒商人從中原一帶買來或偷來的，有些則是與漢政府往來的一些文書。這些漢簡內容豐富，有詔書等公文，有曆譜、醫方、軍法、漢律、遣策等，有《論語》、《文子》、《太公》、《儀禮》等抄本，也有講養生之道和房中術的書。

除了漢簡，疏勒藏書館還藏著一些珍貴的紙張。

紙張是從秦州（今甘肅天水）傳至疏勒的。

那是一位長安商人帶在身上的記帳本，共八九張紙，用絲線串起來，紙張雖然不厚，但足夠寫很長的內容。除此之外還有一張西域全圖。

當時，長安商人自腰間掏出一個小本子，在上面記帳。疏勒人從沒見過這麼輕便、白皙、柔軟、書寫流利的東西。看著疏勒人驚奇的樣子，長安商人告訴疏勒人，他拿的是一種叫「紙」的東西。這八九張紙，是長安之西的第一大州秦州的紙坊生產的，為了紀念紙的誕生，秦州將那個生產了紙張的村子專門命名為「紙碾村」。

第一次見到這種柔軟的紙，疏勒藏書館的讀書人都轟動了。他們紛紛摩挲著那幾張紙，喜歡和羨慕之情油然而生。在此之前，他們從漢朝學習到了用簡編和帛寫字的辦法，但是，簡編笨重，縑帛昂貴，疏勒國要記述一件事情，往往覺得特別吃力。

兜題也見到了那幾張紙，他悄悄地告訴僕從莫離，一定要設法弄清楚這種紙是如何生產出來的。莫離帶著疏勒王兜題的指示煞費苦心地想了一夜，第二天，他送給長安商人兩顆瑪瑙，後者才語焉不詳地告訴他，這種紙是用樹皮、麻頭、破布和魚網加工造成的。但是具體如何加工製作，隔行如隔山，他作為一個販賣西域毛皮的商人不得而知。

紙的製法還沒有探究清楚，大漢王朝的另一樣新鮮事物又傳來了。

去年晚些時候，去過長安的疏勒商人回來向兜題報告說，長安有一處特殊的市場，叫「槐市」。月初和月中，國家官學的學生們聚會在長有一顆大槐樹的空地上，以家鄉土特產以及經傳書記、笙磬樂器彼此交換，相互買賣。他們舉止高雅，雍容揖讓，論說槐下，文化氣氛非常濃厚。

兜題問：「他們買賣書籍是為了贏利嗎？」

疏勒商人說：「好像不是，他們聚在槐樹下，一邊交換或買賣書籍，一邊辯論，好像是為了弄清某個問題，學術氣氛相當熱烈。」

兜題聽了大受啟發，要是疏勒國的讀書人也能聚集在一起，就某個論題進行辯論，該有多好！疏勒雖然沒有槐樹，但是有胡楊樹啊，他們可以在胡楊樹下雅集。

現在，他遇到了麻煩，他需要國家的讀書人出面，替他辨清心中的糾結，廓清心裡的迷霧。

兜題抬頭看看天空，月亮的臉馬上就要圓起來了，掐指算來，後天就是月圓之日了！

兜題馬上吩咐莫離，通知全城讀書人和王公大臣，後天月圓之際，齊聚王宮藏書館院內的胡楊樹下辯論，題目屆時再行公布。

一時之間，在胡楊樹下辯論一個未知的論題，成了疏勒讀書人奔走相告的一件大事。

§

月亮升上了胡楊樹的樹梢，藏書館的院子亮如白晝。

辯論會便在那棵胡楊樹下進行。

兜題說，到底向匈奴示好還是唯大漢馬首是瞻，是一個關係疏勒國生死存亡的重大的現實問題，這個問題搞不清楚，那疏勒國永遠就不是帕米爾高原上一隻自由的雄鷹，我們就要永生永世在別人的白眼中和馬鞭下生存。

眾人明白了兜題想要他們辯論什麼。

近匈奴還是近大漢，在整個疏勒國已經是公開辯論的話題，到場的各位讀書人和王公大臣心裡各自都有一本帳。

於是，辯論開始之初就明確地分為兩大陣營，一為雄鷹派，主張近匈奴而遠大漢，一為和風派，主張近大漢而遠匈奴。

和風派說，匈奴的人口比不上漢朝的一個郡，漢朝要滅亡匈奴只待時日。

雄鷹派說，雖然匈奴的人口比不上漢朝的一個郡，但是匈奴之所以強大，獨霸一方，是因為衣食都和漢朝不一樣，不需要依賴漢朝供給，只要漠北草原在，匈奴就可以使漢朝歸屬自己。

和風派說，匈奴沒有見過精緻的衣服和可口的食物，漢朝一個使者就可以把匈奴人收買。據說匈奴單于已經變更舊俗，愛穿漢朝的衣服，愛吃漢朝的食物，長此以往，漢朝的物品大量輸入匈奴，匈奴只有依靠漢朝才可以活下去，僅此一點，就足以使匈奴動心降漢。

雄鷹派說，匈奴穿上漢朝的絲織衣服，騎馬在雜草和荊棘叢中奔馳，衣褲全都刮破了，他們已認識到絲織衣服比不上他們的氈裘耐用；漢朝的食物雖然精緻可口，但也比不上他們的乳酪方便美味，他們已經放棄了漢朝的衣食。

和風派帶著嘲笑的口吻說，匈奴不尊重老年人。

雄鷹派說，匈奴素來崇尚攻戰之事，老弱之人不能上陣打仗，因此才把最好的衣食供給給少壯子弟，讓他們更強更壯，去打勝仗，這是保家衛國之舉，怎麼說得上不尊重老年人呢？

和風派說，匈奴父子都睡在一個帳篷裡，父親死了，兒子娶後母為妻；兄弟死了，哥哥娶兄弟的妻子為妻，逆天亂倫，這是讓人不能接受的。

雄鷹派說，匈奴的風俗是只要父子兄弟一死，就要娶他們的妻子為妻，這是為了保全種姓。因此匈奴雖然倫常紊亂，但是一定要立本宗族的子孫。哪像漢朝，雖然遵守倫常，可是親屬關係疏遠的時候就互相殘殺，竟而至於改朝易姓。

和風派說，匈奴人沒有冠帶之類的服飾禮制，也缺少朝廷上的禮節，與漢朝相比，是野蠻之族，疏勒只有親近漢朝，才能更開化，更進步。

雄鷹派說，匈奴的風俗是吃牲畜的肉，喝牲畜的乳汁，穿牲畜的皮毛衣服，放牧的時候要隨時轉場，才能保證牲畜按時吃草喝水。所以全民皆兵，戰事緊急的時候人人都要練習騎射，戰事緩和的時候人人都要游牧牛羊，享受和平生活。人們約束既輕，生活也就簡便易行；君臣關係簡單，國家事務再繁雜，也像一個人的身體一樣好使。哪像漢朝，雖然自稱禮義之邦，君臣之間卻相互猜忌；而且大量使用勞力去修築宮廷樓閣，以至耗盡民力，老百姓怨聲載道。老百姓耕種本來是為了衣食豐足，建造城郭本來是為了保護自己，可是這樣一來，戰事緊急的時候沒有時間練習攻戰之事，和平的時候又不能休養生息，還要出勞力，怎麼能長久？

和風派說，匈奴的軍隊是一盤散沙，打不過就望風而逃，毫無軍人氣節，這樣的國家怎麼值得信任？

雄鷹派說，匈奴的戰爭風格與漢人完全不同，他們利則進，不利則退，不羞遁走，逃跑不是一件可恥的事，這與信任不信任有什麼關係？

和風派說，匈奴雖然凶悍，但抗打擊能力不強，防禦能力較弱，經不起強力的衝擊，必會敗在漢朝的手下。

雄鷹派說，匈奴集結戰鬥，就如鳥類集合一樣，他們戰敗撤退，又如瓦解雲散一樣，這是事實。但匈奴作戰的機動性非常強，集中兵力、誘敵深入後予以各個擊破，是匈奴用兵的主要戰術，揚長而避短，匈奴可立於不敗之地！

§

兩廂互有攻守地辯論了幾個回合，兜題已經聽出來了，雖然辯論雙方的人數大致相近，但親近匈奴一方的人口才更加出眾。和風派說一句，雄鷹派便說一百句，這使得和風派根本不是雄鷹派的對手。

確實，就像所有人都看到的那樣，匈奴是大漢帝國的夢魘，也是大漢的一道檻，跨過匈奴這座大山後，大漢在西域才能站穩腳跟。

月上三竿時，辯論仍然在緊張地進行，到底何去何從，依舊沒有一點頭緒。

兜題禁不住搖了搖頭。藏書館的辯論夜，看似與匈奴和大漢有關，與疏勒無關，但是誰都知道，這與疏勒國休戚相關。

高高的城牆不能掩蓋兜題空虛的內心。

有一天，他去城中溜達，看到前面圍著許多百姓。那麼多人圍在一起，居然悄無聲息。兜題好奇地趕過去看個究竟，原來是一位路人正在講故事。

兜題混在人群中，想聽聽他能講出多麼精彩的故事。

路人的第一個故事已經講完，現在講的，是第二個故事。

從前，有一座大雪山，森林茂密，鬱鬱蔥蔥。眾多飛禽走獸，依林而住，其中便有一隻慈悲的鸚鵡，名叫歡喜首。有一天，森林忽然起了大火，鳥獸驚恐，四處奔逃，卻無處躲避。鸚鵡歡喜首見狀，十分同情和憐憫，便飛到有水的地方，將翅膀伸進水裡，攜了水滴，又飛回森林，把水滴灑進大火中，這樣日夜不停，堅持不懈。歡喜首的行為感動了天宮，宮殿因此微微震動。統領三十二層天的天帝發出疑問：「是什麼緣故，令我宮殿震動？」於是以天眼觀視，只見世間有一鸚鵡，心懷大慈大悲，想隻身滅火，但森林烈焰熊熊，靠一隻鳥翅膀所攜的水滴，即使竭盡全力，也不能稍減火勢。天帝於是心懷疑問走向鸚鵡，對牠說：「這片林野廣大，方圓數千里，你的翅膀所能取得的水，只不過是微微幾滴，怎能滅掉這樣大的火呢？」鸚鵡歡喜首回答道：「我的心胸弘廣，志堅不懈，一定能夠把火滅掉。如果我現在滅不掉，還有來世來生，誓滅掉大火！」天帝被鸚鵡的行為感動，很快降下大雨，把火澆滅，並且許諾鸚鵡可以長生不老，永遠守衛在森林中。

路人講完了故事，接著說，每個人都可以靠自己的力量感動天帝，從而達到永恆，達到個人的解脫。如果相信佛教，也可以做到這一點。

有人問路人：「你從哪裡來？到哪裡去？幹什麼去？」

路人說：「從大月氏來，往去處去，讓眾生相信佛陀，脫離苦海。」

路人說完，卷起行李就走。擠出人群時，深邃的眼睛在迷茫的兜題臉上停留了片刻。

兜題早就聽說過佛教，龜茲國內，經常遊走著三五成群的佛陀傳教士，他們站在鬧市的高處講故事、誦經文，鼓勵龜茲國的臣民百姓樂善好施、虔心供奉佛陀。兜題知道，龜茲國已有一些人信奉佛教，現在，佛教也引起了疏勒國一些人的興趣。

看著路人遠去的背影，兜題若有所思地點點頭。

莫離受疏勒王兜題的派遣，祕密來到大月氏。

前幾天的一天夜裡，兜題做了一個夢。他夢見一個身形高大、項有日光的金人，在空中飛行，最後落到自己的殿庭之前。兜題記得，自己見到金人後，心裡十分愉快。第二天早上，他召集群臣解夢。曾在中原留過學的博士回答說：「西方有佛出世，其身長一丈六尺，遍體金色。大王夢中所見的金人，或許就是佛吧！」另一名曾在大月氏訪問過的博士則接著說道：「佛出世時，天地間呈現了許多祥瑞，前人認定佛的聲教將在一千年後被及此土。據我推算，前人預言的一千年後正是現在。大王夢見的，想必是佛無疑。」

兜題聽了非常高興，他嘴上沒有表示什麼，但已在心裡下定了決心。

他馬上派忠誠的僕從莫離去大月氏。

在天山南北乃至河西走廊，大月氏這個部落始終是一個偉岸的符號，大月氏讓匈奴這樣的強者內心由衷佩服，也讓疏勒這樣的弱者充滿了奮進的力量。所以，大月氏永遠是西域精神的標誌性符號。

臨行前，疏勒王兜題語重心長地對莫離說：

「月氏這個部落，最早游牧於河西走廊西部，國內分為休密、雙靡、貴霜、肸頓、都密五部翕侯，勢力強大，是匈奴的天然勁敵，猶如大雕是田鼠的天敵一樣。匈奴人提到月氏，沒有不聞風喪膽的。但匈奴冒頓單于即位後，勢力逐漸強大，他派遣右賢王攻打月氏，月氏由此國力積弱。到匈奴老上單于時，又大敗月氏，並且殺掉了月氏王，將月氏王的頭顱割下帶回匈奴，製作成酒具大肆飲酒。」

莫離說：「真可惜啊，這是對月氏的侮辱。」

兜題說：「是的，月氏沒有辦法，為了保存實力，他們開始漫長的遷徙。他們中的大多數西遷到了我們國家的西部，就是大月氏。現在，大月氏掌國的是一位女王。」

莫離不解地問：「大王派我去大月氏，難道是想聯合抗擊匈奴嗎？」

兜題搖搖頭說：「聯合大月氏抗擊匈奴是漢朝的主張，他們曾經派了一位叫張騫的使者出使西域，想與大月氏共商聯合抗擊匈奴之事，漢使卻被匈奴扣留十年，最後到達大月氏時，大月氏經過幾年的經營，已在一塊水草肥美的土地安居樂業，不再有向匈奴報仇的決心了。當初沒有，現在更沒有。」

莫離更加不解：「那去大月氏幹什麼？」

兜題簡短地說：「請浮圖。」

「請浮圖？請什麼浮圖？」

「你知道嗎？浮圖教在大月氏的傳播速度很快。近日我總做一個同樣的夢，夢中有一位坐於蓮花之上的長者說，他就是佛陀，他在大月氏的王宮講經時，不慎遺下了一個飯缽，讓我請回疏勒，在疏勒發揚浮圖。起初我沒有在意，反覆出現同樣的夢，我覺得，你該去大月氏一趟了。」

莫離似懂非懂地點點頭。

§

大月氏是一個部族集合的國家，盛行女子當國。月氏女王很有手段和謀略，將大月氏打理得強大了許多，不僅一舉趕走了大夏人，建立了自己的國家，還與烏孫交兵數次，止住了長達幾代的頹敗。

莫離披星戴月，三天後出現在大月氏疆域內。他騎著一匹白駱駝，身上背著兜題寫給大月氏女王的國書，緩行於鹽鹼地。臨近嬀水時，莫離被大月氏負責偵察的游騎發現了，他們一聲呼哨，彪悍的戰馬將莫離團團包圍。

莫離毫不驚慌，亮出兜題所寫的國書，向游騎首領說明來意，要求面見大月氏女王。

那個大月氏頭領不敢怠慢，忙帶眾人前往。走了約三五十里路程，莫離見前面軍營林立，勢如棋盤，相連十餘里，布局之精巧，為他在西域所僅見。莫離覺得，以大月氏當前的軍力與精神狀態，完全可以與匈奴抗衡，可是他們為什麼按兵不動呢？

游騎首領將莫離帶到一處圓形尖頂的軍帳前，讓莫離暫等，自己先行進帳報告。稍候片刻，游騎首領出帳，向莫離作了一個「請」的手勢。

莫離剛要進帳，斜刺裡衝出兩個壯漢，一把反扭住他的胳膊，將腰間的彎刀卸了下來。不遠處的游騎首領聳聳肩，表示愛莫能助。

莫離不滿地盯著壯漢，壯漢抱拳說：「得罪！」

進到帳中，莫離才發現這頂軍帳非常闊大，裡邊擺十數條長桌仍綽綽有餘。長桌四周盤腿坐著十餘名月氏部族首領。上首坐著的，是一位以紅狐毛皮作為圓領的中年女子，看上去十分雍容富貴，不用問，這位一定是大月氏女王。

莫離按大月氏的禮儀行了個半身禮，道：「疏勒國國王兜題差莫離拜見大月氏女王。」上首的大月氏女王冷冷地說：「是月氏，不是大月氏。」

莫離馬上明白了大月氏女王的意思。大月氏從來認為自己是原月氏的正統，不願被人稱作大月氏。

莫離只好改口說：「莫離拜見月氏女王。」

大月氏女王的臉上才現出了笑意。

七天後，大月氏王宮內，一場盛大而嚴肅的佛經傳送儀式正在舉行。

大月氏人原信仰瑣羅亞斯德教，後逐漸改信浮圖（佛）教。大月氏女王是大月氏國佛法最為精絕高深的信徒。

大月氏女王指定一位叫伊存的大月氏人為浮圖使者，並為他口述了浮圖經典。然後，伊存將浮圖經口授給博士弟子景盧。

年輕的博士弟子景盧身穿精緻的淺色緊身上衣，上衣在腰部收緊，衣領是一個大翻領，下身穿褲子和高筒靴，虔誠地跪倒在伊存腳下，掌心相向，雙手合十，一字一句默誦佛教經典。

按照佛教教義，佛教經典只能口口相傳，不能寫於紙上。

博士弟子景盧默誦畢，又傳授給莫離。

大月氏女王將面前的佛陀遺物佛缽用黃帕包了，交給莫離，並且用紅柳枝蘸了淨瓶中的水，拂灑到莫離的肩頭。

§

莫離離開大月氏，沿塔里木盆地的南線返回疏勒。

他承擔著一項偉大而艱巨的任務，那就是將那尊佛陀親自用過的佛缽，從大月氏運送到疏勒國去。

塔里木盆地的南線一直由漢朝控制，相對比較安全。

一路之上，風沙很大，風沙前面還是風沙。

莫離所騎的白駝在身後留下一條條零散的蹄印，走不多遠，再回頭看時，蹄印便讓風沙遮蓋了。一座一座的沙丘使這個焦黃的世界十分單調，空中彌漫著鹹燥的味道。風沙肆虐時，張牙舞爪的樣子似乎要將白駝與莫離一口吞噬。

絲綢之路向來不太平，響馬和匈奴兵是路上的兩大霸主。好在雖然一路黃沙彌漫，但響馬和匈奴兵始終沒有出現。莫離看看駝峰上的水囊，看樣子還能喝三五天。再走三天，就應當進入塔里木綠洲了。莫離下意識地摸摸懷裡的佛缽，難道真是佛陀保佑，這次才走得如此順利？

晚上，莫離和白駝宿到一個背風的地方。白天熱如火炭的天氣，夜晚會特別冷。水囊和腰刀是要放在枕邊的，佛缽則必須貼身揣著。

莫離不會忽視疏勒王兜題交給他的神聖使命。

莫離一夜沒有睡好，耳邊呼呼的風聲總像人喊馬嘶似的。在寂靜的夜裡，他默誦著從大月氏那裡學到的佛經，所幸，每句都記得很牢。雖然不太理解佛經的意思，但口口相傳，也是對自己記憶力與悟性的一大考驗。

早上起來，莫離發現昨晚堆在右手不遠處的一座小丘不見了。他的臉色馬上冷峻起來，背上出了一層冷汗。他知道，遇到流沙了。

在沙漠中遇上流沙，是除響馬、匈奴兵之外的第三樣不祥物事。

莫離剛要離開這是非之地，忽然發現腳下露出兩隻打著綁腿的腳。細細看時，卻見薄薄的沙下埋著數具乾屍，距乾屍不遠處的沙土中，竟有一大堆貨物，包括絲綢、瓷器、海貝、崑崙軟玉，就像是從天上掉下來一般。

莫離大吃一驚，敢情自己昨晚就睡在這兩具乾屍的身旁，一夜風沙，吹得乾屍與貨物重見天日了。

絲綢和瓷器是從東方運到西方的，而海貝和崑崙軟玉卻是從西方運到東方的。莫離明白了，這是兩隊人馬的兩堆貨物。他們為躲避一場沙塵暴同時相遇在這裡，又在這裡同時遇難。

在疏勒人眼中，死人的靈魂高於活人的靈魂，死人應當受到尊重。

莫離迅速用乾沙重新掩埋了幾具乾屍，雖然明白在流沙的鐵蹄下，掩藏得再深的東西都會重新暴露於光天化日之下。但是，他必須要這樣做。

然後，他用剛剛從大月氏學到的誦經方法，向遇難的商旅默默祈禱。他半曲著身子雙手合十，默念佛教經文，祝願他們走向光明、和平和潔淨。

然後，莫離迅速離開那裡。

沙塵暴在身後形成了巨大的魔陣，遮天蔽日地向莫離追趕，似乎它就是世間一切的主宰。

在莫離望見距疏勒不遠的綠洲時，沙塵的步伐終於搖搖晃晃地停了下來。

疏勒王宮內，疏勒王兜題抱著衣衫襤褸、形容枯槁的僕從莫離放聲痛哭。就在前一天晚上，他夢見莫離被城牆一般高的沙塵暴卷得無影無蹤。但在沙塵暴的縫隙間，一樣閃著金光的東西卻一直向疏勒城飛來，降落在自己的王宮內。

現在，這閃著金光的東西就供奉在兜題的几案上，他的僕從莫離從大月氏安然回來了，帶來了佛陀的遺物——佛鉢，也帶來了小乘佛教。

兜題雙手合十，任眼淚在臉上橫流，聽莫離一字一句向他口授佛教經典。

兜題聽一句，理解一句；理解一句，再聽一句。兜題說，他要將這些經典記錄下來，供奉在案上。莫離連連擺手，因為根據佛教教義，不允許將經典記錄下來，只能口口相傳。

兜題有些失落。佛教經典口口相傳，會不斷錯訛下去，錯上加錯，經典的力量會越來越小，直至徹底消失。要想把佛教發揚光大，必須以文字相傳。甚至，還需要將佛陀的形象世代相傳下去，使信眾在每次瞻仰佛陀時，都像完成一次洗禮。

他暗暗向佛鉢請願：「如果可以，請托我以夢吧！」

晚上，兜題夢見花園中的菩提樹閃著萬道金光，每片樹葉上都抄寫著一句經文。一陣微風吹過，樹葉全部脫落，匯聚於樹下，稍事停留，便隨風四散而走。

兜題在清晨的第一束陽光中微笑著醒來。

他知道，佛陀同意他抄寫經文、光大教義了。他同時知道，佛陀對自己的讚賞已經成了疏勒國的一道幸運符碼。

§

兜題在疏勒最快樂的時光，要麼是講故事，要麼是占卜。

他喜歡將王公大臣、侍女挑夫集中到一起，盤腿坐到一個高臺之上，興味盎然地講故事。他講的故事都非常動聽，常常打動下面的聽眾。

一個夏天的傍晚，兜題又來了講故事的興致。月亮很好，他就坐在樹底下，繪聲繪色地給周圍的人講故事。

從前，有一座山明水秀、清靜優美的名山，叫仙聖山。由於環境猶如仙境，有許多人在山中修行。同時，一些瑞獸珍禽也棲息此中，與修道的仙人們相互往來，十分愉快地一起生活。

在這些瑞獸珍禽中，有一隻獅子，渾身長滿金色亮麗的長毛，因此大家都叫牠金毛獅王。金毛獅王力大無比，咆哮起來，更會把飛鳥從天上震落，不過牠卻十分仁慈，從不肯輕易傷害別人，因此深得動物們敬重，仙人也很喜歡牠。

有人打斷兜題問：「天下還有不傷人的獅子？」

兜題允許別人在他講故事時發問，他認為這可以增加他講故事的挑戰性。

兜題說：「至少，金毛獅王是不傷人的獅子。」

發問的那人「哦」了一聲，不再言語。

兜題繼續講。

一天，金毛獅王正在山中遊玩，見到一位僧人坐在樹下，定神靜思，修心養性。金毛獅王就悄悄走到僧人旁邊，靜聽僧人誦經念佛。

這時，一個山外的獵戶因追趕羚羊來到此地，看到此景感到萬分驚奇：「咦？我從未見過獅子也信奉佛法。以前，我只聽別人說過金毛獅王的故事，今天算是親眼得見。如果我能夠把牠捕獲，剝下皮來獻給國王，一定會得到國王的獎賞，說不定還會賞賜我一官半職，也省得我整天拿著弓箭滿山遍野地瞎跑。」

想到這兒，獵人興奮萬分，舉起弓箭就要射，突然又轉念一想，覺得牠是獸中之王，弓箭、絆索恐怕制服不了。獵人就想了一條妙計。他跑回家中，讓家人為他剃掉了頭髮和鬍鬚，並偷了一件僧人的法衣披在自己身上。然後，又偷偷摸摸地回到仙聖山，也坐在一棵大樹後面，裝出一副剛才僧人念經的樣子。

金毛獅王陪著僧人念經誦佛完畢，準備離開，還沒走出多遠，見到附近又有一個誦佛的僧人，不免產生崇敬之心，於是跑到這位僧人身邊端坐念佛。

獵人看到時機已到，猛地從腰中拔出沾上毒藥的匕首，朝著金毛獅王的咽喉猛刺下去。

兜題講到這裡，聽見人群中有人驚恐地「啊」了一聲，顯然是為金毛獅王感到擔心。

兜題忙安慰說：「別急別急，不會有什麼事。」

金毛獅王咽喉被獵人的毒刀刺中，疼痛難耐，牠大吼一聲，將獵人撲倒在地，就要吃掉他。這時，牠猛然想到，這是一位信奉佛法的僧人，吃了他只恐玷汙了佛門聖地。

想到此處，金毛獅王強忍疼痛，饒了獵人。

誰知獵人爬起後，看到獅子沒有傷害自己，又舉起刀，向奄奄一息的金毛獅王的胸膛處刺去。

金毛獅王又中了一刀！

兜題停下來問聽眾：「猜猜這次金毛獅王吃掉獵人沒有。」

大家都說沒有。

兜題問：「為什麼。」

「如果吃掉的話，那故事還有什麼說頭兒？」

兜題說：「是的，金毛獅王沒有吃掉獵人。」

故事是這樣的——金毛獅王非常氣憤，重新把獵人撲倒，再次要吃他，可是轉念一想，如果吃了一個惡人，那麼自己的行為和這個惡人的行為又有什麼區別呢？

所以，金毛獅王再次放開獵人，獵人轉身逃跑了。

由於毒藥發作，金毛獅王很快抽搐著痛苦地死去。

人群中發出一兩聲嘆息。

這次兜題不作理會，自顧自地講下去。

獵人看到金毛獅王死去後，馬上脫下僧衣，剝下了金毛獅王的皮，來到王宮，獻給了國王。

國王問獵人：「你是用什麼辦法得到這張金毛獅王皮的？」

獵人便把他如何看到金毛獅王端坐在僧人身旁聽僧人誦經，自己又是如何偽裝僧人，用毒刀刺殺獅子的經過，完全向國王敘述了一遍。但他卻隱瞞了金毛獅王為保持佛門聖地不被玷汙，兩次都沒有傷害他的細節。

國王聽了只覺得心中憂傷苦惱。

他對大臣們說：「金毛獅王是一隻能夠修行成道，用慈悲之心解救世界一切眾生脫離苦難的仙獸，今天卻被這個陰險狠毒的獵人殺害了！如果我容忍這種偽裝僧侶卻屠殺佛門仙獸的行徑存在，不就等於放縱罪人褻瀆神靈嗎？」

於是，他立即下詔，把這個罪惡的獵人斬首示眾了，人頭就掛在高高的城門之上。

聽眾都長舒一口氣，覺得這個故事的結局非常完美。

兜題說：故事還沒完呢。

隨後，國王帶著金毛獅王皮，親自來到仙聖山，在獵人殺害金毛獅王的地方，建起了一座高大雄偉的舍利塔，然後把金毛獅王的皮和屍骸放在裡面，以便讓全國臣民們燒香供養，紀念這隻偉大的獅王。

兜題最後說：「大家知道嗎，這隻金毛獅王是菩薩變的。」

聽眾說：「原來大王是用菩薩的言行點化我們，那還不如學故事中的國王修一座佛塔，以便百姓修行。」

兜題拍手說：「對呀，我正有此意。只要大家支持，我們馬上就可以修佛塔！」

於是，疏勒城中很快就修成了一座佛塔，疏勒國也成了西域佛門重地。

同時，兜題下詔規定，本年度起，和佛教有關的節日，城中居民要一起度過，以示對佛虔誠。

疏勒基本上使用中原曆法，許多重大節日，都與中原相同，有關節氣、年月的專業術語也與中國相同，如「歲朔」、「元旦」、「正月」等。

於是莫離拿起筆來，根據兜題的授意，寫下了以下幾個重要的節日：

四月八日，「浴佛節」，相傳為釋迦牟尼生日，舉國僧俗在此日集會，舉行誦經，並以各種名香浸水，浴洗釋迦太子誕生像，最後舉行重大的佛教集結。

五月五日，彌勒下生之日，為求早日獲得往生福地，僧俗舉行重大集會。

七月十五日，佛僧夏季安居終了之日，舉國集於王城西門外大會場，先舉行聽經受法大會，再舉行行像活動。

十二月八日，「臘八」，相傳為釋迦牟尼成道之日，為了表示慶祝，居民紛紛效仿獻乳糜於佛陀之前的少女，取香穀、果實、果脯等做成粥，並集會於寺院，獻粥聽經。

講故事之外，兜題還有一個特殊的愛好：卜卦。

他卜卦的形式非常簡單，基本只有兩種方法。一種是把一截羊骨頭放到壁爐中去烤，然後觀察裂紋，判斷某件事的吉凶，這帶有臆測的成分。另一種更加簡單，即把脖子上戴著的一個雕刻有老鷹圖案的犀牛角圖章拋向空中，以其正反決定某件事情的取捨。

兜題瞧了上的這枚老鷹圖章，是他當上疏勒國王後，在克孜勒河畔無意中得到的。

那天是個好日子，當上了疏勒國王的兜題騎著馬，信步沿克孜勒河畔向西走去。

克孜勒河的春天來得很晚，儘管偶爾可以看見殘雪下吐綠的草，但整個克孜勒河似乎還沒醒來，整個河谷仍然像鋪著白色的絨毯一樣，抬頭望去，純淨得只有藍天和白雪。偶爾會從積雪和草甸裡飛出一兩隻雪雞，打破克孜勒河兩岸的寧靜。

兜題騎馬走向一個小山，快到半山腰時，看到一個小院，周圍是密密的雪松，後面是積雪的山崖，長年流著的雪水潺潺地流經山莊。小院旁邊的草地上，壘著石塊圍子，那裡也許是羊圈。小院中共有四間簡陋的房屋，彼此相通，顯得很整潔，格局是一個漢字的「田」字。小院的牆體是用胡楊樹枝圍成的，上面抹著薄薄的泥巴，屋頂則覆著一層葦草。房子裸露在陽光下，被帕米爾高原雄偉的連綿山巒襯托著，就像一幅圖畫。

皮膚很白的高鼻樑的女主人從院子裡出來，看到門外騎在馬上的兜題，並不感到慌張。她向他笑了笑，他也衝她笑笑。

於是兜題就進了女主人的院子，很自然地聊起了家常，吃起了午飯。

疏勒人就是這樣，如果沒有匈奴人和大漢帝國爭奪疆場的馬蹄聲，這裡便永遠是平靜的牧場。

一般而言，他們的牛、羊、馬和駱駝集中在湖邊有草地的地方，他們居住的房子是用石頭砌築的氈帳。沒有外族入侵，到處是一派世外桃源般的寧靜與平和。

小院中只有女主人一個人，兜題問：「其他人都到哪裡去了？」

女主人說：「丈夫和孩子進山打獵去了，傍晚才能回來。」

於是這陌生的一男一女就共進晚餐，吃的是饢、洋蔥、胡蘿蔔和土豆。沒有牛羊肉。春天的牛羊肉並不好吃。

中午的陽光十分強烈，氣溫急劇升高。女主人脫下她的棉袍，兜題看到有一樣東西掛在她的胸前，有些晃眼。

那是一枚圖章。仔細看，分明是犀牛角做成的工藝品。

好像遠不止是工藝品，它更像是辟邪之物。

甚至是某種圖騰。

兜題心裡一動，向女主人討來圖章，認真看了片刻。

他看到圖章正面，刻著一隻疏勒人最嚮往和崇拜的神鷹，神鷹展翅飛翔，就像掠過帕米爾高原的一個精靈。圖章的背面，是一行蝌蚪一樣稀奇古怪的文字，兜題不認識這種文字。

女主人微笑著告訴他，她也不認識這文字。但她的丈夫告訴她，這是疏勒人最古老的語言，叫吐火羅文，刻在犀牛角上的文字，是這麼一句話：東方吹來了和煦的春風。

「東方吹來了和煦的春風？」兜題輕輕念著這句話，「這是誰說出的話？」

女主人說：「一位無名的古疏勒詩人，塔里木盆地的韻語完全銘記在他的心中。」

東方吹來了和煦的春風。春風從何而來？是不是圖章背面雄鷹的翅膀扇動而起的？

疏勒王兜題突然想起他還在龜茲時，一名信奉薩滿教的巫師神祕地告訴他，他的一生將在兩棵樹—蕩漾：從此樹到彼樹，再從彼樹到此樹。所以他的一生是凶險的。假如他能得到一枚智者製作的圖章，一切困難將會迎刃而解。

兜題不相信薩滿教。這位後來虔誠信奉著小乘佛教的疏勒國王，相信緣分和順其自然。

兜題對女主人說：「我喜歡這枚圖章，我想用自己的坐騎換這枚鷹章。當然，如果妳還想要什麼，請儘管開口，我能滿足的，一定滿足。」

女主人說：「既然你喜歡，那就送給你好了。」

兜題想，除了不能給你疏勒國王的位置，其他什麼都可以。

女主人如此大方，兜題並沒有感到意外。疏勒人都是這樣。只要塔里木盆地是平靜祥和的，疏勒人的心胸就像天山那樣高遠，那樣廣闊。

但是兜題留下了他的馬，一匹棗紅的大宛馬，牠跟隨他已有五年。
值得一提的是，牠奔跑時會從腋下流出血一樣的汗水。
所有人都明白這意味著什麼。
兜題告訴帕米爾半山腰的女主人，騎著這匹大宛馬，走到哪裡，妳都是尊貴的夫人。
兜題就摩挲著那塊鷹章下山了。
身後傳來女主人華麗的歌聲：

沒有一塊石頭不擁有自己的家鄉，
沒有一匹駱駝能馱走太陽的新娘，
沒有一位冰山來客，
能摘走一朵帕米爾花……。

從此，兜題的脖頸上便掛著這枚特殊的圖章。
從此，他把它當作疏勒國的一個徽記，和保佑自己的一枚吉祥物。

第八章

現在，擺在班超面前的重任，是向疏勒進發。

這時候，班超的三十六騎早已名震西域。

三十六勇士，暗合道教中的三十六天罡之數。道教稱北斗叢星中有三十六個天罡星，每個天罡星各有一神，共有三十六位神將。

三十六勇士合則如一人，分則各司其事，有車士、射聲士、執矛、幟手、箭卒、軍匠、輕車士、刀卒、隊史、騎卒等，都身懷絕技，能以一當十，特點顯著，比如射聲士能在黑暗中聞聲而射，百發百中。

三十六位天罡星出使疏勒，震懾匈奴，進如刀，退如盾，在塔里木盆地大放異彩。

班超踏上疏勒這塊土地，是在漢永平十八年的春天。

這一年是西元七四年三月，班超率領隊伍過了鄯善，出了于闐，在料峭的寒風中向西北方向急馳而去。

他要走一條匪夷所思的路，即繞過莎車國，抵達疏勒。

為了節省時間，班超請了皮山部落的土著居民作嚮導，沿著戈壁沙漠地帶向前飛馳。一路之上，流沙頻現，稀疏的蘆葦、紅柳、胡楊等沙漠植被點綴在荒涼的土地上。這一路極其辛苦，他們經過的是一個複雜的山脈之國，巴薩勒格山、來麗喬克山、幹基塔格山、闊什塔格山、加依克爾山和亞坦其塔格山先後被甩在身後。他們經過了冰山積雪帶、高山地帶、山前河谷地帶和平川地帶，但大部分時間在戈壁沙漠地帶攀行。

經過兩天的跋涉，班超一行抵達皮山部落，下馬歇息。

皮山部落位於塔克拉瑪干大沙漠南緣，喀喇崑崙山北麓，是塔里木盆地周圍的西域三十六國之一。

能夠見到漢朝的使者，皮山王始料未及，他率眾誠惶誠恐地接待了班超。

班超安撫了皮山王，但並沒有向他說明自己的目標是疏勒，而是告訴他自己要到無雷部落去。他擔心消息一旦洩露，自己的計畫可能會落空。

班超率領隊伍離開皮山，繼續向西行進，向無雷部落的方向奔去。

無雷部落北與捐毒、西與大月氏接壤，還保留著氈帳而居的習俗，其治所在帕米爾高原的無雷城，距長安九千九百五十里，有一千戶人，人口大約有七千，以羌族為主，只有三千軍隊。

班超並沒有進入無雷國的國都，只是將其風土與地理位置在羊皮地圖上大致作了記錄。無雷國太小，不值得花費太多的精力。

然後，他轉向北方，踏著早春三月冰冷的河水，渡過了剛剛解凍的帕米爾河。

莎車部落就在帕米爾河下游一百多里以外的地方。

莎車國已經叛漢，班超沒有在莎車國過多地糾纏。他繞開莎車，直逼疏勒國。

§

西元七四年的初春，疏勒人已經吃上了油綠肥嫩的苜蓿。維吾爾語中稱苜蓿為「貝代」，它既是天馬的食糧，在春天，它還是人的食糧。經過漫長的冬日，在冰消雪釋的曠野，苜蓿的那抹新綠讓人眼前一亮。

班超率領三十六騎，一路沿著苜蓿盛開的原野向前馳去。這支全由東漢的漢族士兵組成的騎兵隊，數量不多，但十分精幹。

路上，不知誰唱起了慷慨激昂的請戰書〈無衣〉：

豈曰無衣？與子同袍。王于興師，修我戈矛。與子同仇。

豈曰無衣？與子同澤。王于興師，修我矛戟。與子偕作。

豈曰無衣？與子同裳。王于興師，修我甲兵。與子偕行。

歌聲迴蕩在山谷裡，一時群情激昂。

隊伍進入疏勒地界的時候已經是傍晚時分，草原上已經不見牧民和牛羊。班超傳令，今夜務必抵達疏勒王宮盤橐城。

北斗星在前方閃爍，三十六騎默默跟隨在班超後面，在黑暗的曠野中奔馳，暮色中，遠遠地望見了疏勒國盤橐城。

疏勒國盤橐城，眼下正是匈奴勢力在西域的另一個重要據點。多日來，匈奴人始終盤桓在附近。

為了激發勇士們的士氣，班超在距離盤橐城九十里的地方停下來，遙指盤橐城，對勇士們說：「前面就是盤橐城，是疏勒國的重鎮。拿下盤橐城，相當於拿下疏勒。疏勒國王已於去年被匈奴勢力殺害，現在擔任疏勒國王的是匈奴派遣的龜茲左侯兜題，事實上是一個傀儡國王，他在疏勒很不得人心，疏勒人早已恨之入骨，必欲除之而後快。兜題本人也不是疏勒人，當地官民絕不會為他效忠賣命。我們人數雖少，但要拿下盤橐城也絕不是難事。」

士兵紛紛摩拳擦掌，期待輕取盤橐城。

班超滾鞍下馬，命令安營紮寨。稍事歇息，他派遣得力部將耿廣和田慮飛馬奔馳盤橐城，勸說兜題立即投降。

班超強調，如其不肯，就予以活捉。

§

雖然愛頌小乘佛教經典的龜茲人兜題當上了疏勒王，但疏勒真正的控制權仍掌握在匈奴人手裡。

沒有人不知道，兜題其實就是匈奴在疏勒國的傀儡。連他自己都深深地意識到這一點。因為清醒地意識到了這一點，兜題在疏勒國王的任上反而顯得非常從容。

就像現在，他在盤橐城的王宮內細心打理著自己的長鬚，外界的一切變化似乎與他無關。

兜題作了疏勒王後，總覺得住在疏勒城心裡不夠踏實，於是另建了盤橐城居住。盤橐城非常堅固，守備森嚴。幾天前，兜題的舅舅、龜茲王建差人發來密報，稱漢使正向疏勒方向進發，一共三十六騎，但英勇無敵。

兜題聽了微微一笑，三十六騎有什麼可怕？我疏勒國有三萬人馬，難道還敵不過區區三十六騎？

但兜題僅僅笑了一聲就不再笑了，因為他搞不清楚漢使到疏勒究竟有何貴幹，他作為匈奴在疏勒國的傀儡，該扮演什麼角色。

兜題的僕從莫離匆匆進帳說，渠勒、皮山、拘彌、婼羌、烏秅、西夜等諸小部落都在漢使的勸說下棄匈歸漢了，漢使是有備而來啊！

兜題暗暗心驚，雖然渠勒、皮山、拘彌、婼羌、烏秅、西夜這些小部落勢力並不強大，最易觀察形勢，消極動搖，棄匈歸漢當在情理之中。但漢使三十六騎能如此輕易降服小國，疏勒也不應該大意才是。

兜題讓莫離連夜派出數千精兵，配備強弓硬弩到疏勒、莎車交界處巡視、駐防，漢使的隊伍一日經過，可就地攔截，絕不能讓他們輕易進入疏勒。

兜題的精兵都是龜茲人，因為疏勒人和莎車人關係並不好，龜茲人在兩國邊境上容易周旋一些。

次日晨起，莫離又報告了讓兜題擔心的消息：戎盧部落也歸順漢朝了！

兜題知道漢使很快就能到達疏勒，他反而比較鎮靜了。反正疏勒不過是匈奴和大漢之間拉鋸的一塊肥肉，佛家講緣，一切隨緣好了。

這麼一想，兜題便覺得有所解脫，於是專心誦起小乘佛教的經書來。

這時候，他看上去像一名正宗的僧人，而不是一個國家的首腦。

兜題正在胡床上誦讀小乘佛教的經典，忽然聽得門外亂紛紛的，莫離慌慌張張跑來跪稟道：「報告大王，漢使在城外求見。」

兜題沒料到漢軍來得如此之快，他猛地停止誦經，驚問：「漢使帶了多少兵馬？」

莫離答：「報告大王，只有兩個。」

兜題以為自己聽錯了：「什麼？兩個？」

「是的大王，只有兩個。」

兜題稍稍放下心來，看來漢軍並不準備打仗。

他略加思忖，說：「本王今日身體不適，讓漢使先回，明日再見。」

「是的，大王。」莫離轉身就走。

「大王且慢……」

一個滿臉鬍鬚、身材魁梧的軍官從門外走了進來，擋住士兵。說話之人是都尉黎弇，此將武藝高強，帶兵有方，深得兜題器重。

兜題下巴一揚，問：「黎都尉何事？」

黎弇道：「大王應該接見漢使，以禮相待，才不失我疏勒風範。如避而不見，會使漢人生輕慢之心。何況漢使區區二人就令大王懼之，傳將出去，豈非說我疏勒無人？」

兜題覺得黎弇所言有理，於是召集眾官，命黎弇帶百名侍衛出盤橐城門迎接漢使。

盤橐城外，耿廣和田慮坐在馬上，上身挺得筆直，目光緊盯城門，耐心等候著兜題。他們在城外等了很久，但是盤橐城始終緊閉城門。驕陽之下，兩人胯下的戰馬心煩氣躁起來，不停噴著大大的響鼻，前蹄狠狠地刨著地面。

二人正忖下一步該如何行動，只聽「咣」的一聲，盤橐城的城門緩緩打開，兩隊士兵魚貫而出，分列城門左右。當中走出一人，身材高大，滿臉鬍鬚，顯得十分威武，正是疏勒都尉黎弇。

黎弇一招手，大隊兵馬向外疾跑，分列城下，十數個文武大臣擁出了疏勒王兜題。見到兜題出城，耿廣、田慮對視一下，仍舊坐在馬上未動。

黎弇走到二人面前，大聲道：「疏勒王接見漢使，請二位漢使下馬。」

耿廣和田慮此時才飛身下馬，將佩刀解下掛在馬鞍上。

滿臉高度戒備的兜題看到這個動作後，似乎鬆了口氣。

耿廣上前幾步，來到兜題面前，雙手抱拳行禮。兜題正準備答禮，突然耿廣像箭一樣撲上前來，右手暴長，探至兜題後腰，口中大喊一聲：「走！」居然將兜題單手提起，夾在腋下！

一切發生得太突然，沒有絲毫預兆，所有的人都怔在那兒，就連身經百戰的黎弇也慌了手腳。

耿廣轉過身來，一掄胳膊，就像扔一個草垛似的，將腋下的兜題遠遠地扔向馬前的田慮。田慮接過兜題，將其橫身放到馬上，手上早已多了一根長繩索，三兩下將兜題五花大綁起來。

疏勒眾將士眼見兜題瞬間成了漢使的俘虜，才如大夢初醒一般反應過來。盤橐城下驚叫連連，亂作一團，有的侍從一時亂了方寸，紛紛發一聲喊四散奔逃。

看著疏勒兵士四散，耿廣和田慮朗聲大笑，並不追趕。

田慮坐在馬上，右手長刀舉起，朗聲說道：「兜題為匈奴傀儡，大漢使節班超大人命我將其捉拿治罪，與疏勒餘人無干。有不服者，儘管上前。」

都尉黎弇見狀，面向疏勒眾人大聲道：「龜茲殺死我王，強立兜題，使疏勒處於匈奴的控制之下，全城百姓為之心寒，今大漢天使派人捉拿，正是為我等作主，大快人心，我等須棄暗投明啊！」

黎弇說完回身跪拜田慮道：「我等願聽漢使作主。」

疏勒眾官兵見都尉如此果斷，也紛紛跪下，齊聲道：「我等願聽漢使作主！」

田慮慌忙扶起黎弇，又叫眾人起身。

不到兩個時辰，班超已率眾人帶著兜題到達盤橐城，兵不血刃占領了疏勒國。

班超帶領眾人進入盤橐城，田慮將剛剛起義的都尉黎弇引見給班超。班超見黎弇英氣逼人，愛恨分明，不由得十分讚賞，盛言感謝黎弇相助之情。

黎弇「撲通」一下雙膝跪地道：「自疏勒與漢家斷絕，我等無不期盼再通消息。龜茲、匈奴殘暴，我等受盡屈辱，不料今日大漢將軍再次解救我等，真是何幸如之！」

班超連忙扶起黎弇道：「都尉言過矣，不敢受此大禮。只要疏勒與大漢精誠團結，彼此一家，龜茲、匈奴無懼矣。」

黎弇連連點頭不已。

班超從此駐紮在盤橐城，以此為據點，精心經營西域，保證了絲綢之路的暢通。

第九章

響馬出身的黎弇長著一雙鷹一樣的眼睛，高鼻，薄脣，黑褐色的頭髮，身上散發著一股神祕的氣質。他出生在疏勒，成長在疏勒，成年後卻成了塔里木河流域一位響噹噹的響馬，只是由於厭倦了響馬的生活，才接受兜題的招安，當了一名疏勒都尉。

雖然身在疏勒，但是黎弇的心總在帕米爾高原的最高處。黎弇身上有塔吉克人的血統，他總是想起一則著名的塔吉克諺語：

「人的肚臍在肚皮上，世界的肚臍在帕米爾。」

所以，他總是想站在世界的肚臍上，看一看他最崇拜的太陽。陽光是塔吉克人的力量源泉，是他們的精神依託。「高山上的陽光，比平地的流水珍貴。」受塔吉克人影響，疏勒國也把這句諺語掛在嘴上。

由於兜題的左右搖擺，疏勒國總像處於大漢與匈奴之間的一枚棋子，隨漢匈力量的變化而改變著立場。所以，黎弇在疏勒都尉任上也一直心不在焉，他總想到帕米爾占山為王，看一看腳下的世界。在那裡，冰山之父慕士塔格峰一定會保護自己，成為自己強而有力的依仗。但是，黎弇對故土疏勒有很深的感情，他迷戀這裡的一切，包括來自波斯和地中海地區的檀香、沉香、乳香、安息香、波斯樹脂、蘇合香以及來自漢朝的肉桂、龍腦、人參等等。

他喜歡疏勒的這種混和的、複雜的，一時難以明確界定的親切氣味。

黎弇想起自己在塔里木河上游當響馬的日子，不由得就笑了起來，那真是一段無憂無慮、充滿了孩童色彩的日子。

和許多響馬出身的人不同，黎弇在克孜勒河沿線當響馬，總是單槍匹馬作戰。他從來不與別人聯合。他來去迅速，身手非凡，在克孜勒河一枝獨秀，所以被稱作塔里木孤膽。

塔里木河上游的克孜勒河有一個深狹的河谷，人煙稀少，猿嘯狼啼，兩邊多是原始森林和參牙怪石，淺淺的溪流長年不斷，耐心地流了一年又一年。

那一年老天變臉，克孜勒河發了百年不遇的大水。發洪水的前一天，天空是大塊大塊灰色的雲團，雲團與雲團之間是藍色的天幕，看上去十分整齊，就像用白灰勾勒出的不規則的石頭牆。第二天清晨，雲彩四合，嚴嚴實實捂住了森林、板屋、帳篷和氈房，天地間黑得懾人，彷彿疏勒人心目中神聖的太陽一分鐘之內被黑狗吃掉了。

在可怕的寂靜中，黎弇十分不安，不知道接下來將發生什麼事。但黎弇當響馬的資歷較老，積累了一定的經驗。他隨身帶著一個地聽，疏勒人又叫甕聽，是把葫蘆的小頭削平後，蒙上蛇皮、羊羔皮或幼年駱駝皮做成的。他把地聽立於平整的河灘，耳朵俯在鼓膜上認真聽。

黎弇的嘴裡咬著一支青稞，嚼了兩口，臉上的神色大變，青稞的綠汁從嘴角流出來。他在心裡默數：一匹、兩匹……五匹，有五匹馬從西邊向這個方向奔來了。馬的速度很快，快得馬蹄子都亂了套，黎弇差點數成了六匹。他初步估計，這五匹馬應當在五十里之外。

這個世道有馬騎的人共分兩種：響馬和帕米爾獵手，但獵手騎馬不會這麼亡命，那麼這五匹馬一定是其他響馬。可是他們為什麼跑得這麼快呢？

剛剛是清晨，西邊的響馬穿過克孜勒河上游的三個村莊，穿過一大片麻札（墓場），花三個時辰就可以跑到塔里木河中游的雁子關，那裡是西域和中原的咽喉要津，各地響馬輪流坐莊，鷹一樣的眼睛緊盯商人的腰包和駱駝身上的貨物，生意火爆。

黎弇經過簡單思考，決定放他們從克孜勒河經過。

黎弇撤掉了草叢裡暗伏的逆須釘、銅鐵釘和鐵蒺藜，在大樹上插了一面白色的小旗子，旗子上繡著塔里木孤膽的標誌：一副用絲線繡上的羊骨架。這個絲線活還是馬鹽商被黎弇打劫後，他的小老婆——一個十六歲的中原姑娘戰戰兢兢繡上去的。按照道上的規矩，為自己付出了勞動的俘虜是需要放生的，所以黎弇給了她十兩碎銀子，連她的一根頭髮都沒碰，就讓她遠走高飛了。

如果過路的響馬看見了這面白色小旗，他們一定懂得這是塔里木孤膽同意他們經過克孜勒河，會在馬上向旗子抱拳作揖，然後去雁子關這個要害關口當值。

§

黎弇最為輝煌的打劫似乎只有一次。

那一天，黎弇是跟隨波斯駝隊從帕米爾高原沿克孜勒河向下游走，準備伺機搶劫駝隊的。但是駝隊的防範意識很強，護衛力量也很強大，黎弇遲遲下不了手，這一跟就一直跟到了伽師城。

伽師屬於疏勒國，是一個美麗富饒的地方。伽師城靠著克孜勒河生活豐盈，街上店鋪林立，行人熙攘。黎弇在鎮上吃了一斤牛肝，喝了十碗黃酒，還捽了四個缶。

此時，道上傳來消息，稱又有一批西出陽關的波斯商人，在內地犯了大罪，道上兄弟見了須無條件追殺。

黎弇的注意力於是從那撥波斯商人身上轉移到這撥波斯商人身上。

原來，波斯商人前幾天哄搶了甘州王員外的錢莊，把他的三位女兒先姦後殺，並把乳頭割了生吞下去。王員外平日樂善好施，一半家財捐給了寺院和窮人，還周濟過落魄的道上兄弟，但他與官府往來疏淡，起訴波斯商人時，因拒絕向官府行賄，被打斷了雙股，一氣之下，于闐外遂把平生調教的信鴿開籠縱去，鴿筒中置有信件，言稱誰能為他報得這一深海血仇，他將盡捐家財，自獻首級，伏惟再拜。

道上的朋友無意中得到信後，意氣干雲，馬上放出他們的信鴿給黎弇報信。因為據可靠情報，這撥波斯商人將在疏勒城打尖休整。

果然兩天後，一隊人馬進入了克孜勒河，打頭的是兩個波斯人，火熱的天還穿著皮襖，後面跟著一串僕從，一個個困得委頓在馬上。

黎弇放波斯人從身前走過，卻在他們的馬屁股上插了一把匕首，那馬就長嘯著載了波斯人向西狂馳。驚醒了的波斯人跳下馬，拿著曲劍和馬刀，呼哨一聲就撲上來。黎弇是擅長短刃戰的，他一刀擋飛第一位波斯人的曲劍，一腳踹向他的襠下，那波斯人打個滾，身子弓兩弓就挺直了，顯然不再有救。又一個波斯人撲上來，黎弇看得真切，手中的弩機早已準備停當，輕輕一扳弩機的「懸刀」，一支矢就射了出去，穿透了對方的手臂，他哇哇地在地上打滾，黎弇不解恨，又一支矢射出去，穿透了他的膝蓋，那波斯人幾欲痛昏，白沫堆在嘴角，咕嘟嘟像皂角泡沫。剩餘的波斯人飛奔上馬沒命奔逃。這當兒，黎弇已經結果了第三名波斯人，就圍著那個滿河道打滾的波斯人看熱鬧。那人滾了幾圈，突然抓起地

上的曲劍刺向自己的下腹，嘴裡鮮血狂噴，轉眼就沒氣了。黎
弅一驚，惋惜著這是一條漢子，如果跟著他做響馬，肯定是一名好響馬。於是用劍掘了坑把他埋了，卻割了另外兩個波斯人的乾癟乳頭塞進他們的嘴裡，然後一腳一個，把他們踢進克孜勒河。

黎弅就這樣為王員外的三個女兒報了仇，並派信鴿通知了陽關的道上朋友。

這是黎弅響馬生活中極小的一件事，本來可以結束了，不料某一日，陽關道上的響馬朋友送來一個錦盒，說是王員外的酬金，打開一看，卻是一顆頭！頭髮花白，眼睛還睜著，臉上掛著笑意，見了黎弅，竟然表現出感激涕零的樣子，再看時，眼睛卻已閉上了。

黎弅在西域做響馬多年，殺人如麻，還從未見過這麼奇怪的事，驚得一個趔趄，錦盒就掉到地上，從盒底裡蹦出一摞金元寶來。道上的朋友說，王員外聽說「塔里木孤膽」殺了波斯人，當下仰天大笑，繼而老淚縱橫。王員外一定要兌現諾言，當天囑家人準備後事，便自行到祠堂刎頸而亡。

「他的眼睛，可是一路上都睜著的。」道上的朋友強調著，拿上黎弅贈他的一摞金元寶走了。

黎弅就在疏勒城外的樹林裡以錦盒為棺木埋藏了王員外，想到王員外見到了自己才闔上的眼，不覺潸潸落下淚來。

黎弇很內疚，作為一介響馬，山高路遠，掛單作戰，勢單力薄，連附近的疏勒國王都懶得理會他，黎弇常常有被人忽視的不快，但王員外居然為黎弇的一次普通打劫而自殉其身，這讓黎弇增強了繼續做一名好響馬的信心。因為只有做一名好響馬，才能幹出這麼偉大的事情。

但同時黎弇也迷惑：是不是他們不為王員外報仇了，王員外反倒可以抱著為女兒報仇的信念活下去？

黎弇如此輝煌的打劫似乎只有這麼一次。

黑沉沉的天不動聲色地罩在頭上，像是謀劃著什麼。一盞茶的功夫過後，黎弇又俯在地上聽。他的左手啃著一隻野羊腿，邊啃邊用右手揉兩顆鋼蛋。他吃得專心，揉得專心，聽得也專心。

突然，黎弇像彈簧一樣從河灘上直挺挺地蹦起來，右手的鋼蛋拿捏不穩，霍地砸到泥裡，噗地沒了蹤影。

黎弇的心頭上密布篩子眼一樣大小的汗珠，連聲自言自語：「不會吧，不會吧？」

黎弇分明聽到，克孜勒河上游發洪水了，那五匹馬早被沖走，地聽裡只有水，只有水！

可是，放眼望去，天上沒有一朵雲彩，克孜勒河清澈見底，細水正長流呢。

黎弇以為自己聽錯了，剛要俯聲再聽，便覺得天地瞬間就暗了下來，抬頭時覺得溼淋淋的一塊東西砸在脖子上，以為是山雀糞，手一抹，卻是雨點。再看河裡，到處是麻錢般大小的水珠子，濺起碎瓊亂玉來，剛要叫聲好，霹靂一個閃電使黎弇不由得噤聲，側臉看到西邊天宇已經黑透，排山倒海般壓過來一面望不到邊的雨牆！

黎弇這才反應過來——原來剛才的大雨點只是它派生出的嘍囉！黎弇一下子就噤在當地了。

黎弇撒腿就跑，只恨自己不是一隻帕米爾的鷹。耳聽得克孜勒河喧騰起來了，開鍋一般的浩大聲響裹挾著凌厲的寒氣，讓人全身發抖。

當黎弇站在森林的巨石上淋著傾盆大雨時，克孜勒河已經像男人的壓根一樣越來越粗了。

黎弇吃驚地發現，一條濁黃的洪峰像蟒蛇出洞，發狂地向克孜勒河俯衝，它呼啦啦呼嘯著，搖撼著克孜勒河的樹木和巨石。

克孜勒河瞬間讓黎弇失聰。

克孜勒河的河水終年渾濁，呈褐色，克孜勒便是維吾爾語紅色的意思。帕米爾高原特拉普齊亞峠冰川積雪融化後，帶著春夏相交的資訊，接納了天山與帕米爾高原各地的大量雨水和山陷泉水，便彙集成了這支古老的河流。

黎弇喜歡這條母親河，喜歡在河畔中觀察野生鯽魚、條鰍、尖嘴臂鱗等水生動物，和野鴨、紅嘴鴨、翠鳥等水禽。他覺得那裡是自己真正的故鄉。

洪峰過去後，克孜勒河的水卻再也沒有小下來。這場百年不遇的大水，把克孜勒河上游三鎮的人沖走了三分之一。

黎弇本以為做了響馬，就可以放心大膽地打劫東西商道上的客商，以此謀生，從此生活無慮，天下太平。不曾想一出道就碰到了洪水。看著滿河翻騰的人腦袋和牛羊狗貓兔的腦袋，黎弇心裡一次次發憷。多大的響馬在洪水面前都是特別、特別渺小的啊。

黎弇陰沉著臉，手裡拎著一把鐵鍬，褲管是卷起的，露出多毛的腿，腳趾就泡在汙泥裡，一下一下地動。黎弇的滿臉鬍子有一個月沒刮了，摸上去生硬蕪雜如雜草，不僅像響馬，而且像一名匈奴中的響馬。

黎弇拎著鐵鍬在克孜勒河畔那麼一站，很悲壯。自從克孜勒河發了洪水，這條道上已經沒有一個客商經過了。

由於寂寞難耐，黎弇用鐵鍬在克孜勒河岸上挖了一條渠，赤裸了全身躺進去，面上背下，向天浩歎，聽蟲鳴、聽蛙叫、聽蟬噪，聽得耳朵都起繭了，太陽還不見有落下去的跡象。黎弇的皮膚慢慢發紅、發紫、發黑，當黎弇從土裡鑽出來的時候，皮膚已成古銅色，更顯草莽味。

黎弇在克孜勒河裡洗澡的時候，一根水草差點把黎弇纏住了。想起那些在洪水中像一塊塊饢一樣飄浮的人畜腦袋，黎弇心裡就發悸。他趕忙從河裡逃了出來。

黎弇終於感到，克孜勒河不是他當響馬的地方。

想來想去，黎弇覺得還是為自己的家鄉疏勒幹點事比較妥當。

§

克孜勒河發大水後，黎弇想，一定要狠狠幹一場，早日湊足捐官的資費。

他決定打一件兵器，從此不做響馬。

長期以來，黎弇的兵器是一柄簡單的彎刀。使刀之人處處顯出一股殺氣，不如使劍之人那麼儒雅。

黎弇曾經打劫到一方生鐵，苔花斑駁，隱約有篆文刻在上頭。但黎弇認不得這幾個字。

用生鐵撞擊石頭，石頭會如刀削般磨礪而碎，就知道這是一方鑄劍的好材料，世所罕見。

黎弇們使用鹿皮袋攜著這塊生鐵去疏勒城打兵器。他想鑄一柄劍，改變一下自己只使刀不使劍的形象。

疏勒城有許多鐵匠鋪，每個鐵匠鋪前面都用麻布打著自己的招牌，麻布自然被火星燒得綴滿窟窿，據說誰家的窟窿最多，那家的鐵匠手藝就最精純。既然有這麼多鐵匠鋪，證明疏勒附近有鐵礦，當地的冶鐵業相當發達，連帶著其他一些手工業也發達了，形成了專門的作坊，互相之間可以交換產品，比如染坊王老闆用一匹布可以換到陶吧吳老闆的三件釉器，他們交換完了還哈哈笑著握手致意，都覺得自己占了對方天大的便宜。

疏勒彷彿已經形成了一個城市的雛形，從中可以看到它的文明發端和城市最初的影子。

奇怪的是，雖然疏勒城有很多鐵匠鋪，但大多經營生產用具和日常用品。黎弇找了半天，只有一家是專業鑄劍，其他則捎帶著鑄一些簡單的兵器，比如矛、戈、鏟、斧、槍等等，要從這麼多鐵匠鋪中尋找到專業鑄劍師很不容易，需要動一番腦子。

從門口的麻布招牌上判斷，有一家的麻布快要被飛濺的火花燒成蜘蛛網了，黎弇進去一看，裡邊在鑄造「鐵彭排」，也就是盾牌那類的東西，並未鑄劍。再隨便拐進一家鐵鋪，一個壯漢一手用鉗子夾著血紅的鐵塊，一手掄著大錘舉重若輕地砸著，砸一下，罵一聲：

「狗日的！」使此蠻力者，也不會是鑄劍者。黎𢇁接著又巡查了其他鐵匠鋪，大都鐵馬叮噹，火星飛濺，掄錘者手臂上的肌肉緊縮了又鬆開，油漬漬的汗就從毛孔中滲出來——自然也沒有鑄劍者。

要想鑄劍，還得去疏勒郊外的無名小村。

疏勒城外的這個小村，桑麻翳野，閭閻相向，煙火氤氳，真是一個西域的江南小村。遠處的田間，傳來一首古老的柯爾克孜族民歌：

在四十處馳名的凹地中，
哪一處沒有柯爾克孜族人的白骨？
在四千棵長在樹上的白樺樹上，
哪一棵沒有柯爾克孜族人的斧痕？
……。

黎𢇁知道這是柯爾克孜族在唱自己的歷史。

在這個小村莊，黎𢇁尋找到了一名隱居的鑄劍高手。

這麼偏僻的小村莊，居然隱居著一名鑄劍高手，真讓人匪夷所思。

黎弇從來不在這個小村附近打劫，似乎黎弇天生就應當在克孜勒河畔而不是在附近的村莊打劫。每一次到疏勒城外這個無名的小村，一種生活化的濃厚空氣使黎弇片刻間有被這個小村招女的跡象，人間的幸福原來深藏在水木佳處的小村！黎弇會把衣襟別起來，掩藏那個在道上互相表明身分的羊骨架繡像。黎弇寧願此時自己是一個稻民、牧民或者漁民，滿身青草、牛糞或腥魚的味道，混跡在歡天喜地的人群中。

當黎弇這樣陶醉的時候，常常會不合時宜地出現幾個互相認識的響馬。這些響馬返回西域前常常在疏勒城採辦返鄉的貨物，比如說瓷器、絲綢、木炭、穀物、白蠟和紅花等等，他們在小村附近也不打劫。響馬有一個不成文的規矩，即不在人多的地方動手。

如果響馬認出黎弇的身分，並且毫無規矩地向他打招呼，那便意味著這些響馬將遇到一些小麻煩。黎弇將在他們離開疏勒城之後，在鴨子嘴截住他們，弄瞎他們的眼睛，讓幾隻識路的老馬馱著他們回去。這樣做的後果是，一旦下一撥響馬和黎弇在疏勒街頭不期而遇，就會引發白刃戰，常常攪了疏勒城的集市，而疏勒城的人一見黎弇，就會遠遠地喊「狼來了」，並各自關門閉窗。

事實上，黎弇從沒有在疏勒城弄瞎西域響馬的眼睛，而是互相擁抱，踢一下對方的長靴子，扯一下繫麻袍的皮帶，告訴他們道上的規矩就是不能互相在疏勒城打招呼，在小村莊附近，更不能。

§

到底誰是鑄劍者呢？

黎弇正在村頭彷徨，見一位老叟坐在壚肆前品茶，仔細看去，並沒有什麼特別的地方。這時老叟前面走過來一個小乞丐，面部汙穢不堪，垢甲堆積厚如銅幣，又如佛龕中堆積的鳥類糞便。老叟招呼那乞丐坐在矮凳上，給他一百文錢，然後自告奮勇給他洗臉。乞丐得了錢，任由他擺布。老叟用粗布搓洗其臉部、頸部和頭髮，不一會，盆中便水黑如墨。

這個奇怪的老叟讓黎弇突然想起父親所講的一則典故，說是有一位鑄劍大師，專門收集小乞丐的垢甲，用以鑄劍時塗抹劍刃，使之鋒利。

黎弇馬上就省悟了：這位老叟就是自己要找的鑄劍大師。

黎弇奔過去，單膝跪地，說：「師父，鑄柄劍吧！」

老叟打量了黎弇一眼，冷冷地說：「我已經不鑄劍了。」

黎弇就指著那盆沉澱了垢甲的髒水問他：「那你攢這些乞丐水幹什麼？」

老叟眼中閃過一絲驚訝，說：「原來你小子懂這行！」

黎弇說：「我還懂用蟾蜍的脂肪油塗抹燒紅的堅鐵，可使其鬆軟如泥呢！」

老叟笑著說：「謬矣，謬矣，街匠們錯殺蟾蜍多隻，無一隻應驗。」

老叟自然就是老鐵匠。和他搭上了話，黎弇忙取出那塊生鐵請他過目，老鐵匠如霜雪覆蓋的眉毛豎了起來，臉上顯出一種大驚失色又欣喜萬分的樣子，說：「這是一方古璽，應當來自中原，上有秦篆，乃五金之精，自然造化，已通靈性，很難鑄造成劍的，即便鑄成了，輕則剉折，復原為鐵，重則亡人亡己。」

黎弇心性不由得一沉，但他的態度是堅定的。他誠懇請求老鐵匠鑄劍，並慌忙亮明身分，說自己是一介響馬！

老鐵匠呵呵笑著說：「亂世之中，以響馬自居者，多為君子，可為之鑄！」

老鐵匠扭頭朝屋內喊：「瑪瑪依！」

一個臉上塗著黑炭的少年應聲而出，叫聲「爺爺」，聲音脆如鳥鳴，眼睛滴溜溜轉著，掃了黎弇一眼。

黎弇一眼就看出這是個女孩子！

那生鐵在老鐵匠的高爐中熔鑄了兩天兩夜，透過爐壁的觀察孔看去，彷彿一朵盛開的紅蓮。連續幾天，瑪瑪依拉著風箱，黑汗順著脖頸流下來，沖出一道道溝渠，使其露出的膚色越發白了。黎弇每天從疏勒城騎馬奔來，去鐵匠鋪查驗鑄劍進程，總是看到瑪瑪依在拉風箱，老鐵匠則雙腿交在一起，半躺著品茶。偶爾喊過來一個小乞丐，塞給他幾個銅板，又義務為他洗淨全身的垢甲。這樣，老鐵匠積攢的垢甲越來越多，積澱下來，幾乎有一大團泥那麼多了！

第三天中午，瑪瑪依見了黎弇一臉的惱怒，她說她還沒有拉過這麼長時間的風箱！看她盈盈有淚、楚楚可憐，黎弇於是就憐惜她，想去做她的幫手。老鐵匠眼也不睜地說：「退出去，你拉風箱，成色還不純呢！呵呵呵，只有我這個孫女技術最好，資格最老——她已經拉了有十一年的風箱啦！」

瑪瑪依聽了老鐵匠的話，生氣地朝爐火吐唾沫，乾脆起身不拉了。

老鐵匠跳起來高興地說：「瑪瑪依不拉風箱了，說明火候已到，準備砧板！」

這次不僅黎弇吃驚，連瑪瑪依也吃驚。

老鐵匠說：「你這個嚮馬先出去，我孫女要使用藥引子了！」

黎弇訕訕地退出去，卻不知道瑪瑪依的藥引子是她蹲下來撒進積攢的垢甲中的一泡尿！

等黎弇再進去的時候，老鐵匠已取出燒得發紫的鐵塊，將用尿液攪拌過的垢甲塗抹在鐵塊上，就火燒烤，燒烤畢又塗，如此不停反覆，垢甲塗盡後，生鐵突然放出了五色之光，並作龍吟虎嘯之聲。

黎弇屏息靜氣，感到眼前掠過萬道刺目的光芒，而生鐵已一分為二，成了兩把初具形狀的劍，再略加修飾和煅造，當場鐫刻上文字，一曰「切玉」，二曰「斷金」。

兩劍合在一起，如瑪瑙般紅豔，分開，又如芙蓉般碧湛。

黎弇都看得呆了。

老鐵匠說：「你們饗馬有規矩，我們鑄劍人也講規矩。這兩把劍有一把得留給我這個孫女，她是鑄就這兩把劍的魂。我也該歸山了，鑄了中原古璽，這把老骨頭恐怕再也無力鑄其他劍了。」

黎弇忙點頭稱是。

稍頓，老鐵匠說：「瑪瑪依，饗馬不可久留，送客！」

於是黎弇挑了斷金劍，那口剩下的切玉劍，便按老鐵匠的要求，留在了鐵匠鋪。

第十章

黎弇腰間懸著這柄斷金劍，淡出江湖，在疏勒隱姓埋名數年，兜題被匈奴立為疏勒國王之後，看到黎弇拳如巨缶，臂如直檀，是一條難得的漢子，於是招至麾下，黎弇便成了疏勒國的一名軍人。

黎弇當兵丁的第一天就因飯量過大——他一人吃了五個人的飯——被老兵群毆了一頓，打斷了兩顆門牙，但老兵也沒占去便宜，分別有五個人斷了左胳膊，四個人斷了右腿。從此，黎弇在軍中贏得了聲譽。

軍人就得保家衛國。黎弇參加過的保衛疏勒的戰鬥，已經多得數不清，但是，鄰國龜茲和龜茲的後臺匈奴總是把疏勒當作自己的屬國，動輒出兵相向，教訓無常，這讓黎弇非常鬱悶，感到遠不及他當響馬暢快。

黎弇一天天老去，一天天失去戰鬥的激情和揮劍的力氣。疏勒的羽翼什麼時候能像帕米爾高原的雄鷹那樣強壯，再也不怕匈奴的欺負和龜茲的挑釁就好了。強敵在側，黎弇期盼著有人讓疏勒的翅膀強硬起來。那時候，他就可以盡情地唱：

沒有一塊石頭不擁有自己的家鄉，

沒有一匹駱駝馱走太陽的新娘，

沒有一位冰山來客能摘走一朵帕米爾花。

……。

終於，他等來了班超。

班超就是帕米爾高原的雄鷹，是帶領疏勒更近地靠近太陽的人！

班超吩咐將兜題押出，交給黎弇。黎弇一把抓過垂頭喪氣的兜題，恨聲道：「此人是匈奴的傀儡，使疏勒顏面掃地，留著何用？一刀殺了，也好遍告疏勒城中百姓！」說完抽出佩刀就要砍去。

班超連忙止住道：「此等傀儡，殺之無益，不如看押起來。」

黎弇遵命。

盤橐城中一片歡聲笑語，疏勒國人都知道漢軍已廢兜題，疏勒國已脫離了匈奴的控制，無不奔走相告，額手相慶，載歌載舞，民間歌手甚至唱起了歌謠：

東方吹來了和煦的春風，

為裝點世界，打開了天國之門。

龍腦香消失了，大地鋪滿了麝香，
世界將她自己打扮得五彩繽紛。
光禿禿的樹木穿上了綠衣，
紅黃藍紫，枝頭色彩紛呈。
褐色大山披上了綠色絲綢，
東方商隊又將桃花石錦緞鋪陳……。

§

隨著龜茲和疏勒等國與東漢交好，西域恢復了張騫當年的局面，東漢初年被迫封閉六十五年之久的絲綢之路再度開放。

疏勒平定了，疏勒綠洲上又出現了絕跡已久的中原物產，絲綢的光芒閃耀在疏勒草原上，洛陽朝廷在西域有了一個重要的立足點。

班超決定精心經營西域一番，根據地和大本營就選在疏勒國。

現在，班超和他的軍團把疏勒完全當作了自己的第二故鄉。

班超之所以選定疏勒國作為打擊匈奴的根據地和聯絡西域各國的大本營，是經過縝密考慮的。在地理上，疏勒國位於南北兩道在西端的會合點，是控制西域的要地，牽一髮而動全域，自古為兵家必爭之地。在經濟上，疏勒是絲路轉運的樞紐，物產豐富，商業繁榮。軍事上，疏勒已是擁有十餘萬人口和三萬軍隊的西域大國，足可與匈奴勢力相抗衡。

當前，雖然朝廷並沒有給班超增派一兵一卒，但班超懂得，能否經營好疏勒，得依靠疏勒國和西域人民。

班超召集疏勒國原班將吏，通告漢朝對西域的都護政策，以及龜茲勾結匈奴攻滅疏勒的經過。疏勒人都知道兜題的傀儡身分，班超的通報，使他們心悅誠服。

疏勒諸官於是設宴招待班超。席間，班超問疏勒諸人道：「兜題的疏勒王已被廢，不知疏勒國是否還有王庭子嗣？」

府丞成大答道：「原疏勒王有一個侄子，名叫榆勒，現在喀喇城，此城地處偏僻，榆勒駐守此地，與流放無異。」

班超說道：「一國不可一日無王，疏勒現在群龍無首，我欲推榆勒為王，不知各位意下如何？」

左右互相對視片刻，府丞成大輕咳一聲說：「榆勒本是疏勒王宮正室，扶他為王，國人大約不會有什麼異議！」

眾人也異口同聲地附和道：「正該如此。」

班超舉杯說道：「好，既然大家都沒有什麼不同意見，明日我即差人前去喀喇城，請榆勒到此為王！」

眾人舉起手中的酒杯一飲而盡。

十日後，榆勒得到消息，從喀喇城快馬加鞭趕到了盤橐城。

班超早已率眾人在城外十里等候。榆勒遠遠看見班超，滾鞍下馬，跑步撲到班超面前跪倒在地，嚎啕大哭道：「邊地小臣，滅國受辱，生不如死。大漢神兵天降，我疏勒得以復國，此等浩蕩洪恩，臣粉身碎骨亦難回報！」

激動萬分的榆勒當眾宣布把自己的名字改為一個漢字「忠」，以表示對大漢王朝的忠貞不二。

班超當即代表大漢天子，立忠為新的疏勒王。忠大恩不謝。

班超和疏勒王忠一起回到了盤橐城後，忠率文武官員一致請求班超處死兜題以平民憤。

班超皺著眉頭不答話。班超有更加周密的考慮。因為此時疏勒復國不久，最需要的是安定，不宜過分激怒龜茲和匈奴，對他們還是要以安撫為主。如果此時放還兜題，則可向龜茲昭示漢朝的威德和信義，也可向匈奴表明大漢在西域的態度。

班超於是力勸眾人釋放兜題。

疏勒官民見狀，欽佩不已，同意釋放兜題。

兜題被釋放後千恩萬謝，帶著他的忠實僕從莫離，口誦小乘佛教經典返回了龜茲，從此再也沒有踏入疏勒半步。

一個月後，疏勒王忠見盤橐城雖堅固易守，但占地面積太小，不利於操練兵馬，於是將都城遷回疏勒西南五十里外的舊都烏即城。

班超和他的隨從們則繼續鎮守在盤橐城。

班超看到疏勒田地肥廣，草牧饒衍，但因匈奴禍亂日久，民窮軍弱，一片蕭條，因命耿廣、甘英等人幫助疏勒王忠訓練士卒、鍛造軍械、整修城池。又教導疏勒百姓興修水利、引水灌溉、務茲稼穡。

班超還在疏勒開辦了漢書館，派人前往酒泉、敦煌採辦文書典籍，挑選良家子弟學習漢字漢書，傳承漢文化。

§

疏勒平靜下來了，英雄也需要休養生息。

這一天，班超剛剛躺到床上，聽到遠處的樹林裡傳來笛子的聲音。

誰在月光下吹笛子？

他欠起身，笛子的聲音絲絲入扣，撲面而來。

吹的是一首曲調很慢的曲子，充滿了思念之情，感覺比較憂傷。

這一定是一位飽經滄桑的老人在吹笛子。班超想像老人被帕米爾高原的陽光照射得泛出紫銅色的臉龐布滿皺紋，握在笛子上的手指像一對風乾了的雪雞爪子。

仔細一聽，又好像不是笛子聲。

比笛子聲更綿長、雄闊。而且，聲音好像更加堅硬。高音揚起來，有一種金屬般的尖銳感覺。

班超起身出門，向那片樹林走去。他想見識一下這位吹奏笛子的老人。

出門向左，繞過一排廢棄的泥陶，樹林中的笛音越來越響。借著月光，班超看到一個披著斗篷的人坐在石几上，投入地吹奏著。

他身形高大，但看上去比較瘦，寬大的斗篷在他身上顯得綽綽有餘。

班超站在不遠處，耐心地聽他把一首曲子吹完。

一曲乃罷，樹林中那人嘆息了一聲，卻是一個女聲。

班超大感意外，難道吹笛子的人居然是一個女子？

那人起身，轉過臉來，果然是一個女子，月光下兩道奧斯曼草浸染過的濃眉歷歷在目，幾乎要長到一起去了，就像眼睛上方修飾的一道曼妙的樂符似的。

既然是一介女子，班超覺得不太方便，準備轉身離開。

那女子顯然沒有發現樹林外有人偷聽她奏樂，復又坐到石几上。

班超轉身走了幾步，忍不住回頭一望，看到女子伏在膝上，低低抽泣起來。

班超左右為難，不知是該走還是該留。

橫豎一想，大丈夫天地間立身，養浩然之氣，怎能拘泥於此等小節？

於是大步走向那女子，雙手抱拳，朗聲說：「打擾了，班超有禮。」

女子一驚，停止抽泣，站起身來，用袖口擦拭了眼淚，見到抱拳的班超，很快鎮定下來，鞠躬還禮：「可是班超班將軍？」

班超繼續抱拳說：「正是末將。」

班超想問問她為何一個人在此哭泣，卻看到她手中握著的奇怪樂器，便覺得有更重要的問題問她。

他說：「我能看看妳吹的笛子嗎？」

「當然可以，這是斯特洪諾依。」

「斯特洪諾依？」

「是的，斯特洪諾依。就是鷹笛。我們疏勒人都叫斯特洪諾依。」

原來是鷹笛。

接過鷹笛，班超發現這果然是一樣和中原竹笛完全不同的樂器。它有寶劍劍身的一半那麼長，只有三個孔；笛身似乎是骨質的，且稍稍有些彎曲；吹管的一頭較大，有孔的一頭較小；整個笛身已經磨得油光發亮。

「這是用什麼做成的？」

「是爸爸用神鷹的翅骨做成的。」

班超感到這個女子身上有很多故事，可是，他又不便多問。兩人都不說話，氣氛一下子沉默下來

班超把鷹笛送到嘴邊吹了一下，鷹笛發出了單調的嘟嘟聲。

女子「哔」地笑了起來。

班超想起一個重要的問題：「你為什麼一個人在這裡哭？」

「我想爸爸了。」

「爸爸去哪裡了？」

「爸爸在龜茲攻城時被匈奴人的毒箭射死了。這支鷹笛是他留給媽媽和我的。」

班超「唔」了一聲。在很多疏勒人眼中，匈奴人是敵人。

班超摩挲著那支鷹笛說：「真是一支好笛子。」

他知道疏勒人都喜歡鷹。不僅疏勒人，西域人都喜歡鷹，特別是居住在帕米爾高原上的人認為鷹是善良而吉祥的動物，是百鳥的統帥，是忠誠、恩愛、豪爽和勇敢的象徵。疏勒人把那些胸襟寬廣、誠實和藹、善良正直、助人為樂的人比作鷹，把英雄也比作鷹。他們崇拜鷹，自視為鷹的傳人。

女子說：「你願意當一隻鷹嗎？疏勒人希望你像一隻鷹，趕走匈奴那群狼。」

班超說：「大漢王朝一定會使疏勒安定下來的。」

女子高興地說：「班將軍，這支鷹笛，爸爸離開家時說，要送給帕米爾的神鷹，神鷹會趕走塔里木盆地上的狼群。你願意接受嗎？」

班超囁嚅著不知道該說什麼。女子的臉上突然飛出兩朵酒紅，轉身跑開了。

班超拿著鷹笛不知所措，看著女子跑出樹林，才想起問另一個重要的問題：「哎，妳叫什麼名字？」

「古蘭丹！」

班超正在查看疏勒地圖，一位胡女進來說：「將軍，古蘭丹請您共進晚餐。」

班超「哦」了一聲，有些意外。「今天是什麼日子，古蘭丹有這雅興？」

胡女笑而不答，掩鼻離開。

古蘭丹在疏勒西大街的紅磚房中等候班超。古蘭丹幼承家教，喜琴書、善騎射，知書達禮、賢淑聰穎、落落大方，是一個樸素而端莊的女子。

疏勒女子特別是出身於王公貴族的女子，無不戴著金耳環、綠松石項鍊、黃金長髮簪、玻璃器和紅珊瑚珠串，但古蘭丹只佩帶父親留給她的象徵力量的猛獸金牌飾，除此之外，身上不戴任何飾品。她穿著橘黃色的織衣，笑意盈盈，幾乎不說話，但一對幾乎長在一起的烏黑濃密的眉毛，使班超感慨疏勒女子的光彩照人。

班超不知道，疏勒的女子最善於使用原生植物使自己更加美麗。她們用海娜花塗紅指甲，用托特庫拉克花作胭脂，用沙棗樹油作頭油，更喜歡用生奧斯曼草染眉。奧斯曼草青色的草汁滲入女性的眉根和睫毛，使她們的眉心連在一起，這是疏勒和西域各國獨特的風景。

§

晚餐是在清燉帕米爾雪雞中開始的。

古蘭丹介紹說，帕米爾雪雞分為兩種，一種是淡腹雪雞，一種是暗腹雪雞。她指著侍者端上來的盤子問班超：「你能分清這是什麼雪雞嗎？」

班超看到盤中已經清燉好的雪雞身上有淡淡的波紋，遂信心滿滿地說：「當然是淡腹雪雞了！」

古蘭丹笑笑說：「錯了，是暗腹雪雞。淡腹雪雞的花紋比暗腹雪雞要明快、清晰。」

班超說：「雪雞不是山中的神物嗎？怎麼還敢吃雪雞？」

古蘭丹愣了一下，馬上反應過來，機警地說：「山中的神物，只要山神賜給我們，我們就敢吃。」

她介紹說，在帕米爾高原雪線以下山體的陰坡上，散生著一些雲杉和圓柏，雖未成高大之材，但在逶迤的群山中廣為分布，遠遠望去便顯得鬱鬱蔥蔥，蔚為壯觀。如果有一陣山風吹來，便能聽到陣陣松濤，十分壯觀。這裡的林海便是雪雞的黃金活動場所。

「雪雞是一種懂得照顧自己的動物，牠們夏季群集於高處的杉林或叢灌中，吃的是松果、柏子，冬季則集結於低凹的山坡。在牠們周圍，生長著雪蓮、紫草、茵陳、當歸等多種草藥，雪雞便是吃這些百藥之苗生存的，所以牠們被稱作百藥之禽，特別是冬季羽豐肉肥時，滋補之功非常明顯。」

班超哈哈笑著說：「看來吃一隻雪雞，等於吃中藥半頓啊。」

晚餐的主食是羊肉。

疏勒廣大的天然牧場，盛產苔草、湖草、紫花苜蓿、羽衣草、燕麥草等近百種優良牧草，一望無垠的草場，養育了疏勒的馬、牛、羊、駱駝和豬。疏勒大尾羊體大如牛、尾大如盆，這種羊耐粗飼、善跋涉、抗嚴寒、體質堅實、適宜放牧，所以體格高大健壯，肉脂鮮嫩味美，且無膻味。

首先是嫩羊腿。羊腿皮骨已經去掉，盤子裡都是羊腿上的瘦肉，十分鮮嫩，入口即化，沒有一點兒膻味，班超只覺口腔中留下的都是愉悅。只有疏勒大家族的廚師才能把羊肉烹製得如此地道。

接下來是羊頭蹄。古蘭丹介紹說，羊頭蹄的羊肉必須趁熱吃，吃的時候必須燙嘴，一涼就不好了。煮頭蹄須用老湯，完全不放鹽，用文火慢慢燉，直到骨肉分離。在疏勒，羊蹄肉、羊頭肉、羊舌頭和羊腦子是分開吃的，各有風味。

古蘭丹幫班超撕一塊饢，裹一點肉，再撒上鹽、胡椒粉和洋蔥末，全部送進班超嘴裡。班超鼓著腮幫子，在熱氣中吃。這是一種高熱量的肉食，耐飢，特別適合武士或趕駱駝的長途跋涉者，吃一頓可以管一天。

饢呈梭子形狀，中間薄，邊緣厚，直接在爐膛裡的火上烤熟。只見廚師把和得極軟的麵抓在手裡，用五指在中間撓兩把，撓出紋來，然後放在木杴上，送進爐膛。這樣烙出來的餅鬆、軟、香，風味獨具。班超對疏勒的這一切都感到由衷的喜愛。

最後吃的是羊肉串。古蘭丹說，疏勒食客吃羊肉串必須用饢裹著吃才覺得過癮，羊肉串在上爐之前不放鹽等佐料。先放鹽然後烤，肉必定老。先烤肉，看見開始滴油了，立刻拿下來，吃的時候再撒鹽。又鬆又軟又香的饢裹著冒油的羊肉串，可以使人垂涎三尺。

月上紅柳的樹梢頭時，這頓晚餐才結束了。班超記住了這頓別致的晚餐。第二天，他去紅磚房外買羊肉，卻見大門緊鎖，周圍的人都笑了。一個老漢說：「你來遲了，這裡的羊肉鋪有講究，太陽出來就關門！」

班超悵然若失，看來沒有古蘭丹的照料，要在疏勒吃上正宗的羊肉都難。

班超正要轉身離開，卻見附近有人挖開泥土，正將幾根羊骨頭埋進地下，嘴裡還念念有詞。

班超感到很奇怪，他這是在幹什麼呢？

班超按捺不住好奇，走過去問：「老伯，為什麼要把羊骨頭埋到地下呢？」

老伯看他一臉，淡淡地說：「種羊啊！」

「種羊？」

「對啊，我們疏勒人吃完羊肉，都會把羊脛骨埋在地下。」

班超猛地想起田慮什麼時候曾說過，疏勒人認為，只要把羊脛骨埋在地下，第二年春天就能像植物一樣長出一隻小羊來。

老伯把羊脛骨鄭重地埋在地下，舉起木杵築實，又在上面放了一塊石頭作為記號。他說，明天開春的時候，小羊羔就會從脛骨中出生。那時候，就要在周圍築起一面牆，等小羊羔要出來吋，擊鼓使牠受驚。小羊羔受驚後就掙斷了與大地連在一起的臍帶，馬上就能尋食物吃。

班超覺得非常不可思議，但看老伯的眼神，似乎不容置疑。

疏勒人愛羊，視羊為自己的家人，祖祖輩輩都是這樣處理羊脛骨的。如果不這樣處理，就是對羊神的冒犯。

班超就不再深究疏勒的土地上究竟能不能種出小羊羔，他覺得，這是疏勒人和大自然和諧共處的一種精神，是人對動物的一種尊重。疏勒人之所以能做出那麼鮮美的羊肉，疏勒的羊肉之所以永遠也吃不完，就是因為疏勒人對羊始終懷著這樣一種尊重。

一下子，他覺得自己與疏勒的距離拉近了許多。

隔天的一個下午，陽光從窗子中像一匹布一樣直撲到屋裡，古蘭丹的媽媽阿米爾坐在窗前，講述著藏在她心裡的一些故事，關於疏勒人與神鷹的故事。

阿米爾的聲音緩慢，就像塔里木綠洲那緩緩流淌的濃得化不開的時間。

班超和古蘭丹分別坐在木椅和門檻上，前者的手裡還摩挲著那支鷹笛。

在群山聳峙、景色迷人的萬山之祖帕米爾高原的深處，居住著疏勒人的主體——塔吉克人。很早很早以前，他們還過著狩獵生活，家家戶戶養著獵鷹，牠們白天隨主人狩獵，晚上為主人放哨看家。

在塔吉克人居住的山谷，可以看到蔚藍色天空中翱翔的三五成群的雄鷹，有時還發出歡快的鳴叫聲。高原的天空是雄鷹聚集的地方，塔吉克人天天和牠們見面。塔吉克人不僅僅喜歡鷹，更崇拜鷹，甚至，嚮往自己能成為一隻雄鷹。

有一個獵手，名叫瓦發，住在達卜達爾山谷裡。瓦發祖輩都是有名的獵戶，家裡有一隻祖傳的鷲鷹，已活了一百多年，可眼力還非常好，能看到一百里以外的小雀；牠的戰鬥力極強，尖喙和利爪能撕碎一隻黑熊。遠近獵手都羨慕這隻獵鷹，都叫牠「鷹王」。

瓦發每天把鷹王架在自己肩膀上出門狩獵，看到獵物了就縱鷹而去。他每天都能打到不少獵物，但獵獲到的鳥獸全被奴隸主薩比爾奪去了。瓦發非常氣憤，只有向鷹王傾訴自己的哀怨。

瓦發是唱著傳統的塔吉克民歌向鷹王傾訴的：

「塔吉克奴隸啊，像天邊墜落的星星。活著的被吸血鬼吸吮，死去的都閉不上眼睛。凶狠的奴隸主啊！殘酷無情，冷硬的心腸，像慕士塔格冰峰。塔吉克奴隸啊！難道永遠是天邊將要墜落的星星？」

歌聲像獵鷹一樣張開了翅膀，飛遍帕米爾高原，奴隸主嚇得膽戰心驚，下令瓦發交出鷹王，為他守看門護院。瓦發氣得幾乎昏了過去。

這時，神奇的事情發生了，只聽鷹王對自己的主人唱了起來：

「瓦發瓦發，快把我殺，用我骨頭，做支笛吧，你有了笛，要啥有啥，就不會受苦啦！」

瓦發聽了又驚又喜，但是他怎麼捨得殺掉自己心愛的獵鷹呢？他還需要獵鷹陪伴自己打獵呢。沒有了獵鷹，獵手就像沒有了左膀右臂，那麼他還算獵手嗎？

瓦發動情地撫摸著獵鷹的羽毛，流下了傷心的眼淚。

鷹王又唱道：「瓦發瓦發，快把我殺，我死以後，會成仙家，若不殺我，主家一來，把我搶走，你也難活。」

鷹王所唱提醒了瓦發，是啊，如果不殺掉鷹王，牠肯定就成了財主的掌中之物；如果按鷹王說的去做，也許牠真能變成神仙吧，自己說不定也就多了一條活路。

瓦發就硬著心腸把「鷹王」殺了。舉起尖刀時，他和鷹王一同落了淚。

瓦發抽出鷹王翅膀上最大的一根空心骨頭，鑽了三個洞眼，做成了一支短笛，取名「那依」。

那依是一支非常漂亮的鷹笛，帕米爾高原上的居民都沒有見過這麼好的鷹笛，它吹奏出的聲音非常動聽，有一種巨大的號召力量。

有一天，瓦發吹起鷹笛，笛聲過處，勢如破竹，飄向帕米爾高原的深處。

只見天空突然遮天蔽日地飛來了成群的獵鷹，牠們使半個天空都黑暗了。獵鷹飛進塔吉克人的帳篷，一齊向奴隸主薩比爾發動進攻。薩比爾滿身滿臉都是血，狼狽地逃出了塔吉克人的帳篷。塔吉克人狠狠地懲罰了奴隸主，使他再也不敢欺壓奴隸了。

從此，鷹笛在帕米爾高原的塔吉克人中流傳下來，盛行不衰，並且影響到了周圍的疏勒國，疏勒國興起了吹奏鷹笛的熱潮。

在疏勒國特別是塔吉克人聚集的地方，無論在山村還是在小鎮，無論是走在綠草如茵的牧場還是在各類賽事活動的現場，都會聽到令人神往的鷹笛聲。

班超知道，鷹笛聲是疏勒的背景音樂。這支蒼涼雄闊的鷹笛，成長在疏勒左右，伴著疏勒人和帕米爾獵手雄渾的歌唱和健美的舞蹈，帶來了帕米爾高原四季交替的聲音。

古蘭丹補充說，現在的鷹笛多用於盛大節日、迎賓送客等喜慶場合，在歌舞、叼羊或賽馬等活動中，也是離不開的伴奏樂器。

古蘭丹跟隨父親從小就開始接觸鷹笛，非常喜愛鷹笛的聲音。聽到鷹笛的時候，古蘭丹覺得，這聲音簡直就是為疏勒準備的，一定是帕米爾之神賜予疏勒的重要禮物。

阿米爾說，只有鷹王的翅膀才能做成鷹笛，只有和鷹王心靈相通的人，才能吹響鷹笛。每當鷹笛吹響的時候，便會在疏勒的山谷中傳得很遠、很遠。那吹響的曲子，使鷹的靈魂越過帕米爾高原的最高處。

說這些的時候，阿米爾的目光投得很遠很遠，就像跟隨著鷹的靈魂，盤旋在帕米爾高原上空似的。

班超看著自己手中的這支鷹笛，覺得自己不配使用這個聖物。這是老一輩疏勒人的鷹笛，應該與疏勒的光榮和夢想一道屬於疏勒人自己。

他於是上前一步，把鷹笛遞給阿米爾。

阿米爾認得這把鷹笛，一把比普通鷹笛更加碩大的，磨得非常光滑的鷹笛。

當年，古蘭丹的爸爸就是吹奏著這支鷹笛，俘獲了少女阿米爾的芳心的。

阿米爾當然記得，他的鷹笛吹得棒極了，簡直可以把死的東西吹活。阿米爾還是一個姑娘時，他就趕著羊群去山上尋找她，給她吹奏「法拉克」曲調，吹了一遍又一遍，把什麼都忘到九霄雲外了，忘了自己還帶著一大群羊，結果，一隻餓狼不知什麼時候闖進了羊群，叼走了一隻羊，直到羊羔大叫時，他才發現。後來，他挨了父親的一頓毒打。但阿米爾也從此看上了他。

阿米爾也記得，結婚後，他的鷹笛越吹越好，也經常給她吹笛。當然，與此同時，他的羊也越放越好，再也沒有被狼叼走過。

看到班超要歸還那把鷹笛，古蘭丹詫異地說：「怎麼，將軍，你不想當我們疏勒人的雄鷹了嗎？」

班超向阿米爾鞠躬，誠懇地說：「末將在疏勒，就是為完成大漢交付的任務，保全疏勒於匈奴鐵蹄之下的，末將一定恪盡職守，不敢有負疏勒和大漢重托，姑娘請勿多心。只是這支鷹笛，對疏勒意義非凡，懇請收回。」

阿米爾點點頭，說：「看來，你是該有一支屬於自己的鷹笛了。」

§

古蘭丹和班超並轡而行，來到疏勒城外的山谷。她要在那裡尋找一位馴鷹大師和製作鷹笛的老手藝人。

同一隻神鷹可以製作兩支孿生的鷹笛，疏勒人一般會把兩支鷹笛當作青年男女定情的信物。

古蘭丹走在前面，看到班超一路上目不斜視，暗自讚歎這位將軍真是好定力。

古蘭丹的心頭，就像帕米爾高原的春天一樣，早已升騰起了一位少女萌春的情愫。

她偷看了一眼班超，突然用方言唱起一首歌來：

你房後有一棵白楊樹，
我的山鷹在上面飛落，
你用甜蜜的話語，在我心裡種下了情火。
……。

班超並不懂得這些。這幾天一直和古蘭丹及她的母親打交道，他心裡對這個嚮往神鷹的部落有了強烈的好感。他甚至覺得，自己在融入疏勒的日常生活細節中，成為他們中間的一員。

他們來到克孜勒河上游一個叫白楊城的地方。白楊城的男人都以打獵為生，擅長養獵犬，更出名的是飼得一手好鷹。白楊城飼養的鷹名揚千里之外，提到白楊鷹，最好的獵人也會露出貪婪的目光。

走進一個深長的峽谷，一條小溪兩岸，密布著高聳入雲的白楊樹，既像整齊排列的士兵，又像插在大地上的一排排鵝毛筆。

「快看，白楊鷹！」

古蘭丹在前面喊。

班超抬頭望去，果然在高高的白楊樹上方，盤旋著幾隻鷹。牠們飛得太高，人類的眼力又太弱，看不清牠們在俯瞰什麼獵物。

古蘭丹說：「白楊城的鷹都不是野鷹，每隻鷹都有自己的主人，擁有自己的名字。」

班超疑惑地問：「鷹是一種傲氣的猛禽，怎麼馴順啊？」

古蘭丹說：「捉雛鷹啊。好鷹要從小馴，才容易磨去血性，人和鷹的心思才能相通。」

捉雛鷹是要付出代價的，白楊城有許多守寡的婦女，她們的丈夫都在偷鷹仔的過程中死亡。有的是被老鷹攻擊摔下山崖成為肉泥，有的是被老鷹盯住，在回家的路上或回家後受到一大群鷹的攻擊喪生的。白楊城還有一些單眼或雙眼失明的漢子，也是年輕時因偷了雛鷹，被老鷹啄去眼珠但僥倖活下來的人。

白楊城似乎是專門與雄鷹作戰又合作的村子。他們打獵需要鷹，情感上更需要鷹，一隻好鷹，其重要性甚至勝過自己的孩子。所以雖然經常遭受雄鷹的攻擊，甚至因此喪生，但整個白楊城的男人，一生都在為馴鷹和狩獵而活。如果逃離死神的追擊，捉一口雛鷹，再花上一年多的時間，就可以調教出屬於自己的雄鷹。有了自己的雄鷹，白楊城的人才會覺得自己是帕米爾高原的主人。否則，他們去疏勒城賣獵物，肩上沒有站立著一隻神鷹，會覺得臉上無光，自己都覺得自己不是真正的獵人。

捉鷹，馴鷹，鷹死後製作鷹笛，是白楊城人的宿命，也是他們的無上榮光。

來得早不如來得巧，白楊城的村口，有人正在馴鷹。

班超急忙下馬，拉著古蘭丹去開眼界。

古蘭丹曾見過父親馴鷹，對馴鷹很熟悉，自然充當了班超的解說員。

她告訴他，疏勒人把馴鷹習慣說成煉鷹，一字之差，體現的是疏勒人的愛鷹情結。

只見村口圍著一群人，一個長著紅鬍鬚的壯漢解下了獵鷹的眼罩，獵鷹就精神抖擻地站在了他的右臂上，一晃動，獵鷹展開牠巨大的翅膀，呼呼扇動，好不威風。

壯漢手臂上套著厚厚的皮套。古蘭丹說，皮手套是專門選用馬背上的皮製作的，只有馬背上的皮最結實，用它做手套才能避免被鷹爪抓傷。

壯漢指揮鷹從自己的左肩挪到右肩去。鷹愛理不理的樣子。

壯漢於是將自己的唾液喂給鷹。古蘭丹說，這是為了讓鷹能感受到主人的氣味，有利於人和鷹的溝通。

然後，壯漢把調節飛翔的尾毛用線纏起來，讓牠無法高飛，只能在小範圍內活動。他不斷對著獵鷹說話，讓自己的聲音印在牠的腦子裡，等牠長大後，就能識別出並只聽從主人的命令了。

班超問：「他給鷹吃什麼？」

古蘭丹說，每年的冬季，專門捕捉旱獺餵養鷹，使鷹催生換毛，保證鷹的原始野性和凶悍。剛捕來的鷹在馴化時不能讓牠吃飽，讓牠始終處於一種飢餓狀態，只有這樣才容易馴服。馴鷹餵食也很有講究，每次喂肉都要用清水洗乾淨，把肉切成條，攥在帶著皮手套的手裡，露出一點讓鷹用嘴去啄。在馴化鷹捕獵時，會將野兔、野雞、狐狸等標本用繩子拖著，對獵鷹進行捕獵訓練。經過這樣一段時間的訓練，不管獵鷹飛得再遠，只要看到標本就能回到主人的身邊。

這時，壯漢肩頭的鷹盯著主人手上的肉。壯漢將肉向右肩一拋，鷹撲騰著翅膀，準確地將肉叼在嘴上，停在右肩，紋絲不動，嘴上那塊肉早不見了蹤影。人群爆發出歡呼和掌聲。

古蘭丹說：「這是已經馴服得差不多的鷹，這個過程是很艱難的，不信，你看那人的臉和耳朵……」

班超定睛望去，果然發現紅鬚壯漢的臉上有幾道差不多已經長平的傷痕，左邊的一個耳垂，居然缺了半個！

古蘭丹說，煉鷹也講究人和鷹投緣，倘若不投緣，鷹反感人，人也討厭鷹，這樣一來，煉鷹人和鷹都有很大的苦頭吃，搞不好會兩敗俱傷。

煉鷹是一門絕活。鷹是很傲氣的一種猛禽，自由時基本不食嗟來之食。牠們天性愛自由，不屈服於任何外來力量，即便是鷹仔，剛捉到時，也會把煉鷹人的手啄出道道血痕。怎麼辦呢？先把鷹餓幾天，期間只供清水，不給食物。餓到最後，當雛鷹看到鮮肉時，眼裡便只有求生的貪婪，傲氣便會收斂幾分，這個過程稱作熬鷹。然後，煉鷹人再在手臂套上厚厚的皮套，把肉拈在手裡，訓練鷹服從自己的指令。最初，鷹當然不會服從人的指令，會下死勁去撕皮肉。漸漸地，鷹和人之間培養出了默契，知道了誰是自己的主人，就會執行主人的指令，然後才可以訓鷹捕獵。

其實，疏勒人從內心深處，並不看好能被馴服的鷹，能被馴服的鷹只是鷹奴。那些不受約束、自由搏擊在帕米爾高原上的神鷹才是真正的鷹。當白楊城人在疏勒街頭看到被馴服的鷹時，總會暗暗嘆一口氣。面對神鷹那閃電一般的雙目時，他們的心裡總是極其矛盾的。他們想馴服牠們，又害怕天空中從此少了一個自由的影子。

那些熬鷹時未被馴化而氣憤至死的鷹，白楊城人會給予牠們英雄般的待遇，把牠們埋在帕米爾高原最高的地方，築起專門的鷹塋。白楊城人知道，鷹離天空越近，自己負疚的心越會得到解脫。

熬鷹熬死的鷹，一般會完整地葬在山中。只有很少很少的幾隻鷹，埋葬之前，白楊城人會留下牠們的翅骨，用於製作鷹笛。

§

白楊城人最負盛名的製笛人索拉坐在自家的場院前，手裡擺弄著一對鷹的翅膀。他的鄰居剛剛送來一隻熬死的鷹。看到這隻翅膀修長、美麗異常的鷹，索拉心裡就像感受到了冬天從帕米爾吹來的冷風，很不暖和。每次製作鷹笛，他都有一種負罪感。為此，他習慣了見到死鷹時便禱告一番——他從疏勒城裡學到了一丁點小乘佛教的經文，只要誦讀它，他的內心很快就會得到安寧。

古蘭丹和班超坐在他對面，他們今天就是為了得到索拉製作的一對鷹笛。

索拉問：「知道鷹是什麼嗎？」

古蘭丹說：「知道，鷹是守衛帕米爾的神！」

索拉說：「那為什麼帕米爾還會受到狼的侵擾呢？」

索拉肯定反感著匈奴人的鐵蹄，所以才這麼說。

原來，在此之前，匈奴人派龜茲的使者潛入白楊城，讓索拉為匈奴製作鳴鏑。因為鳴鏑和鷹笛雖然有區別，但都屬於一種邊棱音氣鳴樂器，匈奴人早就聽到了索拉的大名，他們似乎對索拉很感興趣。

古蘭丹緊張地問：「那索拉叔叔如何應對他們？」

索拉長嘆一聲說：「我的手被雛鷹啄傷了，不能為他們製作鳴鏑。如果明年春天群狼還在塔里木盆地盤旋，我只好把自己交代給帕米爾高原了！」

頓了頓，索拉淡淡地但堅定地說：「那些埋葬在高原最高處的雄鷹們，是我們眼中真正的神，我要向牠們學習。」

班超非常敬佩這位製作鷹笛的人，居然如此有骨氣。

同時他也頗受感動，疏勒人無論是古蘭丹還是索拉，都對大漢的軍隊抱著親近之意，甚至把趕走匈奴這群狼的重任寄託到了漢軍身上。

班超說：「老伯放心，只要大漢在疏勒駐紮一天，塔里木盆地就不會讓群狼有可乘之機！」

索拉停頭看了班超一眼，沒有說話。他開始著手製作鷹笛。他手裡的一副鷲鷹的翅膀骨，此前已經在鹼土裡埋了十天，翅骨中的骨髓和骨已經完全分離，看上去很乾淨。索拉先鋸掉兩端骨節，把兩根翅骨截成一樣長，再在翅骨上鑿孔。鑿孔得先從小頭開始。索拉豎起大拇指，以大拇指為尺子，量出一個合適的寬度，作出第一個孔的記號。然後再以大拇指為尺子，量出合適的寬度，標記好第二個孔的位置。以此類推，三個孔的位置都標好了。最後開始鑿孔，孔從小到大，邊鑿邊吹，邊吹邊鑿，根據音量大小和音色情況不斷進行調整，直到吹出和諧的樂音，再吹出悠揚的曲調，鷹笛就做好了。

第一支鷹笛好做，第二支鷹笛難做。因為後者和前者無論在外形上還是音質上都要求完全一樣，這樣才可以稱作是孿生鷹笛。但索拉有豐富的經驗和嫻熟的技術，很快，一副鷹笛就脫穎而出。

索拉沉思片刻，在白淨的笛身上雕刻出了一對飛鳥的輪廓，看上去活靈活現。

班超感激地將其中一支接過來，想馬上吹奏。古蘭丹說：「急什麼，還不能用呢。」

索拉微微笑著說：「將軍很心急啊。剛做好的鷹笛不能馬上使用，需要放在房梁上讓煙熏上十天半月，它的顏色就會由原來的乳白色變成淺古銅色，這樣不僅鷹笛外表好看，而且永不會有異味、變質。」

班超心裡抱歉著，才知道鷹笛原來有這麼多的講究。

索拉說：「疏勒人吹奏的鷹笛，帕米爾神都會聽到，所以不能大意。」

又說，鷹有大小和老少之分，所以鷹笛的長短和粗細是不一樣；同一個鷹的翅膀上取下的翅骨，做成的鷹笛才能達到完全一致的要求，這對鷹笛才能一起演奏。

索拉將做好的鷹笛分別交到班超和古蘭丹的手上說：「鷹飛翔時是用兩個翅膀，鷹笛也要用同一隻鷹的兩個翅膀做成。這對鷹笛，出則成雙，入則成對，音質完全一樣，望你們善待之。如果其中一支鷹笛丟失或損壞了，那麼，另一支鷹笛將無法與其他鷹笛合奏，只能用來獨奏。」

話已就到這個分上，班超不自然地和古蘭丹對視了一眼。

後者臉上便飛過一片彩霞。

索拉老人爽朗地哈哈大笑起來。

就像夜鶯戀著玫瑰、百靈戀著花兒，古蘭丹和班超相愛了。

請聽吧，花叢中最美的花朵，你的美麗燃起我心中的熊熊愛火。你的姿容使我心中升騰起強烈的愛，我已跌進愛的海洋裡。你迷人的睫毛掠去了我的心，你睫毛的鐵籠將我的心囚禁。我心頭的百靈落在你的花枝上，願你的雙手將愛情的絲線握緊。我已給你打開了心靈的門窗，願將我的生命和一切都獻給你。你不要將愛的火種壓在心裡，現在我需要你的愛，你能開口應允？

疏勒人都看到了古蘭丹和班超的相愛，他們談論著相戀的兩個人，說他們像百靈與玫瑰，還說他們像飛蛾戀著明燈，愛得是那麼摯誠。

於是，整個疏勒城都彷彿彌漫著愛情的芬芳。

第十一章

班超苦心經營塔里木盆地的同時，與他一起西出玉門關的耿恭卻被匈奴困在了一個也叫疏勒的地方。

班超與耿恭，這兩員漢朝的大將，共同和疏勒發生了連繫。不同的是，耿恭抵禦匈奴的疏勒城，在天山之北；班超駐防的疏勒城，在天山之南。

耿氏家族在東漢初期是名門望族，群星閃耀。

想起自己的家族，耿恭臉上就有掩飾不住的自豪。

耿恭的祖父耿況與其膝下六個兒子全都是東漢開國將領。耿況的六個兒子分別是：耿弇、耿舒、耿國、耿廣、耿舉、耿霸。其中耿弇更是東漢一代名將。在與匈奴的歷次戰鬥中，耿氏家族厥功甚偉，除了耿恭之外，耿秉（耿國之子）也是漢軍的靈魂人物，耿忠（耿弇之子）、耿夔（耿國之子，耿秉之弟）都參加了西征軍團與匈奴的天山之戰，戰功卓著。

耿恭的父親耿廣英年早逝，耿恭成了孤兒，他繼承父業，勤奮好學，與他的祖輩一樣，為人慷慨義氣，志向高遠，足智多謀，有將帥之才。

耿恭還記得與班超在玉門關分手時的情形。

好兄弟就應當各自征戰，互相策應。此時，他們各自在馬上抱拳，道聲珍重，然後，班超向南，耿恭向北，絕塵而去。

耿恭是扶風茂陵人氏，他和奉車都尉竇固、駙馬都尉耿秉等一道攻破車師國後，使匈奴勢力退出了天山北麓，朝廷重新設立西域都護，任命耿恭和關寵為戊己校尉（掌屯田，屬西域都護），分別駐紮在車師後王部金蒲城和車師前王部柳中城，各置兵卒數百人，守護著車師這個漢匈戰爭的前沿陣地。

耿恭到任後，深知北匈奴決不會坐視車師與漢朝結好，結交遠近朋友是一種戰略選擇，於是，他積極聯絡西域大國烏孫，表達重建友好關係的誠意，受到烏孫國上下歡迎，從國王大昆彌以下，都非常高興，不僅派人送來了名馬，並願派王子入侍皇帝。耿恭便派使者帶著金銀布帛，迎接其王子入侍。與此同時，耿恭又與先人是漢人的後王夫人建立了聯繫，從而對敵情心中有數。

耿恭保持著高度警惕，在督促屯田之時不忘戰備訓練，掌握了一支人數雖少但戰鬥力很強的武裝隊伍。

天山的春天來臨了。

天山之上，冰雪仍然白皚皚地壓著。但雪線之下，冰雪已經開始融化。整個天山開始變得溼漉漉的，谷底的溪流非常清澈，岸邊是碧綠的青草和盛開的野花，野鹿和飛鳥不停地在這裡逗留。

整個天山過不了幾日便會悠悠醒來。

馬蹄聲急，和春天的流水一道出現在天山腳下的，是北匈奴單于派來的鐵騎。

探兵急報：北匈奴左鹿蠡王率兩萬騎兵大舉進攻車師國！

為了表現漢朝的誠意，耿恭派司馬率三百軍士前去救援，結果全軍覆沒。匈奴攻占車師後部，殺死車師王安得。

匈奴的馬蹄聲尾隨著漢朝敗軍的腳步，直迫金蒲城下。

§

駐紮在金蒲城的耿恭，一直在拚力防守北匈奴，吃盡了千辛萬苦。

此時，耿恭以數百人固守金蒲城，而匈奴人有兩萬騎兵，形勢十分嚴峻。

人在城池在。耿恭血液中不肯放棄的基因被激發了，他決心通過保衛金蒲城來捍衛耿氏家族的聲譽與大漢帝國的江山。

氣勢洶洶的匈奴人將金蒲城團團圍住，鼓角連天，戰馬嘶鳴，滾滾塵土遮天蔽日。區區數百人的軍隊，即便以一當十，要擊退數萬匈奴軍隊也是不可能的。

怎麼辦呢？

耿恭背著手在金蒲城的城池上苦苦思索。大漢在西域投入的兵力有限，且短期內不會有大規模的援軍，守衛金蒲城還得靠自己的力量。

耿恭讓部下拿來羊皮地圖，鋪在城牆上，仔細研究起來。他對是否守得住金蒲城沒有十二分的把握。他已經想到，一旦金蒲城失守，則須馬上退入疏勒城。

疏勒城是最後一道屏障，拚死也要守住。

耿恭把金蒲城內的百姓全部動員起來，軍民一心保衛金蒲城。他要通過鬥智挫挫匈奴人進攻的銳氣，時間延長一天，自己的戰鬥機會就會多一天。匈奴長途跋涉，也經受著糧草供給的考驗，深入西域時間越長，匈奴便越沒有耐心與大漢周旋。

連日來，耿恭苦苦思索，並未想到更好的破敵之法，徹夜坐臥不安、輾轉反側。

傍晚，他召集幾位幕僚到將軍府中議事，幕僚也是一籌莫展，不知該如何應對。一位姓梁的副將甚至提出，要不以退代進，先放棄西域，退到河西，待援軍到達，軍隊規模足以與北匈奴抗衡了，再奪回西域諸國。

耿恭聽了大怒，利劍出鞘，就要將其手刃。其他幕僚慌忙跪成一片，代為求情。

耿恭說：「匈奴在我腳下酣睡，唯有團結一致，方能克敵制勝，爾等不戰而敗，真是豈有此理！本應將梁副將軍法從事，念其去國懷鄉，隨我征戰多年，且暫寄其項上人頭於軍中，戴罪立功，望爾等上下一心，共克匈奴！」

眾幕僚連連點頭稱是，一時再也無人敢發表什麼意見，室內一片死靜。

侍衛聽到室內再無聲音，以為議事已畢，便端著食盤進了院子。剛走到當院，突然腳下被什麼東西絆了一個趔趄，盤中的飯食潑了一地。

侍衛爬起來，發現卻是一條軍犬口吐白沫，死在院中，旁邊還有牠尚未吃完的食物。

「將軍，這狗好像是被毒死的。」侍衛說。

耿恭聞言出門稍事觀察，突然一拍腦門說：「有了！」

他使人連夜研製出一種毒藥，並命令士兵們將這種毒藥塗抹在箭簇上。敵人的兵士一旦被箭射傷，毒藥不僅會在受傷者的身上發作，使其傷口潰爛，而且會在兵營裡迅速傳播，雖然殺傷力並不大，但大面積流行，會嚴重擾亂匈奴的軍心，這正是耿恭要達到的目的。

由於城中兵少，形勢危急。耿恭親自登城，指揮作戰。他讓部下把毒藥塗到箭鏃上，向匈奴兵喊話：「漢家箭神，其中瘡者必死無疑！」

帶領匈奴兵圍攻金蒲城的是匈奴左鹿蠡王，他聽了漢軍的喊話，仰天大笑，嘲笑漢軍故弄玄虛。

戰鬥開始了。匈奴左鹿蠡王下令圍攻金蒲城。衝鋒在前的匈奴兵紛紛中了漢軍箭鏃。中箭者，創口都因毒熱而迅速潰爛，傷口像開水一樣沸騰，看上去慘不忍睹。

匈奴兵驚叫：「漢兵有神靈相助，太可怕了！」紛紛敗下陣去。左鹿蠡王大驚失色，急忙鳴金收兵。

聽到鳴金的匈奴兵像一堵牆一樣倒下去，敗逃到陣中，整個軍營哀鴻一片。

毒藥很快在匈奴軍營中傳染開來，即便沒有受傷的匈奴兵士，也感到皮膚被灼燒得生痛，恐怖的陰影籠罩著匈奴兵營。

左鹿蠡王無計可施，一面派人尋求解藥，一面思考應對之法。

晚上，金蒲城突然下起了傾盆暴雨。雨越下越大，就像天空被撕開了一道口子。耿恭命令全體戰士手持刀劍弓弩，趁著暴風雨溜出城外襲擊匈奴人的兵營。匈奴人正在帳內喝酒猜拳，以壯自膽，誰也沒有料到僅有區區數百眾的漢軍會主動襲擊自己的軍營。面對突然從天而降的漢軍，猝不及防的匈奴人根本來不及拿起武器，就紛紛成了刀下之鬼。等到左鹿蠡王反應過來準備調兵遣將時，耿恭與他的部隊已經退回到金蒲城了。

匈奴兵紛紛說：「漢兵神，真可畏也！」

左鹿蠡王胸中燃燒著復仇的火焰，但這個很有策略的將領此刻下令軍隊班師，退到車師後國稍事休整，再進行復仇。

耿恭保住了金蒲城，金蒲城的百姓額手相慶，慶幸生靈沒有遭到塗炭。

耿恭料到匈奴人很快還會反撲，但金蒲城的守備條件並不是很好，長期固守，倘若匈奴人切斷城外水源、糧草，或用火攻，都沒有辦法破解。當務之急，是必須另選一處可以長期堅守的城池。

耿恭研究了羊皮地圖，決定選擇就近的疏勒城進行抵禦。

§

北疏勒城依山形而建，南北略窄，東西較長，北、西城牆建在自然形成的山梁上，東牆較低，北面是陡坡，南面地形雖低但坡度較大，南端布滿圓形巨石。整個城堡居高臨下，宜守難攻，是一個極好的軍事據點。

最重要的是，疏勒城外有一條河，可以長期供應軍中所需之水。在西域，水就是戰備物資，與武器裝備一樣重要。

耿恭把殘餘部隊調往疏勒城，盡可能地儲備糧食物資，鞏固城防工事，並招募了數千名車師人，擴充了部隊，等待與匈奴決一死戰。

七月，北匈奴軍隊在左鹿蠡王的率領下，又一次捲土重來，兵臨疏勒城下。

耿恭深知堅守疏勒是大漢在西域統治的象徵，戰鬥伊始，必須要以一次勝利激發守軍的鬥志。

耿恭趁匈奴人立足未穩，率領自己的軍隊與招募來的數千名車師人出城迎戰。匈奴人只道漢軍只剩不過區區百人，未曾料到數千人出城作戰，一時心裡沒底，先自露出怯意。匈奴人也知道耿恭足智多謀，上次在金蒲城落敗的情形猶歷歷在目。於是小心在意，節節撤退，駐紮到距疏勒城很遠的地方安營紮寨，派出探子打探消息。

首戰告捷大大鼓舞了守軍的士氣，一度時期，疏勒城的漢軍和招募到的車師人無不歡欣鼓舞，士氣高漲。耿恭派士兵將城外的巨石運至城內，以品字形壘在城牆上，供守城之用。

守城軍士無不覺得，擊退兩萬之眾的匈奴只是時間問題。

匈奴派出的探子很快探明，疏勒城中駐守的數千人軍隊，絕大多數是車師人，心懷二意，不過是烏合之眾。於是他們重振旗鼓，慢慢向疏勒城靠攏，開始向疏勒城發動進攻。

疏勒城雖然小，但是易守難攻，匈奴人久攻不下。每當匈奴接近城池的時候，耿恭就下令用巨石還擊。巨石裹挾著風雷從城牆上呼嘯而下，匈奴傷亡慘重。

左鹿蠡王緊鎖雙眉，無計可施。

盛夏的晚上，左鹿蠡王單騎出營，遠遠地繞著疏勒城觀察布防。

左鹿蠡王發現，疏勒城外有一條小河，這條小河從疏勒城以北流經北門和西門，一直向下游流過來。這顯然是一條季節河，水量不大。前天剛剛發了一場暴雨，河中的水呈濁黃色。

左鹿蠡王還發現，一隊漢軍正從河中取水。他們用木桶裝滿水，然後通過一條很長的索道，直接拽到城牆上去。

左鹿蠡王眼前一亮，覺得找到了攻克漢軍的鑰匙。

他決定切斷漢軍的水源。

左鹿蠡王派出一隊人馬，奔襲到漢軍的後方，直至小河上游，將河道直接堵塞，水流由此改變方向，改向西流。匈奴人還專門在小河上游派出大隊兵馬，日夜駐紮，防止漢軍爭奪小河。

疏勒城中的漢軍突然發現城外清澈的小河乾涸了，露出乾涸的河道，才知道匈奴人已經派人堵塞了水道。

匈奴兵士人人對耿恭視為天神，十分敬畏，此刻見左鹿蠡王切斷了漢軍的水源，一下子便覺得有了戰勝漢軍的信心。

左鹿蠡王專門安頓軍士，現在漢軍水源已斷，一定會出城求援。一旦發現漢軍派人出城求援，可以視而不見，馬上放行。

左鹿蠡王知道，大漢現在正是國喪期間，一切行動都比較內斂，不可能派出大規模的部隊增援疏勒城，充其量只能派出酒泉、敦煌兩郡區區兩三千漢軍增援。屆時，只要消滅了援軍，疏勒城中的耿恭就只有束手待斃了。

耿恭看到匈奴人切斷了疏勒城的水源，真是後悔莫及。他在金蒲城時早就預料到匈奴會打水源地的主意，卻沒想到對方動手如此之快。他派人去小河上游查看，卻見匈奴布防甚重，自己的兵士守城尚且吃緊，哪有精力與匈奴爭奪水源啊。剛到疏勒城時，田慮也曾向耿恭建議挖井儲水，但耿恭考慮到當務之急是儲備糧食，所以放鬆了對儲水的重視，此兵家之大忌啊！此時此刻，耿恭只痛悔自己沒有早些打井。

金蒲城中的糧食已盡數搬到疏勒城，經清點，可供兵馬三月之需。但戰鬥一旦打響，糧草的需求量將是平時的兩倍，因此凡堅守城壘者，至少要保證半年的糧草。最要命的是，城中的淡水僅可供全體將士一月之用。眼下水源斷絕，除了盡力節水，就只有搶時間打井了。

而且，城中兵士幾乎都知道了匈奴切斷水源的消息，這對兵士的士氣是不小的打擊。早一日打出泉水，守城的希望會早增加一分。

匈奴早就料到漢軍會打井，於是不斷派兵叫陣騷擾，使漢軍首尾難顧。

一隊匈奴騎兵衝到疏勒城下，先遭城中發石機一陣重擊，等到匈奴人越過高坡，奮不顧身地衝向城牆，眼看著就要接近城牆時，城中有火箭射出，熊熊大火把匈奴人燒得鬼哭狼嚎，趕緊回撤。

匈奴無功而返，怎肯甘休。第二日，遠遠見到漢軍在城下挖溝，並在溝中灌入火油，想起昨晚慘狀，他們只能按捺心中怒火，不敢再攻，收兵向左鹿蠡王稟報了戰況。

左鹿蠡王聽完沉思片刻，命人帶著火箭接近疏勒城，並將火箭首先射向油溝，一時煙火大作，漢軍辛苦布置的防禦裝備馬上化為灰燼，只好守城不出。

耿恭一面下令節約使用儲存的淡水，一面組織車師人在城內晝夜不停打井，希望儘快尋找到地下水。倘若短期內尋找不到新的水源，守衛疏勒就是一句空話，屆時只好束手就擒了。

耿恭長嘆一聲。西域的水，歷來都是命根子。疏勒城能否找到新的水源，更是關係到大漢在疏勒乃至西域的整體戰略。

水，關係萬千重啊！

疏勒城數千人及幾百匹戰馬每天的用水量十分巨大，而耿恭此前對形勢的判斷稍稍存在疏漏，以致淡水儲備嚴重不足，雖然精打細算，儘量壓縮淡水用量，但沒過幾天，存貯的淡水就像沙漏裡邊的沙子一樣，一點點耗盡了。

疏勒城中軍心浮動，形勢非常嚴峻。

這一時期，西域處於漢軍與匈奴的拉鋸戰中，焉耆、龜茲聯合殺死了漢西域都護陳睦，駐守在柳中的關寵死於北匈奴的鐵蹄下，明帝死後，車師國又在匈奴的威逼下背叛漢朝，與匈奴合兵進攻耿恭。

在這一過程中，匈奴人一直占據上風，現在，死守疏勒城的耿恭又遭遇到致命的打擊，他不斷激勵將士奮勇拒敵，但是隨著時間的流逝，漢軍的信心越來越脆弱。

當車師國與匈奴以數萬之眾合兵圍攻耿恭的時候，耿恭之所以堅守了幾月之久，有一個人起了至關重要的作用。

這個人就是車師後王的夫人。

車師後王的夫人有漢人的血統，她祕密派遣心腹之人潛入疏勒城中，向耿恭透露匈奴人的作戰計畫與分布情況，使耿恭有充分的時間事先做好戰鬥準備。同時，王后還祕密為耿恭提供糧食，緩解了軍中之需。

車師後王的夫人此舉雖然非常重要，但杯水車薪，不能解決根本問題。

數月之後，漢兵糧食用完，陷入困境，只好煮鎧弩，食筋革。耿恭與士兵向來同生共死，感情甚篤，危難關頭，全城上下能做到協力同心、死守城邑。

漢軍相信，只等大漢的援兵到達，就可裡外夾擊，擊潰匈奴。

隨著淡水和糧草的日漸減少，守衛疏勒城的軍士漸漸死亡，只剩了幾十人。

耿恭含淚下令，將城中的駱駝逐頭宰殺，緩解飢渴，挽救人命。

這是不得不走的最後一招了。

駱駝是除牛馬外最易馴服的高腳牲口，牠的樣子醜陋、笨拙和滑稽，步姿貧賤，與世無爭，但忍耐性好，是沙漠之舟，也是西域人的忠實朋友和夥伴。在西域，沒有駱駝甚至寸步難行。長途跋涉的隊伍宿營之時，駱駝會自動臥成一圈，形成駝城，而人居於圈內，十分安全舒適。西域常可看到的風景是轉場的牧人趕著羊群，把他和他的女人、毛氈、鍋盆和裝著炒麵的口袋放到駱駝寬大的背上，一年四季遷徙。

宰殺駱駝就如同宰殺自己的手足。

心腸稍硬的兵士就持刀前去宰殺駱駝。幾個人拉了一匹駱駝到城牆附近的偏僻處，想用刀子捅其小腹喝血。這時候，不可思議的一幕發生了：駱駝前腿跪地，哀鳴不已，灰濁的眼淚通過長長的臉頰流下來，又迅速被豔陽曬乾，駱駝的臉頰上便留下道道泛黃的痕跡。

兵士們不敢動手，就和駱駝在城牆根下對峙。

這匹健壯的駱駝，沒有在險惡的沙漠中倒地死去，卻要死於自己的主人之手，牠似乎很不服氣。駱駝的眼睛一直逼視著拿刀的士兵，士兵不敢和駱駝對視，他的目光向左，駱駝的目光也向左；他的目光向右，駱駝的目光也向右。

持刀的士兵喃喃地說：「駝兄弟，我很渴……」

話音剛落，駱駝的脖子上湧起一個包來，咕咕嚕嚕上下滾動，一小口黏稠的水便噴了出來。這哪裡是水啊，分明是駱駝的痰液。

駱駝的痰非常腥臭，持刀的士兵當場就暈倒了。

這是中國軍事史上一次耗時達數月之久的，著名的圍城戰。數月來，匈奴人與車師人的軍隊發動了數次猛烈的進攻，都被耿恭憑藉自己的軍事才華挫敗了。

但是假如沒有水，就意味著軍隊和馬匹的戰鬥力將慢慢喪失殆盡，匈奴人兵不血刃就會拿下疏勒城。

怎麼辦啊？

耿恭每人都要去挖掘地下水源的地方查看，可是招募來的車師人和漢人輪流上陣，多個地方的水井已挖至地下十丈了，土還是乾的，沒有一絲水的跡象。許多兵士渴死在乾涸的水井裡，一具一具的屍體從井中運上來，堆積在一旁。慢慢地，他們會被風乾成一具具木乃伊。

這是生存的極限，考驗漢軍意志的時候到了。

匈奴人每天在城外抬著清澈的泉水招降漢軍，他們把水從水桶裡舀出來，奢侈地潑到半空中，任由其潑灑在地上，然後，他們誇張地發出巨大的歡呼。漢軍已經沒有力氣彎弓搭箭，去射那挑釁的匈奴兵。他們能做的，就是緊閉城門，死死地守在箭垛旁，閉上眼睛，儘量不去看那甘露一樣聖潔而偉大的水。他們死死地咬緊自己的脣，有意無意地將其咬破，待嘴脣上緩慢地滲出黏稠的血，就馬上將這絲腥甜舔乾淨。

沒有水，也沒有糧食。耿恭與守軍把所有可以吃的東西都煮來吃，老鼠、昆蟲、沙狐都可以作為腹中之餐。除了吃小動物，漢軍還把軍裝上的犀牛皮剝下來，放在水中煮爛充飢。熬到最後，弓弩上的皮革也成了可食之物。

他們抱著一個信念：倘天不亡我，疏勒城的地下，一定會打出甘霖雨露一般珍貴的水來！

當然一部人的信念也在動搖。一位被雇傭的車師人，從井下爬上來，恰好看到匈奴人在城外灑水。匈奴人還用羊皮囊裝了一袋又一袋的水碼在城外，宣稱如果誰投降，首先就賞給他一皮囊水。

這位剛剛出井的車師人由於焦渴產生了幻覺，他覺得那些皮囊中的水就是自己剛剛從水井中挖出來的。他欣喜若狂地歡呼一聲，從高高的箭垛上縱身撲向城外的水囊，一道影子劃過城外，只聽「噗」的一聲，車師人的腦袋便在地面上開了花，血水四濺，顯然是沒命了。

還有一位漢人，實在沒辦法忍受這種煎熬，偷偷找來長繩，一頭縛在腰間，一頭繫在疏勒城的垛口上，由他的同伴悄悄地在正午時分將他從城牆上放下去。

他順著繩子落到疏勒城外，解掉繩子，再由同伴把繩子收上去，以防匈奴兵利用。

他匍匐向前，爬到了匈奴兵戲水的地方。

他果然喝到了匈奴人給他的水，他喝得太猛，嗆到了嗓子眼，嗆得滿地打滾。匈奴人大聲狂笑。他喝完了一皮囊水，覺得肚子撐得要命，腸胃似乎受到了損傷。他不敢再喝，只央求匈奴人能讓他回去，並且能夠帶上一皮囊的水。

兩個匈奴兵對視一下，居然同意了。

漢人就拿起一皮囊水，艱難地走到城牆根下，示意同伴放下繩子，將他拉上去。

繩子放了下來，漢人將自己和水囊牢牢地縛住。他的同伴開始收繩子。

他被拉到了城牆的中間。

勝利在望，他想回過頭，衝兩名匈奴兵笑一笑。

於是他回過頭，卻看到左鹿蠡王站在疏勒城外幾十米開外，正在彎弓搭箭。

他驚呼一聲，示意同伴加快頻率往上拽。

一支箭嗖地飛來，射中他的後背。又一支箭嗖地飛來，射中水囊。

皮囊中的水四散濺出，像浪花一樣漂亮。

他的同伴手一軟，他被狠狠地摔在疏勒城腳下。

只聽「砰」的一聲巨響，漢人的肚子，竟被活活摔破，血水四濺。

匈奴兵在身後發出一陣歡呼。

水啊！

越來越多的人渴死在水井旁、箭垛旁，城中哀鴻遍野。耿恭號召守城士兵，只要能喝下去的東西，都要喝下去，哪怕是汗液，哪怕是唾液，哪怕是人尿，哪怕是從馬糞裡榨出的臭水！

耿恭身先士卒，接過士兵從馬糞裡榨取的淡黃色的糞水，微微皺了皺眉，然後一仰頭喝了下去！

沒有水，沒有糧食，幾千人的隊伍眼看就要在疏勒城就地消失。

耿恭含淚下令殺馬。馬是軍人的戰友，是軍人的另一條命。現在，只有用馬的命挽救士兵的命。

馬血和馬肉都是熱的，士兵們喝了馬血，嘴上便生出毒瘡來，喝馬血也僅僅是權宜之計。

水井已挖到地下十五丈的深處，仍然不見水的影蹤。入夜時分，耿恭仰天浩歎，喃喃低語：「聞昔貳師將軍拔佩刀刺山，飛泉湧出；今漢德神明，豈有窮哉。」

耿恭祝禱，當年貳師將軍李廣利拔刀刺山，飛泉湧出，而今大漢帝國強盛昌明，天勿亡我，賜我生路！

於是，耿恭整頓衣裳，跪地祭祀蒼天，對井再拜，為將吏們祈禱。

天勿亡我，賜我生路！

眾將士整好衣冠，對井三拜，泣血而禱。

最深的一口井已經掘到了二十五丈開外，土還是乾的，並且遇到了巨大的礫石。鐵鎬掘在上面，曾閃過一波一波的火星。

幾千號人都圍在乾涸的水井旁，幾千號人的信念，此刻都指向水。

挖井的士兵面對礫石猶豫不前，如此巨大的石頭，如此乾燥的土壤，還能有水嗎？

耿恭看著士兵們疲憊的臉和絕望的神色說：「我來試試吧！」

耿恭下到井裡，對準一塊墨綠的石頭狠命挖去。

石頭像鐵一樣硬，鐵鎬被崩裂了口子。

耿恭使出平生所有的力氣，他的頭腦裡已經沒有了水的概念，他忘了水，他想和自己較勁，那就是只想把面前這塊頑固的石頭儘快揭掉！

一鎬下去，耿恭感到鐵鎬在石頭縫中微微一鬆，他心裡一動，低頭看去，竟然發現石頭縫中慢慢滲出了泉水，周圍的土壤已經溼潤了。

這片溼潤，多像大地流下的一片淚水啊！

耿恭的眼淚差點就流了下來，水就在這層窗戶紙的那一頭啊！

他將全身的信念和氣力全部調動起來，大吼一聲，鐵鎬飛向墨綠色的石頭，石頭應聲而起。

隨著墨綠色石頭的移位，一股清泉，裹挾著地下的寒氣，突然從地下噴湧而出，噴射到耿恭的臉上和身上。

耿恭一聲大笑，然後嚎啕大哭起來。

再也不用多想，耿恭大口大口地喝著水。

他從沒喝過如此甘甜的水。

他真想就這樣永遠埋頭於水中，再也不用抬起頭來。

耿恭讓自己喝夠了，哭夠了，也歡喜夠了，看著井裡的水越來越深，漸漸地升到他的腰眼。於是他俯下身去，從水中摸出那塊墨綠色的石頭，沿著井壁攀上來。

外面已經歡聲震天、人歡馬嘶。井水的溼氣像一條水龍從井裡噴了出來，將士們都知道：「水！水！水來了！」

所有的人都跪倒在井邊，高呼：「水！」一些人甚至興奮得暈了過去。

士兵們都喝到了水，他們有節制地，慢慢地把自己喝得像一具充滿了水的皮囊。

水來了，疏勒城得救了。

耿恭把那塊墨綠色的石頭供奉在自己的案頭，恭恭敬敬地納頭便拜，老淚不覺又在臉上縱橫。

這是西元七五年中普通的一天，卻也是大漢將軍經受了最大考驗的一天。

水的祕密在疏勒城內保守了整整一個晚上。

整整一個晚上，水浸潤了幾千將士的心肺，使他們像焦炭一樣的身體慢慢充盈，慢慢恢復了常人的知覺。數百匹戰馬一夜之間也從瀕死的邊緣縱身而躍，回復到勃勃生機中，一時馬蹄得得，如擂響的戰鼓。

整整一個晚上，疏勒城潤澤在一片氤氳的溼氣中。

這些，匈奴人並不知情。他們還以為疏勒城中的漢人正在慢慢變成一具具木乃伊，等著他們去收屍。

第二天，當匈奴人繼續在疏勒城外戲水，並將一袋袋水堆積在城下等待漢軍去向他們乞討時，突然，他們發現疏勒城不像往日那樣死氣沉沉、偃旗息鼓。只見一隊人馬出現在城牆，鮮亮的漢軍旗下，全副武裝騎馬而立的，正是他們的老對手耿恭。

城牆上的漢軍一言不發，軍儀整齊如等待檢閱。匈奴兵大感迷茫，忙稟報左鹿蠡王。

左鹿蠡王催馬來到陣前，果然看到了非同凡響的一幕。這不應該是即將渴死的漢軍應有的軍容，漢軍一定在城裡找到了水！

果然，他看到耿恭的隨從將一個羊皮水囊從城牆上揚下，耿恭彎弓搭箭，手裡的箭如流星一般直刺皮囊，噗地一聲，準確地將其射穿。

水花像飛天袖間的花朵，像盛夏的一場雪，隨風飄揚地落在匈奴將士的臉上、身上。

疏勒的城牆上仍然沒有人說一句，在空曠的寂靜中，左鹿蠡王卻感受到了一種懾人的恐怖的氣氛。他下意識向後退了三步。他的部隊也下意識向後退了三步。

他們看到，耿恭的軍隊並沒有衝出疏勒城向他們宣戰，他們像雕塑一樣就那麼站在城牆上，似乎以這個動作宣稱：疏勒是大漢的，西域也是大漢的！

左鹿蠡王長嘆一聲，明白自己在與耿恭爭奪疏勒城的過程中，已經完全敗北了。一位名符其實的將軍，一名職業軍人，要懂得承認失敗。來日方長，這仗再沒有打下去的必要。

數天後，左鹿蠡王神色沮喪地從疏勒城外撤兵，退守駐紮。

§

冬天來臨了。

飢餓與寒冷，成了並列在漢軍頭上的兩把劍。疏勒的冬天特別寒冷，晝夜溫差極大，漢軍本沒有帶多少禦寒的衣物，僅有的備用皮衣基本上都被當作食物煮光了。耿恭派出部下范羌前往敦煌郡，一方面徵用一批過冬的衣物，同時向朝廷求援。

耿恭叮囑范羌，疏勒城的目光都盯著敦煌郡，敦煌郡就是疏勒城生存下去的希望！

范羌揮淚作別疏勒和守城的壯士，趁著夜色出城，打馬向敦煌出發了。

就在耿恭苦苦堅守疏勒之際，遙遠的洛陽城裡，新上臺的章帝正在討論在西域用兵之事。

此時恰逢明帝已死，章帝得到有關西域用兵的奏章，發下公卿計議。

就像歷次討論出兵事宜所遇到的情形那樣，朝廷上仍然有兩種聲音，一種同意出兵，一種反對出兵。

司徒鮑昱說：「今使人於危難之地，急而棄之，外則縱蠻夷之暴，內則傷死難之臣。誠令權時，後無邊事可也。匈奴如復犯塞為寇，陛下將何以使將？」

鮑昱的意思很明顯，朝廷派人到危難之地，卻在關鍵時刻拋棄了他們。這樣一來，對外，會助長敵人肆無忌憚的氣焰；對內，則會損害忠誠守節之臣的信心。以後邊疆無事則已，倘若一時有警，匈奴再興兵犯境，還怎麼派人帶兵為將呢？況且耿恭、關寵每人只剩軍吏數十人，匈奴包圍攻擊好多天，尚未攻下。可見他們雖人孤勢單，卻仍盡力報國。故應該調發敦煌、酒泉兵力，前往救援。

鮑昱真是位高瞻遠矚的政治家，拯救一個耿恭，意味著將有千千萬萬個耿恭鐵心為國效力。朝廷不憐惜為自己效力的將士，就會失去將士的奉獻之心。一旦陷入危難，誰還會挺身而出？這不是簡單的收買人心的權宜之計，而是關係到朝廷的千秋大業。

雖然朝廷上時有反對之聲，但年輕的章帝仍然下詔，遣征西將軍耿秉屯酒泉，行使太守的職權；派秦彭與謁者王蒙、皇甫援發往張掖、酒泉、敦煌三郡及鄯善兵共七千人，經過晝夜兼程，到達柳中，進擊車師，攻打交河城。

戰鬥非常激烈，但也獲得了重大勝利——斬首匈奴三千八百人，俘虜三千餘人，駝驢馬牛羊三萬七千頭。車師國又歸降了漢王朝。

此時關寵已經戰亡，援軍在營救耿恭一事上出現了分歧。援軍副將、謁者王蒙認為：漢軍經過千里長途行軍，又在交河城打了一場硬仗，全軍上下疲憊不堪，需要及時休整，而耿恭的疏勒城仍然在數百里之外，要想到達，必須在寒冷的正月翻越白雪皚皚的天山，行軍難度極大，假如貿然前往，必然會使漢軍的有生力量蒙受更大的損失。況且，眼下並沒有確切消息證明耿恭仍然堅守在疏勒城。

全軍上下開始各自思量：馳援疏勒城，是歟？非歟？

先前耿恭曾遣所部軍吏范羌回敦煌領取軍士寒衣，所以這次出征，范羌也在軍中。此時諸將欲退，范羌誓死不從。

范羌長跪哭倒在三軍前，泣血請求王蒙救援疏勒城的將士。范羌說，我大漢將士，為了守住疏勒城，忍人所不能忍，煮盔甲、食皮革，茹毛飲血、從不言降，此乃亙古未有之奇跡，可令神鬼共泣！疏勒上下在等待將軍馳援，將軍之所為，不僅關乎數千將士身家性命，更關乎大漢在西域的江山社稷，將軍三思啊！

全體將士聽了無不動容，紛紛要求追隨范羌前往疏勒城。段彭、王蒙最後決定由范羌率領兩千名兵士，翻越白雪覆蓋的天山，前往疏勒城，救出耿恭。

范羌連夜啟程，他的心早已飛往危如累卵的疏勒城。

天山山脈把西域分成兩部分，南邊是塔里木盆地，北邊是準噶爾盆地。疏勒國便坐落在南邊的塔里木盆地，而耿恭據守的疏勒城則位於北邊的準噶爾盆地。

通往疏勒城的道路極其艱難，兩千名漢軍翻過白雪皚皚的天山山脈，沿著崎嶇道路，頂著寒徹骨髓的山風一路向前，馳援疏勒。

疏勒城籠罩在蒼茫的夜色中，雪花飛舞，飄飄灑灑，隨意而下，更加襯托出戰場的寂靜。匈奴人雖然撤走了，但是耿恭還沒有從疏勒國突圍，因為他知道，一旦突圍出城，匈奴人的兵馬會以泰山壓頂之勢將其包圍，乃至全殲。他的守軍眼下只剩下二十六人，他們要一直在疏勒城駐紮，直到換防的漢軍前來。

傍晚時分，耿恭將整張臉埋在自己的雙手當中，陷入深深的冥想與思索。

然後，他登上城樓，憑城眺望中原方向。

每到炊煙升起的時候，他就聽到附近的山谷中傳來粗獷、猛烈、嘶啞的歌唱聲，翻來覆去只唱著四句歌詞：

像父親那樣的親人在哪裡？
像母親那樣的恩人在哪裡？
在苦難中煎熬的時候，
像母親那樣的神靈在哪裡？

那高聲打著旋，能飛過最高的白楊樹，直抵天山上的雪蓮。

這是無名的西域刀郎之聲。

耿恭怔怔地聽著，輕輕地跟著哼唱：

像父親那樣的親人在哪裡？

像母親那樣的恩人在哪裡？

他感到無助和難過。但是，他努力克制住那種突然襲來的絕望情緒。

他是一軍的統帥，將士們都盯著他呢，他的情緒便代表著將士們的情緒，他的意志也代表著將士們的意志。

所以，他沒有權利在此時難過。

§

黎明時分，疏勒城的的觀察哨上突然吹起了骨笛。正在睡夢中的耿恭連忙身披戰袍，登上城牆，準備應敵。

疏勒城外，漸行漸近的是星星點點的火把，估摸有一兩千人。但是夜色尚濃，完全看不清對方的面孔。

耿恭理理頭緒，下令道：「準備戰鬥！」這也許是在疏勒的最後一戰了，他已暗下決心，只要自己還活著，疏勒城就不能落在匈奴人的手裡。

這支與飢餓、寒冬搏鬥得只剩最後一口氣的隊伍，雖然僅僅是二十六個人的殘陣，但他們列隊集合，依然軍容整齊，隊伍秩然，人人臉上一派剛毅。

這種神態與氣色，才是耿家軍應有的氣質！

疏勒城的二十六名勇士引矢上弩，嚴陣以待，只等耿恭下達戰鬥的命令。

他們的一腔熱血，為大漢而生，也為大漢而灑。疏勒，便是他們馬革裹屍、含笑而眠的沃土。

於是，二十六名勇士的臉上，甚至洋溢出了欣慰的微笑。死，在這一刻已輕如天山雪冠之上的一朵浮雲。

疏勒城外的隊伍越行越近了，漸漸地，他們的旗幟在晨光中越來越亮，細細看去，旗幟上神龍飛騰，上面繡著一個大大的「漢」字！

是真的嗎？疏勒城的勇士們揉揉睡眼惺忪的眼睛，不敢相信這是真的。

他們看到，走在隊伍最前面的一個人跳下馬，手持火把朝城頭揮舞。

耿恭睜大了疲倦的眼睛遠遠望去：這不是范羌嗎？

蒼天，大漢的援軍到了！

范羌揮舞著火把，在城下大呼：「我是范羌，朝廷派我專程前來迎接校尉！」

耿恭聽到「朝廷」二字，再看著遠處旗幟上越來越大的「漢」字，千種思緒瞬間湧上心頭。

耿恭「撲通」一聲跪下來，布滿血絲的眼中嘩地一下噴出淚來。這是紅色的淚，不，這不是淚，這分明是血！

他和自己的士兵，日復一日地戰鬥，等待，再戰鬥，再等待，兩百多個日日夜夜，望穿秋水盼望的，就是遙遠的大漢最終作出回應，拯救自己和自己的軍隊，承認這支光榮與慘烈並存的鐵軍在疏勒作出的犧牲。

這兩百多日，他太孤獨，常常感到自己是一介遊子，獨立承擔著疏勒國事無鉅細的防務，心裡總有一種被遺棄的感覺。現在，朝廷終於發來了援軍，這意味著朝廷一直沒有放棄疏勒，也一直沒有放棄西域，西域還是大漢身上的骨肉，他耿恭的心血沒有白費，幾千名陣亡將士的鮮血也沒有白流。

這一刻，疏勒，終於等來了祖國的軍隊！

疏勒城上，二十六名勇士扔掉武器，在城牆上歡呼雀躍，山呼萬歲，抱頭痛哭！

是啊，兩百多個日夜，他們頂住匈奴數萬大軍一波又一波的凌厲進攻，懷揣著堅定的信念堅守在這方彈丸之地。他們做到了。眼下，疏勒還是大漢的疏勒啊！

面對疏勒城最後的二十六名戰士，前來增援的兩千名漢軍官兵肅然起敬。他們全體下馬，肅立城下，眼睛潮溼，向義重於生的勇士們長時間舉手致敬。

二十六名勇士打開城門，踉踉蹌蹌地奔向城外，投向祖國戰士的懷抱，相擁而泣！戰馬嘶鳴，人聲鼎沸，疏勒城外，團聚與勝利的氣氛高過雲霄。

從此，北疏勒人的心目中有了一個像柏格達峰一樣偉岸的英雄。當年蘇武茹毛窮海，不使大漢蒙羞。今日耿恭率部把裝備上的皮帶煮熟，堅守疏勒城，與前漢的蘇武交相輝映，留下了氣壯山河的凱歌，成為漢朝勵國勵民的大事。

多少年後，疏勒人每次提及耿恭，都會喟然而嘆，涕泗橫流。

第二天，耿恭與他的二十五名士兵離開生死相許的疏勒城，踏上了返鄉之程。

匈奴人很快發現漢軍飛越天山，支援了耿恭的部隊。北匈奴單于馬上派出騎兵跟蹤追擊。

此時，無論是耿恭的餘部還是范羌帶來的援兵，都已經疲憊不堪，絲毫沒有戰鬥力。他們必須翻過天山山脈，進入車師前國，才會相對安全。但匈奴的騎兵來得很快，他們以逸待勞，對漢軍發動猛烈的攻擊，耿恭和范羌率領士兵一邊還擊，一邊撤退。

匈奴人緊追不捨，想徹底圍殲兩千人的漢軍。

但是，被祖國勝利迎接還朝的耿恭及其殘部，爆發出了驚人的毅力，他們出色地阻擊匈奴人，且戰且退，最終克服千辛萬苦，翻越天山山脈，擺脫了匈奴人的堵截。

三月初，這支疲憊不堪卻在中國軍事史上書寫了壯麗篇章的英雄之師，終於抵達漢帝國的邊關玉門關。

守衛疏勒城的二十六名勇士，在到達玉門關之前，有的死於阻擊匈奴追擊的戰鬥中，有的則由於體力不支，疾患纏身，病故於撤退的途中。

生還玉門關的，只有十三人。

這十三人的形象，永遠保留在史書中：他們「形容枯槁，衣履穿決，淒苦之狀無以復加」。

東漢中郎將鄭眾親自在玉門關迎接十三位英雄的歸來，並親自為耿恭洗浴更衣、接風洗塵。

鄭眾對耿恭表示了崇高的敬意，專門上書皇帝，極力讚揚耿恭的功勳，奏章上說：

耿恭以單兵固守孤城，當匈奴數萬之眾，連月逾年，心力困盡，鑿山為井，煮弩為糧，出於萬死，無一生之望。前後殺傷丑虜，數千百計，卒全忠勇，不為大漢恥，恭之節義，古今未有。宜蒙顯爵，以厲將帥。

耿恭用單薄的兵力固守孤城，頂住北匈奴的衝要地方，面對幾萬敵人，積年累月，心力困盡。他們鑿山造井，煮弓為糧，出於萬死一生的希望，前後殺死成千上萬的匈奴，終於保全忠勇，未給大漢造成恥辱。耿恭的節義，古今沒有，應該蒙受高官顯爵，以策勵將帥。

鮑昱也上奏皇帝，說耿恭的節義超過了蘇武，應該賜予爵賞。於是，朝廷任命耿恭為騎都尉，其餘諸人均有封賞。

第十二章

這是大漢王朝的多事之秋。

當偉大的戰士耿恭在北疏勒苦苦支撐的時候，漢明帝駕崩，漢章帝即位。

這一天，洛陽宮廷中發生了激烈的爭吵。

剛剛繼位不久的漢章帝又一次召集群臣商議西域之事。漢朝在西域究竟是守還是撤，一直為難著最高當局。漢章帝自己也沒有理出頭緒，便讓群臣自由發表意見。

從事郭恂已從班超的三十六騎中脫離出來，派遣他人跟隨班超，湊足三十六騎之數，自己則在京城上朝，從此不再為邊關事務擔驚受怕。他極其瞭解班超的能力，章帝如果不及時把班超召回，以班超的水準，極有可能不費朝廷一兵一卒、一糧一草而順利復定西域，屆時班超的功勞將有目共睹，一定會得到朝廷的重用。自己在平定鄯善的過程中本無寸功，受班超照顧，才共用戰果，他日此事敗露，臉上會很不好看。假如此時章帝徵召班超，那麼他只能在軍中任下級軍官。郭恂如此思忖，決定不惜一切代價讓班超回朝。

一位熟悉西域情況的大臣出列奏道：「陳睦敗亡全因縱軍經商、戒備不當造成。西域各國皆願歸漢，班長史所到之處，揚我大漢軍威。班長史勇猛機智，忠心報國，西域各國無不欽佩有加，視班超這大漢王朝之化身，繼續留他在西域鎮撫，一則可震懾匈奴，使之不敢南下，再則可安撫西域諸國，使之安居樂業。留班超在疏勒，有百利而無一弊，留為上。」

章帝聽了微微頷首。

郭恂急急抱拳道：「陛下，先帝時，竇固大將軍率軍遠征西域，動用鐵軍十幾萬，耗銀無數，但西域諸國或歸或叛，全無效果。班超出使西域已有數年，家眷極盼團聚。陛下以孝道治天下，令班超歸國盡孝，可慰將士之心，贏取黎明百姓讚譽。」

李邑與郭恂心思相通，也不希望班超在西域立功，忙出班奏道：「郭大人所言極是，召回班超可慰將士之心，此人心所向、眾望所歸也！」

章帝思忖片刻，終於下了決心，一面派敦煌、酒泉太守率兵迎還耿恭所部，一面下詔征還班超回國，以免班超在塔里木盆地有去無還。

這也是塔里木盆地的多事之秋。

當耿恭榮耀地接受帝國的禮遇時，幾乎與此同時，一封加急專遞發往塔里木盆地——漢章帝命令班超撤離疏勒，撤離塔里木盆地。

此時，匈奴對西域漢軍發動反攻，西域都護與兩千餘漢軍在絲路北道全數陣亡。絲路南道，在匈奴的支持下，塔里木爆發了反對漢朝保護權的大叛亂。

囂張的龜茲王聯合姑墨國，多次發兵進攻疏勒國。

班超據守盤橐城，與守在烏即城的疏勒王忠互為首尾，士吏單少，守了近一年時間，孤立無援，形勢極度危急。

這一天，疏勒都尉黎弇來訪，看到班超正坐在几案前，望著窗外的幾棵胡楊樹發呆，一副憂心忡忡的樣子。

黎弇向班超抱拳道：「將軍以五千之兵大敗左賢王數萬大軍，神勇之極也！漢軍真乃我疏勒屏障也。」

班超起身還禮道：「將軍過譽，有賴將士用命而已！」

黎弇問道：「西域都護陳睦敗亡，不知大漢何日再立新都護？」

班超苦笑道：「朝廷昨日已派欽差大臣召我回朝，按朝廷旨意，我當於近日返回中土。西域之功，恐毀於一旦也！」說罷一聲長嘆。

黎弇大吃一驚，忙問其故。

原來，昨天下午，朝廷派往疏勒的欽差大臣即風雨兼程到了疏勒，當夜便宣讀了章帝的聖旨：「長史班超離國別家數年，而今汝母病重，日夜思兒。朕以孝道治天下，特詔爾回家事母，以盡孝道。見詔速回，不負朕心。」

朝廷的旨意班超早有所料，他並不感到奇怪，忙謝恩接旨，吩咐好生安排欽差大臣。

當夜，班超一宿未眠，前後回憶自己在西域數載的傳奇經歷，不由得對大漢王朝的江山社稷十分擔心。如今聖上召回，本可趁機回家享受天倫之樂，只是，把自己帶著三十六騎鐵血勇士冒著生命危險打理下來的廣闊西域這麼輕易地放棄，班超的心裡著實不是滋味。想著想著，不覺淚如雨下。

黎弇聽了，激動地說：「將軍千萬不要棄疏勒而去。近日獲悉車師等國復歸匈奴，龜茲在側對我國虎視眈眈，疏勒腹背受敵，幸有將軍鎮守於此，疏勒才能得以完璧。倘將軍領旨回朝，疏勒必定大亂，匈奴必定重返我疆土，課我稅賦、欺我百姓，將軍三思啊！」

班超神色凝重地握住黎弇的手道：「將軍所言極是，西域須臾不可不防匈奴，倘我班超在此，匈奴斷不敢造次，但君命重千斤，吾不得不歸。」言罷以袖遮面，不願再說。

黎弇大怒，拔出佩刀，就要去驛館找漢朝的欽差大臣理論。

田慮在門外截住黎弇說：「將軍且莫如此，殺一百個欽差大臣，也不會使朝廷恢復西域都護府，且待班長史回朝後，他日再圖西域。」

黎弇氣惱之極，卻也無可奈何，跺腳恨恨而去。

晚上，黎弇回到家裡，把自己關到書房，閉門不出。

自己一介響馬出身，如今為何如此依賴大漢？

你只是覺得，疏勒走到了一個重要的十字路口。漢與匈奴在疏勒拉鋸，遭殃的只有疏勒百姓。

班超撤出疏勒，匈奴一定反撲，黎民百姓該何去何從啊？

他熱愛帕米爾，熱愛疏勒的一切。他向著帕米爾方向跪了下來：「冰山聖父，請保佑我們！」

他覺得這樣做還不夠。他隱隱預感到了疏勒的命運。

他出了房門，想和家人說說話，可是又不知該從何說起。

他繼續進了書房，腦海中盡是他當響馬時的自由與輝煌。

比如說，自己的壓寨夫人，就是在當響馬的路上截獲的。

她是當年給自己打過彎刀的老鐵匠的孫女。

§

當年，黎弇腰間懸著短劍走進疏勒城時，四周的人都給他讓路。他在街上尋找鐵匠鋪，和先前許多時候一樣遇到了西域響馬。雁子關的生意看來很好，西域響馬輪番去那兒當值，把搶到的許多銀子都消費在了疏勒城。他們照例沒有給他打招呼，只是在他們的目光交接時若有似無地點點頭。

黎弇想給老鐵匠歸還自己手裡的斷金劍。

老鐵匠的鋪子仍然開著，黎弇進去一看，鐵匠的高爐中大火洶湧，卻並無一物在裡邊。瑪瑪依伏在矮凳上打瞌睡，老鐵匠不知去向。他正要叫醒瑪瑪依，聽得右手邊傳來鼾聲，卻是老鐵匠蜷在草堆中酣睡！他不敢打擾，便悄悄解下背上的鹿皮袋。此時已入深秋，爐中熊熊大火呼哧有聲，風箱並未推動，風勢卻自行囂張。瑪瑪依醒來後伸個懶腰，他吃驚地發現這孩子已長大了——腰長臀肥，乳挺腹平，臉上雖然仍舊塗著黑色的鍋灰，但眼中流光溢彩，和他四目相對時，一股不易察覺的紅暈在黑色的臉龐底下漫開，連耳朵都紅得如妖豔之花。

黎弇承認自己想入非非了。

他一抖鹿皮袋，將老鐵匠給他打的那柄劍放在草席上。屋子裡熱如蒸籠，他感到額頭的汗像蚯蚓一樣順著前胸流到了私處，後背的汗則順著脊椎流到了尾骨，褲子馬上就溼透了。

老鐵匠仍在草中呼呼大睡，這麼熱的鐵匠鋪，他睡在那兒卻如沐春風。瑪瑪依說，爺爺說了，只要接到活，就先扔到高爐裡煉。於是用兩塊特製的巨大手鉗夾住斷金劍，「嗨」的一聲扔到高爐中。那團桀驁不遜的大火瞬間被壓下去，又猛地騰空而起，比剛才燒得更猛，而火光中隱約可見五彩之光。

黎弇感到屋子中的溫度越來越高，而老鐵匠的鼾聲也越來越大。爐中的大火不停地舔著爐壁，整個高爐，也即將變成一個紅色的火球。黎弇從沒見過這麼旺盛的，像發了脾氣一樣的暴躁之火，遠遠地就能把人灼傷。瑪瑪依說：「爺爺已經有一兩年沒打鐵了，他以前打鐵用的是木炭，今天卻讓我用石頭燒爐，說石頭燃燒了好幹活，原來是在等你呀。」

果然黎弇看見高爐前堆著幾大塊黑色的石頭，剖面熒熒有光，似乎是某種礦物。石頭燃燒起來居然這麼熱，他渾身熱汗潺潺，全身彷彿突然多出了千萬個毛孔，一時間氣湧腹腔，血液疾走，有眩暈之感。透過觀察孔，看那被打著旋兒的火苗包圍著的斷金劍，此刻鬆軟如絨，黃紅如杏，慢慢沒了形狀，成為一塊完整的血紅鐵塊了。這時，劍身中卻突然出現火星，起初以為是石頭燃燒所致，稍頃，火星更呈四濺之狀，聲響更其擴大，似乎劍與火竟互不相融，要分庭抗禮於火爐。熔至最後，鐵石相撞，聲響大嘩，兵戎相見之聲隱隱不斷，如壁爐中埋伏著千軍萬馬，爐中火光隨時都會沖天而起了！

黎弇和瑪瑪依怔在當地，驚駭得張大了嘴，不知該如何是好。

這時，剛剛還鼾聲大作的老鐵匠也起來了，站在他們身後面露怪異之色。

老鐵匠乜著一隻眼透過觀察孔張望稍許，就直奔內堂，出來時赫然捧著一把劍，正是那把留給瑪瑪依的切玉劍！

老鐵匠解下劍穗，極快地把切玉劍也投進了爐火。

瑪瑪依大叫：「爺爺，不可！」

但已經遲了。

老鐵匠說：「雙劍歸一，沒看見火爐中的劍在呼喚另一把劍嗎？唉，機緣既定，從哪裡來就到哪裡去吧！」

當切玉劍在爐中慢慢熔成一條軟軟的紅帶時，黎弇看見它和剛才還在大聲轟鳴的斷金劍擁抱到了一起，切玉劍壓制了斷金劍迸發出的火星，雙劍渾圓如儀，漸漸不辨你我，就像兩年前把它們剛剛投進去那樣。

高爐安靜下來，空氣中彌漫著金屬火拼的煙霧，而適才的高溫，已從高爐頂端的煙囪中消弭殆盡了。

老鐵匠嘆了一口氣說：「早知今日，何必當初呢？昨天早晨，老友飛鴿傳書，稱兩年前我的閉關之鑄將歸還於我，我還以為是一時戲言呢。老夫起爐時還心存僥倖，思量著能否躲過這一劫，於是蒙頭大睡，實是躲避。在劫難逃，在劫難逃啊！」

在高爐中燃燒的石頭漸漸冷卻下來，表面蒙著一層白白的、絨毛一樣的細小白膜，微風過處飄揚如柳絮，拂到瑪瑪依塗著鍋底的汙臉上。

爐中的水已經冷卻，一直在旁邊傻傻站著的瑪瑪依把淬火槽中的涼水全部潑進高爐，「呼啦」一聲，頓時灰塵滿天，如雪般從空中飄下，罩住了他們三人，三人的頭髮眉毛一下子全都白了。他們相視哈哈大笑。

不知道過了多久，老鐵匠笑著對那滿臉汙斑的瑪瑪依說：「妳願意做他的壓寨夫人嗎？」

那個看起來很乖、此前見了黎弇還紅了臉的瑪瑪依聽了此言，就像變了一個人一樣，「啪」地一拍桌子，剛才沾在頭髮和眉毛上的白灰撲簌簌地掉下來。

她圓睜雙眼說：「有本事來搶啊！」

黎弇毫不示弱地說：「搶就搶！」

老鐵匠手裡拿著一把木劍，對黎弇說：「亮劍，既然是搶，免不了要打一架，否則傳出去不好聽。你能削斷我這把木劍就算你贏，不過要是你把小命丟這兒了，可不是我能管得了的。」

黎弇拔出他的劍，輕輕一削，老鐵匠的木劍斷了。原來是老鐵匠故意放黎弇一馬。黎弇心裡亮堂，搶上去用左胳膊一把夾起瑪瑪依奪門就走。。

那個經常在臉上塗著鍋灰的女子有著驚人的美麗，她當了黎弇的壓寨夫人。

想到這些，黎弇就禁不住笑出聲來。當嚮馬的日子，真是此生了無牽掛，來去不留痕的日子啊。

現在，瑪瑪依給自己生了一男一女兩個孩子。男孩子性格十分強悍，女孩子卻很溫柔。黎弇不想讓孩子們知道自己曾經的嚮馬身分，他在疏勒國的任上，幹得十分小心和謹慎。

他希望他們是帕米爾神的庇佑下，最健康快樂的小天使。

他們是疏勒的主人，應當如此。

夜已深。黎弇長嘆一聲，進到內室。瑪瑪依和孩子們已經熟睡。月光灑到他們的臉上，看上去是那麼恬靜。

黎弇輕輕吻了吻夫人瑪瑪依的額頭，當年在鐵匠鋪拉風箱的少女，如今眼角已泛出魚尾紋。

然後，又輕輕地吻了一下一對兒女的小腳丫，替他們掖好被子。孩子們都還很小，但他們就像一對小鷹，已經到了長出翅膀的時候。兩行男人的淚就從黎弇眼角滾落。

他輕輕地退出內室。一切都很輕很輕。

§

班超決定儘快啟程回朝。雖然將在外，君命有所不受，何況西域與中原遠隔千山萬水。但想到倘若沒有朝廷的支持，要以一己力量固守西域，並與北方的蒼狼孤獨對峙，班超感到殊難勝任。

一切收拾停當，班超隔著窗子望了望很遠但又很近的帕米爾高原。晨光中的帕米爾清純無瑕，像一位披著薄紗的少女。多少個日日夜夜，四季更替，班超晨起後，都要站在窗前這樣仰望帕米爾。山永遠在那裡，河流永遠在那裡，牛羊永遠在那裡，藍天在那裡，白雲在那裡，帕米爾高原的人也在那裡。班超覺得，他現在就是帕米爾的一分子。

然後，班超用細紗輕輕擦去案頭的浮塵。這張杏木大方桌，是他處理公文和伏案勞作之所，是一名軍人馬上衝鋒之外的另一處戰場。它像一位無言的老朋友。現在，就和老朋友說再見吧。

班超正正衣冠，走出帥帳。

帥帳外人頭攢動，彷彿鬧市一般。疏勒王忠率黎弇、成大、古蘭丹等人站在最前面，他們的身後，是疏勒城的一城百姓。

疏勒城萬人空巷，前來送別班超，人人都不說話，靜靜地站著，臉上露出不捨的神情。

班超向疏勒王忠和大臣們抱拳道：「疏勒是我第二故鄉，班超今日歸國，有朝一日仍會回來，請大家保重！」說罷躬身作揖。

疏勒王忠嚷道：「漢人棄我於不顧，置我於匈奴之側，焉能使我酣睡。漢使回朝之日，便是疏勒將亡之時，且將疏勒王之銜還與你吧！」

古蘭丹含淚道：「將軍答應做我疏勒的神鷹，難道已經忘記了身上的鷹笛嗎？」

班超從貼身的衣袋裡摸出鷹笛，鄭重地吹了一下，鷹笛發出尖利的哨音。

班超說：「鷹笛一天在末將身上，疏勒就一天在末將心中。我還會回來的！」

古蘭丹也拿出她身上的鷹笛說：「雄鷹只能在帕米爾高原上翱翔，將軍不能棄疏勒於不顧啊。我願與你有福同享，有難同當！你是我心中的一盞明燈，日夜都把我的心房照亮。我願意是一隻飛蛾，永遠守在你身旁！」

在疏勒人心目中，飛蛾是痴情人的化身，牠對於明燈至死不渝的忠貞得到了人們的欣賞和欽佩。

班超與她相處日久，心中頗感依依不捨，只得道：「但願西域安靖，兩支鷹笛自有相會之時。」

古蘭丹淚滿眼眶，臉上全是不捨神色：「此去經年，我日日盼將軍回歸疏勒。」

班超使勁點點頭，示意田慮將馬牽過來，他要離開了。

一直站在旁邊一語不發的黎弇撥開人群走過來，眼睛中有一股利劍一般的寒光。他紅著眼睛說：「請將軍看在疏勒一心向漢的分上，奏請朝廷重設西域都護，將軍繼續監護黎民百姓，如此，則西域有福了！如將軍回朝，西域群龍無首，疏勒人心惶惶，大王夜不能寐。將軍如果歸去，西域一定大亂，國家不保，百姓遭殃。倘將軍決計要走，我決心以死相諫，請將軍留步！」說罷，放聲痛哭起來。

疏勒街頭一片哭聲。

班超縱是在千軍萬馬中衝鋒陷陣也不眨一下眼睛，此刻卻覺心如刀絞。

班超強忍悲痛勸道：「將軍莫要悲傷，我等回朝後奏明聖上，即可重設西域都護，不負西域諸國思漢之情。」

黎弇說：「陳睦敗亡後，漢軍盡退到河西，除將軍外，偌大西域竟無大漢一兵一卒，今又詔令長史回國，大漢棄我疏勒如敝帚。長史一去，龜茲必來侵犯，匈奴虎視在側，我等國小兵寡，他日必被龜茲、匈奴所滅。與其他日受辱，何如死於將軍面前！」

班超只道黎弇所言基於一時激憤，仍想好言相勸，一回頭，卻見黎弇已經拔劍出鞘，橫於脖頸上。

此時班超已經偏腿上馬，見狀慌忙擺手：「黎都尉，千萬不可啊！」

黎弇慘然一笑，對班超說：「將軍，請留下吧，小弟先去了！」

只見寒光一閃，寶劍在黎弇脖頸處挽了一朵閃亮的劍花。

黎弇應聲倒地，身首異處，竟是自刎在班超腳下了！

班超大吃一驚，滾鞍下馬，撲到黎弇身上，放聲大哭道：「都尉何苦以身請命，西域大漢，血脈相連，我大漢斷無棄疏勒於不顧之理，今日暫歸，他日定當回來。都尉何苦啊，都尉何苦啊！」

田慮諸人見狀，扔下手中行李，不停搖頭嘆息。

疏勒街頭，全城百姓在古蘭丹的帶領下齊刷刷下跪，痛哭流涕。

親眼看著自己的大將橫刀自刎，疏勒王忠也禁不住老淚縱橫。

整個疏勒大地似乎都在用同一個聲音挽留班超：將軍，疏勒國的神鷹，留下吧。

但是班超去意已決，他不能因為黎都尉的自刎就改變已有的想法。

班超痛快地哭了一場。哭罷，轉身對疏勒王忠說：「黎都尉以身請命，此等氣節，古今罕見，請大王厚葬之！」

忽然又想起一事：「龜茲若來進攻，能戰則戰，不能戰可向于闐國退守，于闐現在有兵數萬，可抗龜茲之軍。」

滿城軍民不能留住班超，疏勒王忠知道這位將軍一定會東去的，只好鬱鬱寡歡地點頭應允。

分別的時候到了，疏勒王忠命人上酒。疏勒的葡萄酒端了上來，忠雙手高舉酒杯對班超說：「我尚無子嗣送往洛陽侍奉陛下，但今日以天為誓，疏勒將永附大漢，決無二心。若違此誓，願死於大人刀下。」言罷將酒一飲而盡。

班超道：「我當與王同進退，共禍福，若違此誓，有如此碗。」仰首將酒飲盡，便將碗在地上摔得粉碎。

班超率眾人向黎都尉行禮，一聲長嘆，打馬東去，身後崛起一股煙塵。

第十三章

班超一行向于闐國方向奔去。

班超心情沉重地走在最前面，聯想到自己刀筆吏出身，棄筆從戎，兢兢業業習文練武，以求疆場立功，萬里封侯。僅僅四載，便智取西域，略酬平生之願。如果不是朝廷召回，眼下正是建功立業的絕好時機，西域完全可以長期控制在大漢手裡。可惜啊，朝廷焉知我志！今日回朝，黎將軍的血豈不是白流了？

念及此，班超只覺得自己愧對疏勒國人民，心中內疚不已。

班超率眾人翻越沙漠，艱苦備至到達于闐。駐守在于闐的是甘英。甘英設宴為班超一行洗塵，席間，班超忍不住又連連長嘆。

甘英感到很奇怪，將軍縱使在金戈鐵馬及槍林箭雨之中也是豪氣干雲、指揮若定，世上沒有難倒將軍的事情，將軍這是怎麼了？

班超搖頭苦笑道：「我奉詔回朝覆命，此等好事，豈有不嘆息之理！」

甘英大喊：「真是豈有此理，豈有此理！」

田慮說，「前朝將軍李陵，率五千步卒遠征絕域，遇匈奴十萬大軍，奮力死戰，三軍戰士視死如歸，兵盡矢窮，人無尺鐵，在李陵激勵之下猶復徒首奮呼，爭為先登。當此時，天地為陵震怒，戰士為陵飲血。連匈奴單于也十分欽佩，欲率軍退去。後得奸細告密，李陵孤軍深入，沒有援軍，故匈奴調動大軍攻打李陵，李陵力盡被俘，投降匈奴，其母、妻被朝廷所斬。我等奔突在外之徒，命運實在令人心寒啊！」

于闐鎮守所，眾人胸中皆有鬱結之氣。

甘英勸班超一定要留在西域。留西域可保西域平安，可擊匈奴後背，使其不得南侵，如此，不費朝廷錢糧人丁，西域乃通，商賈互市，絲綢北來，玉石南去，經濟一定會日漸繁榮。

班超聽了若有所思。

次日，班超率田慮、甘英會見于闐王廣德，廣德王在王宮外親自將班超迎入宮中，雙方坐定，有侍者獻上奶茶。

廣德王說：「西域平定以來，連年五穀豐收，商路通暢，中原絲綢、瓷器、西域美玉、皮毛交易旺盛，此長史之功也，大漢之恩也！」

班超說：「大王過獎，我今日專程向大王告辭，朝廷下旨，令我即刻回京！」

廣德王愣了半晌，驚問：「不知將軍回朝有何要事，何時才能重返西域？」

班超說：「陳睦敗亡後，朝廷便有心放棄西域，今日果然是放棄了！」

廣德王離座說：「長史切不可棄我等而去，長史在時，西域風平浪靜，匈奴不敢南下而牧馬，百姓安居樂業，真是千年難遇之好光景啊！」

班超心中慘然，起身施禮道：「朝廷詔命甚急，我等也很無奈啊。」

廣德王放聲大哭說：「我等依賴長史，好比嬰兒依賴母親，你怎能忍心棄我而去呢？」

于闐的百姓此時已經聽說班超要歸國的消息，紛紛堵在門口跪倒一大片，有的還抱著班超坐騎的馬腿，不讓他離開。

班超見狀，熱淚滾滾。疏勒國的將軍伏劍而死，為的是留下他；于闐的國王與百姓抱住馬腿，跪地大哭，為的也是留下他。此等襟懷，此等信任，比之於一道聖旨，不知道要重到哪裡去，班超是非領受不可了！

念及此，班超頓覺心頭豁然開朗，陰霾一掃而光。他大聲說：「廣德大王，眾百姓，超現在決意留下來了！」

于闐國的街頭響起了巨大的歡呼聲。

疏勒、于闐兩國，終於將班超挽留住了。

這一天，班超正和廣德王商議治理西域之事，忽然有探子來報，稱龜茲等國聽說班超已撤走，便挑唆尉頭等國向疏勒尋釁，兩廂交手幾個回合，龜茲現已取得疏勒國的兩座邊城，眼下疏勒人心浮動，疏勒王忠準備投降龜茲國。

西域古國尉頭國的治所在尉頭谷，距離長安八千六百五十里，有三百戶和兩千三百口人，軍隊規模不大，只有八百人。國中設左右都尉各一人，左右騎君各一人。尉頭是西域北道十二國中的游牧民族，與烏孫、匈奴關係親近，所以敢於響應龜茲的號召。

班超聽後，自嘲地說：「當初我放走龜茲貴人兜題，以結龜茲疏勒之好，顯示大漢威儀，現在看來，我是高估了龜茲王的胸襟，他居然毫不領情！」

大家都搖了搖頭。

班超又說：「那個疏勒王忠，本是流亡在外的疏勒正室，是我將其請回作疏勒王的，他為了表達感激之情，專門改名為『忠』。現在看來，此人一點都不忠，不但不忠，還要壞我大事，不可不防啊！」

班超劍眉倒豎，決定馬上返回疏勒，擊退龜茲和尉頭，收復失陷的疏勒二城。

次日，班超率田慮等一千精騎離開于闐，不日返回疏勒國。

想到為留住自己引劍自刎的黎弇將軍，班超非常內疚。他覺得，除了疏勒國，再沒有更適合自己建功立業、安身立命的地方了。

疏勒軍民見班超返回十分驚喜，一時間群情振奮，軍隊士氣高漲。

尉頭國聽說漢使去而復來，帶來規模巨大的軍隊，於是不戰自退，讓出疏勒國的兩座城池，疏勒復安。

古蘭丹在班超離開後一直茶飯不思，以淚洗面，她很快就病倒了。

她是他心中最美的花朵，他給了她無限的幸福和溫暖。

她的烏髮纏住了他的心，她心中的小鳥被他的絲網捕捉。

但是現在，她像深夜裡的夜鶯，在枯萎的花枝前唱著酸楚的歌。

「我心中的明燈，你在哪裡？愛情的火要將我的生命奪去。」

阿米爾看著病榻上的女兒非常著急，可是她有什麼辦法能代替女兒的痛苦呢？

唯一能安慰古蘭丹的是她懷中的那支鷹笛。

她知道，女兒的身上有這麼一支鷹笛，班超的身上也有這麼一支鷹笛，這是他們兩人之間唯一相同的地方。

聯想到這一相同的地方，古蘭丹的心裡就感到無比溫暖。

就像冬天總會過去，河流總會解凍，古蘭丹不知道，就在她唱著酸楚的愛情歌謠時，春風已經遠遠地吹進了她的心窩。

這一天，外出的阿米爾看到大量騎兵急促地奔跑在城內城外，高高揚起黃沙和厚土。先是尉頭國的騎兵，他們腳步匆匆撤向城外，然後是漢朝的騎兵，疏勒人幾乎都認識他們騎的戰馬和他們習慣穿的衣服。阿米爾還沒有反應過來是怎麼回事，就聽城內有人喊：「班將軍又回來啦！班將軍同意留下啦！」

阿米爾轉身就跑，她要把這個喜訊儘快告訴女兒。

病榻上的古蘭丹聽到這一消息後，猶若燈蛾見到了光明，突然病疾全無，她翻起身，連鞋子都顧不得趿，就奔到漢使館去。

她沒有料到班超能夠去而復返，千種情思和萬般思念一時間堵在心頭，見了班超，竟然說不出話來，不由得喜極而泣。硬漢如班超者，也甚覺動容。

班超投筆從戎之前，留在長安的結髮妻子為他生養了兩個兒子，現在，原配妻子已病逝。於是甘英等人商議，大膽建議班超續弦，與古蘭丹結為連理。

作為一名聲震西域、名揚疏勒、威懾四鄰的將軍，班超在疏勒時時感到孤獨。英雄的孤獨需要女性撫慰。對於班超而言，結這門親，是長期扎根西域的一種形式。在疏勒續弦，似乎就可與疏勒的國土融為一體了。

對於古蘭丹而言，她耳聞目睹了班超的英雄壯舉，對這位僅憑三十六騎便可闖蕩天下、平定疏勒的將軍是真正的愛慕，也是真正的佩服。她渴望成為他的事業的一部分。

班超有大志向，有興西域、滅邊患的雄心，是大男人。

古蘭丹賢淑聰穎、胸懷大志、處事果決，是奇女子

如此相似的兩個人，結合在一起就是志同道合的知音。

最重要的是，兩人一直兩情相悅，此時成婚，也屬順其自然。於是班超不再推辭，古蘭丹也含羞默認。

古蘭丹在疏勒軍民中一直有很好的口碑，與班超的成婚，可謂珠聯璧合。

愛情給人們帶來歡樂，忠誠是愛情的花園；蜜蜂痴情地迷戀花朵，才得到香氣撲鼻的花瓣，他們已忘記了世上還有憂愁。他們一個像眷戀蜜蜂的花蕊，一個像愛慕鮮花的蜜蜂……。

新婚之夜，班超與古蘭丹各自取出懷中的鷹笛。

你再不要向我愛的火焰上灑下冰雪，你再不要向我愛的心靈上添愁……。

這對郎才女貌很快就沉浸在婚姻的幸福之中，開始了他們在疏勒的新生活。

古蘭丹由此每日相助班超，並稱班超為先生。

人們常把古蘭丹稱作疏勒夫人。她在班超這個男人的身後默默無聞，像疏勒國的一株

清新小草。

古蘭丹是為班超的事業而生的，也是為疏勒的文治武功而生的。所以她在史書中的出現像一股暗暗的力道，推動著班超向前走的腳步。在班超出任十七年疏勒鎮守使期間，她是名符其實的戍邊妻子。她與班超的結合，是中土西域的結合。班超教她攻讀漢語，她教班超學習疏勒等西域諸國語言的文字。二人心事相通，意氣相投，雖為夫妻，更像朋友。

古蘭丹為班超生養了一個兒子——班勇。她教子有方，虎父無犬子，班勇與其父齊名於世，在班超去世後子承父業，繼續為朝廷效力西域，與匈奴較量，揚名西域。

§

廣闊的疏勒總會以特殊的方式引起人的注意。

班超前去查看邊境布防，返回時，天空漸漸暗了下來，看樣子雷雨天氣就要來了。

這時候，他們遠遠看到綠洲與沙漠交界的邊緣，卷起了一支比城牆還高的土柱，正在向疏勒的方向移動。

狼煙！

所有的人都下意識大喊一聲。

狼煙不是狼糞燒出的煙，也不是烽火臺上溼柴加油脂燒出的煙，而是龍捲風！

班超等人早就聽說過傳說中的狼煙，但此前從沒見過，今天是第一次遇到。

田慮說：「快跑！」

班超一行馬上掉頭往疏勒城方向疾馳而去。他們身後，沖天土柱越卷越粗，越卷越高，伴隨著尖利的呼嘯，像西域響馬吹著駭人的口哨，在身後越逼越近，漸漸地和黑雲連為一體，分不清哪個是雲，哪個又是土。

天空陡然暗了下來，麻錢大的雨滴開始從空中往下砸。

沖天土柱在身後越逼越緊，眼看要將這一小隊人馬捲進它的腹腔，怎麼辦？

田慮行走西域多年，此刻最清醒、最冷靜，他稍微觀察了一下周圍地勢，大聲呼喊大家緊跟在他的身後。

他要將眾將士帶到安全的地方去。

翻過一個土包，狼煙卷起的沙塵顆粒已經像豆子一樣疾射到身上，這時候，他們發現面前有一個很大的湖泊。

田慮帶領眾將士沿湖泊疾馳。漫天的沙塵緊隨其後，沖天的土柱一直向湖泊對岸卷去，在湖心突然委頓下來，漸漸演變為黑黃色的沙塵暴。

狼煙散了，頭上雖然還覆蓋著黑雲，但風勢分明已經很小了。真凶險啊！眾人心有餘悸地在馬上稍事休整。剛才一通疾馳，又受到了沙塵的刺激，戰馬紛紛打起了響鼻。

班超剛要命令眾將士儘早回到疏勒城中去，突然，草叢中躥出一隻紅狐，火紅的皮毛即便在暗淡的黑雲下依然閃著耀眼的光芒。牠顯然也在此地躲避龍捲風，此刻龍捲風已經停歇，可周圍又多了一些牠在人間的天敵，於是紅狐縱身躍出，往草深處逃去。

大家都情不自禁地「噫」了一聲，有驚豔之感。

有人驚魂甫定地說：「太遺憾了，要不是被狼煙嚇得現在一絲力氣都沒有了，還真該抓隻紅狐見識一下。」

田慮說：「你抓不住的，紅狐比你我都聰明。」

另一人說：「紅狐是種精靈古怪的動物，不要惹牠們。」

田慮說：「西域的紅狐有一個奇怪的行為，當一隻紅狐跳進雞舍，會把所有的小雞全部咬死，但最後僅叼走一隻。」

大家都驚訝地張大了嘴巴。

田慮說：「還有更令人吃驚的呢，紅狐還常常在暴風雨之夜闖入黑頭鷗的棲息地，把數十隻鳥全部殺死，竟一隻不吃，一隻不帶，空手而歸。」

班超打趣說：「啊，這個我知道，這種行為叫做『殺過』，是一種報復行為。」

大家問：「什麼叫『殺過』啊？」

見多識廣的田慮也望著班超一臉疑惑。

班超說：「那我就賣弄一下吧，肉食動物在捕食中喜歡戲弄已經無法逃脫的獵物，還常常把能捕到的獵物統統殺死，從不放生，這就叫『殺過』。」

田慮說：「我明白了，包括紅狐在內的一些動物有『殺過』的行為，其成因可能是出於本能，也可能是受到某種刺激而引起的，或者是兩種原因兼而有之。」

麻錢大的雨滴仍然在下，但眾將士你一言我一語，似乎都忘了剛才奪命的龍捲風。

草叢中傳來「哧哧拉拉」的聲音，大家都不再言語，開始分頭四處尋找，不會是蛇吧？

突然，在剛才紅狐躥出的草皮中，又躥出一隻更大的紅狐，皮毛晶晶發亮。牠躥出洞口，遲疑地左顧右盼，似乎拿不定主意該往哪個方向逃跑。

田慮悄悄從背上取下一支箭，搭到弓弦上，將弓弦拉滿。

紅狐只遲疑了片刻，似乎已聞到空氣中同類釋放出的氣味，箭一般衝向班超坐騎的腹股之下，田慮擔心傷到班超的坐騎，那支箭終究不敢射出，眾人眼睜睜地看著紅狐沿著前一隻紅狐逃亡的方向疾速消失，草地上就像掠過了一道紅色的閃電。

眾將士還沒來得及再次遺憾，班超跨下的戰馬受到紅狐的驚嚇，一聲長嘶，前腿人立，班超沒有絲毫防備，被狠狠地從戰馬身上掀了下來，順著一個斜坡滾了下去。

這裡雖然草厚，但草中到處是尖利的奇石，眾人只聽班超「哎喲哎喲」一通亂叫，等手忙腳亂將他從坡底下扶起時，才發現班超受了重傷，腰部痛得不能動彈。

眾人忙將班超扶到馬上，探明道路，向疏勒城趕去。

班超在馬上苦笑著搖了搖頭。先是龍捲風，後是紅狐，自己在與匈奴廝殺的戰場上從沒受過傷，沒想到今天在這裡掛彩了。他算是見識了另一個疏勒。

班超躺在病榻上接受疏勒王宮醫師的檢查。

疏勒國的醫師，大多數既是醫生，又是巫師，特別是疏勒王宮中的醫師，很大一部分精力放在巫術上面，這使得他們行醫的過程總顯得有些神神叨叨，充滿了神祕感。

醫師號了號班超的脈，查看了一下傷勢，輕鬆地說：「還好，只傷到了筋骨，不礙事，躺幾天就好了。」

古蘭丹寺人都鬆了一口氣。

醫師又說：「如果要好得快一些，需去天山採摘雪蓮，而且必須由將軍的岳母大人親自採摘。」

班超皺了皺眉頭，這是什麼講究嘛。

站在古蘭丹身後的阿米爾聞訊，忙說：「就由我去採摘吧。天山一帶是我從小生長的地方，什麼地方長有雪蓮，我最清楚了。」

生於雪山深處、形態嬌豔的雪蓮，五年才能開花，它是天山南北風雲多變的複雜氣候的結晶，千百年來一直被牧民看作聖潔的化身、愛情的象徵，敬稱為「聖人草」、「高山玫瑰」。

它根黑、葉綠、苞白、花紅，恰似神話中紅盔素鎧、綠甲皂靴、手持利劍的白娘子，屹立於冰峰懸崖、狂風暴雪之處，等著有福之人前去採摘。

阿米爾不止一次地給班超講述過關於雪蓮的神話傳說。阿米爾的故事很多，多得三天三夜都講不完。她一次一次地說，雪蓮花是一種吉祥的花，在疏勒人眼中，它是神花。

阿米爾說：「據傳，這雪中之蓮花，是瑤池王母到天池洗澡時由仙女們撒下來的，對面海拔五千多米的雪峰則是一面漂亮的鏡子。高山牧民在行路途中遇到雪蓮時，會跪下來飽飲苞葉上的露珠水滴，這樣可以驅邪除病，延年益壽。遇到雪蓮被認為吉祥如意的徵兆，所以，雪蓮是疏勒人眼中的聖潔之物。」

雪蓮具有通經活血、散寒除溼、止血消腫、排體內毒素等功效，即便醫師不提這一條件，阿米爾也要用這一聖潔之物為女兒最愛的將軍減輕痛苦。

天山峰頂的雪蓮是最好的，可是，阿米爾沒有力氣爬那麼高。據她所知，附近有一座天山的無名裙山，她的媽媽曾經告訴她，那裡的雪蓮也是最好的，因為那裡是仙女長期守護的一塊地方。

阿米爾決定馬上去這座無名的裙山採摘雪蓮。

她帶著乾糧和水，騎馬到半山腰，然後跳下馬來，讓馬在草地上自由活動，自己棄馬而行，一個人攀到雪線附近去。

到達雪線之後，上山的路突然消失於草地與雪地的交界處，怎麼找也找不見。

阿米爾左顧右盼，看見一個年輕的羊倌，正趕著一群羊往山下走。

這裡已經遠離疏勒，在龜茲和樓蘭之間。這個羊倌戴著羊角形氊帽，穿著麻袍，腳蹬皮靴，看他的裝束，應該是樓蘭人。

羊的周圍有許多昆蟲在飛，阿米爾以為是烏頭蒼蠅，湊近一看，原來是蜜蜂。

蜜蜂怎麼圍著羊飛呢？一直生活在疏勒城的阿米爾從沒見過這種情況。她很好奇，便問羊倌。

羊倌說：「我的羊長年吃的是雪線附近的冬蟲夏草，所以羊肉是甜的，吸引蜜蜂團團圍在身邊。」

羊倌指著最前面的一頭羊說：「妳看，這隻羊是一隻老羊，年齡最大，周圍的蜜蜂也最多。」

阿米爾看到，那隻頭羊老態龍鍾，身上圍著的蜜蜂確實更多。

阿米爾坐到一塊石頭上歇歇腳，問羊倌：「這麼老，為什麼不殺了牠啊。」

羊倌說：「頭羊不能殺。牠往前走，後面的羊才跟著走；牠不走，後面的羊便也不走。」

羊倌的羊圈裡總有一隻這樣的頭羊，牠帶領大家尋找牧草，同時，在群羊即將宰殺的時候，牠還勇敢地帶領牠們走進屠場。不同的是，其他羊進去後便有去無回，而牠，往往能從屠場裡活著出來，因為牧羊人需要牠帶路。

阿米爾意識到自己此時也需要有人帶路，至少需要有人給她指路——上山的路到底在哪裡呢？

羊倌將一塊小石頭擲向頭羊，阻止牠亂走，同時指著身後的方向說：「那裡就是，一直往上走，就能看到路。」

說著，羊倌俯身撿起更多的小石頭，不停地擲向頭羊，放牧著那群像雲彩一樣的羊群下山了。

阿米爾謝過羊倌，依照羊倌的指點向左手邊走了半盞茶的功夫，果然看到一條細線般的道路隱隱出現在雪線附近。

沿著這條細線上山，遠遠看見谷口處的積冰斷裂層，像用刀切一樣的谷底冰川，冰層下面還在流淌著雪水。阿米爾順著溝谷邊往上爬，每往上走一步，呼吸就艱難一些，頭開始痛，胸開始脹。

年輕的時候，阿米爾也來過這塊谷地，但那時，她像谷坡上正常吃草的犛牛一樣，一點反應都沒有。現在，她看來還是老了。

但她心裡有一個信念，便是一定要採摘到雪蓮，哪怕在此地不能生還。因為疏勒需要將軍，女兒需要愛人。

頭痛欲裂的時候，終於，阿米爾看到了像鏡子一樣漂亮的雪峰。

上到雪峰的半山，依據她小時候積累的經驗，那潔白如雪、充滿神祕色彩的雪蓮該距此不遠了。

一群野羊從山後穿過來，在距阿米爾半步之遙的地方停下，好奇地向氣喘吁吁的阿米爾張望。阿米爾衝牠們無言地笑了笑，好生羨慕牠們在雪線之上的輕鬆自在。

人類的笑容也許嚇到了野羊，牠們像聽到了號令，不約而同地掉頭向山北方向跑去，其速度之快令人咋舌。

阿米爾苦笑著搖搖頭。她明白，天山之上的野生動物，都是天山之神的精靈，不能隨意驚動的。

終於，在白雪之中，在一顆不起眼的礫石旁，阿米爾眼前一亮——她看到那裡生長著幾朵潔白的花。

雪蓮！

這幾朵雪蓮，淡綠色的花萼碩大而薄，與紫紅色管狀花蕊相映對照，十分有趣，給人一種素妝淡抹、樸素大方的感覺。

這些像荷花一樣亭亭玉立的可愛雪蓮花，一朵、兩朵、三朵，一共三朵，都很大、很飽滿。她禁不住湊上前去一聞，一股淡淡的清香撲面而來。

阿米爾鄭重地採下三朵雪蓮，用它的萼片把花蕊包上，頂部用線結住，小心地收入包中。雪蓮晾乾後即可入藥，班將軍的病痛馬上就會得到緩解。

它們生長在那裡，就像專等阿米爾的到來似的。

更高處雖然還有很多雪蓮，但是，作為疏勒的女兒，作為天山和帕米爾兩座神山保佑的子民，阿米爾從小就知道，聖山所產的一草一木都是有靈性的，不能貪心。

她摸了摸包中的乾糧，預計了一下行程，知道該是返回的時候了。

阿米爾於是手腳並用，從雪線之上開始回撤。每向下走一步，她就感到胸中通暢一些，走到半山腰，竟至於如沐春風。

突然，阿米爾聽到寧靜的、覆蓋著白雪的山坡上部隱約傳來呀嚓之聲。

阿米爾抬起頭，吃驚地張大了嘴巴——只見剛才那一群野羊疾馳過的坡地上方的雪山，出現了一條裂縫，雪層已經斷裂，白白的、層層疊疊的雪塊、雪板應聲而起，好像山神突然發動內力震掉了身上的一件白袍。接著，巨大的雪體開始滑動，發出轟隆隆的聲音。

阿米爾看到，一小座雪山變成一條幾乎是直瀉而下的白色雪龍，騰雲駕霧，聲勢凌厲地呼嘯著向山下衝去。

雪崩！

腳下的山地開始動搖，山川風雷激盪。

難道，是她驚動了山神，山神要懲罰她嗎？

雪片四射，美得驚人。但阿米爾知道，雪崩會以極快的速度和巨大的力量橫掃一切，會馬上卷走她，包括她懷裡的三朵雪蓮花。

阿米爾感到恐懼和絕望。

但是她馬上冷靜下來，知道必須馬上遠離雪崩的路線。

往山下跑顯然不行，因為冰雪也向山下崩落，那樣反而更危險，更容易被冰雪埋住。看來得向旁邊跑，這樣較為安全，如果幸運一些，完全可以避開雪崩。

阿米爾就向雪崩必經路線的旁邊跑去。

轟隆隆的聲音像天神巨大的咳嗽，震盪得山谷回應，阿米爾已經有些衰老的身體在雪崩的聲音中不停顫抖。

她緊緊抱著懷中的三朵雪蓮花，在那座小雪山撲天蓋地壓下來的那一刻，她撲下身去，抓緊了前面一塊矗立的岩石。

像天塌地陷一般，阿米爾只感到她被雪山撲倒在地，面前刺目的白光不見了，白天消失、黑夜降臨。

阿米爾屏住呼吸，防止冰雪沖進她的口鼻之中。她被雪深陷其中。一塊冰砸在她的額角，她昏了過去。

不知道過了多久，阿米爾醒了過來。她隱隱約約覺得，大地還在顫抖，冰雪還在傾瀉，天神的怒氣還沒有發洩完畢。

阿米爾將手探到懷裡，三朵雪蓮花，暖暖的，還在。

她被埋在雪堆中，不知道上下左右。於是，她讓口水流出，以此判斷她該向哪個方向挖掘冰雪。

她知道該怎麼做了。在大地還沒有完全停止顫抖之前，她雙手推開冰雪，奮力向上。

她一定要設法爬上雪堆表面，哪怕她自己出不去，也要把三朵雪蓮舉到冰面上去。

她看到了光，熟悉而又陌生的光。這光如此刺目，白天如此之近，又如此之遠。

推開最後一塊冰雪，她知道，自己已經回到了雪堆表面。

她微閉雙眼，讓眼睛適應這刺目的光，然後，睜開眼，她看到了熟悉而美好的藍天。

大地靜悄悄的，彷彿什麼都沒有發生過。

但是阿米爾覺得，她快要不行了。

她轉側身，看到自己躺在雪堆的表面，而雪堆又停在了一個山坡之上。

阿米爾朝山腳下望去，看到那裡有一條小路。她知道，那是商人們抄近路時踩出的小道。

她必須回到小道上去，否則，沒有人能夠發現這裡還有一個活人。

於是，阿米爾保護好雪蓮花，側身一滾，沿著雪地一直翻滾下去，停在山腳下。

她再一次昏了過去。

半天後，一支中原商隊發現了小路上昏死過去的阿米爾，他們將她架到馬上，在向疏勒行進的路上，遇到了前來接應阿米爾的田慮。

等田慮把雙唇已經發紫的阿米爾接回疏勒城時時，阿米爾已經不行了。她吃力地掏出三朵雪蓮花，對哭倒在自己身上的古蘭丹露出了微笑。

阿米爾說：「雪——蓮——花，三——朵。」

病榻上的班超忍痛欠起身，淚如泉湧。

§

幾天之後，古蘭丹的媽媽阿米爾溘然長逝。

哭了一通之後，班超問田慮：「在疏勒，什麼形式的安葬儀式是最隆重的？」

田慮略事沉吟說：「駝葬，只有駝葬才能體現對死者的最大尊重。」

班超問：「什麼是駝葬？」

田慮說：「駝葬就是用駱駝馱著屍體，在高原上自然選擇墓穴位置進行安葬的一種殯儀形式。在疏勒人心中，只有最神聖和最偉大的人才有資格使用駝葬。」

面對班超不解的目光，田慮於是繪聲繪色地講了一個他在西域做生意時聽到的傳說。

很久很久以前，中原秦國的皇帝膝下有一個女兒，大家都叫她彩雲公主。彩雲公主非常漂亮聰慧，皇帝把她視若掌上明珠。

一天，秦國的宮廷星相家夜觀星相，發現彩雲公主面臨著三年大劫，災星就是中原的黃蜂。為了躲避這場命運中的劫難，在秦皇的周密安排下，彩雲公主被送到世界上最高的地方，也就是疏勒身旁的帕米爾高原來避災。帕米爾終年白雪皚皚，冰山巍峨，當然沒有給公主帶來厄運的黃蜂。皇帝打算等三年災期過後，再接公主回國。為了確保公主的安全，做到萬無一失，秦國祕密將彩雲公主妝扮成王子，公告天下，稱秦國王子將於近期奉命巡視帕米爾邊防。秦國同時派出五千精兵，護衛公主來到了帕米爾。

日月如梭，彩雲公主來到帕米爾「巡視」邊防已過了兩年多，再有四個多月，就將安全渡過災期。避難的兩年多來，女扮男裝的彩雲公主在帕米爾與當地群眾結下了深厚的情誼，特別是與疏勒王子成了朝夕相處的親兄弟。春天，他們參加引水節；夏天，他們同當地群眾一起歡度肉孜節；秋天，他們前往南山參加新落成的溝渠的放水儀式；冬天，他們則在馬球場興致勃勃地與王公大臣對壘，打得難分難解。帕米爾腳下，秦國公主和疏勒王子的友誼越來越醇厚。

又一年金秋到了，這天是疏勒人一年一度的狂歡節，恰好秦國皇后照例從敦煌派人送來了公主最愛吃的中原玫瑰葡萄。當公主看到母親派人送來的葡萄時，高興地伸手到籃子中去拿。突然，一隻藏在葡萄籃子中的中原黃蜂飛了出來，在籃子上空一陣盤旋後，準確地將尾巴上的毒針刺在公主的唇上。剎時，公主的嘴唇變成了紫黑色。秋天的黃蜂毒性攻心，公主一下便病倒了。疏勒王見狀，召集了西域各國巫醫術士，請他們竭盡全力搶救公主。疏勒國王為了給秦國公主治好病，還特意從國庫中拿出十皮囊黃金施捨給窮人，並釋放了疏勒監獄中的囚犯，希望以此善行求得秦國公主的痊癒。

然而，一切都無濟於事。

公主彌留之際，忽然從鏡子裡看到自己真實的容顏，她無限傷感，悲泣不已。於是，她輕輕地唱了起來：

我的年華好似春天的柳枝，三百仕女常伴我每日起居，
我的金銀財寶裝滿了寶庫，我卻為凋謝的青春而悲泣。

這世上沒有哪個美人能與我相比，容貌如花，身段如雪松般筆直，
飽學之士也嘆服我的智慧才華，我卻為凋謝的青春而悲泣。

我有新月般的眉，月兒般的麗姿，踏樂而舞時如孔雀開屏的美麗，
我一個手勢便有成百的奴僕呼應，我卻為凋謝的青春而悲泣。

我本是秦王陛下獨生的愛女，我又是王儲，要把王位接替，
所有的人都稱讚我聰明睿智，我卻為凋謝的青春而悲泣。

我的名字傳遍了人世，我的金樽盛美酒，一應齊備，
唯我獨尊，他人都聽命於我，我卻為凋謝的青春而悲泣。

供我隨時驅使的是成百的奴隸，上至國王下至乞丐都為我痴迷，
我目光閃閃，光彩可以照人，我卻為凋謝的青春而悲泣。

……。

我的宮闕將變作廢墟，這王冠的榮耀將被一風吹去，
年輕生命的明燈將永久熄滅，我要為凋謝的青春而悲泣。

當生命離開了我的軀體，我躺著，手腳紮上了青絲，
黃土中的墓穴是我的最後的歸宿，我要為凋謝的青春而悲泣。

我本是人世的鮮花一枝，有鬱金香一般純潔的玉體，
我一入土那花絮能不飄落？我要為凋謝的青春而悲泣。

呵，我死了，含苞的花兒在哪裡？如滿月般姣美的容顏將在哪裡？
我那飄向人世的芳馨又在哪裡？我要為凋謝的青春而悲泣。

……。

這首悲淒的歌謠至今還在疏勒國傳唱。

秦國公主唱完這首歌謠後，便懷著對中原的思念永遠離開了人世。疏勒看到朝夕相處三年的好友恢復了女子的原形，卻已閉上了她美麗的雙眼，他不顧一切地撲在公主的遺體上，撕心裂膽地痛哭起來。

按照疏勒王子的請求，秦國皇帝恩准疏勒國用他們最高的殯儀安葬公主。他們將彩雲公主縛在駱駝上，抽響皮鞭，讓駱駝走向帕米爾高原的最深處自生自滅。駱駝終會老去，終會死去，它倒斃在哪裡，哪裡便是公主最好的墓場，人們便會在那裡挖掘墓穴，埋葬公主。

§

現在，疏勒國用最莊嚴的駝葬儀式送別阿米爾。

班超腰傷還沒有痊癒，但已內疚得無法安穩養傷，他要承擔起應有的責任，讓古蘭丹悲傷的心得到安慰，讓阿米爾安靜地走完她在疏勒國的最後一程。

班超強忍悲痛，指揮內侍和宮女按照疏勒人的禮儀給阿米爾換上絳色彩裙，戴上金子的脖飾，再戴上風帽，全身撒上麝香，用棉花蘸著酥油，均勻地塗抹在阿米爾因缺氧而顯出青紫色的臉上。這是疏勒高山牧區的一種古老的化妝方式。帕米爾高原風沙旺盛，年輕姑娘外出探親或放牧時，都要在自己的臉上塗抹一些酥油或新鮮奶子，以保護肌膚，防止乾裂。

班超和古蘭丹在將士們的幫助下，用紅色的綢被將阿米爾的遺體包裹起來，再用紅絲帶攔腰捆住，將其安放在駱駝背上，那裡有一個如同搖籃的特製木架，恰好可以放置遺體。最後，古蘭丹用名貴的獅子皮繩將母親的遺體輕輕縛住，以免左右晃動。

背馱阿米爾遺體的三歲雙峰公駝，在身披黑紗的古蘭丹的牽引下，走在送葬人群的最前面，後邊是看不到盡頭的疏勒王公大臣和扶老攜幼的群眾。

送葬隊伍走出疏勒城，遠處便是茫茫帕米爾高原。人群不約而同地跪在大路兩旁，向阿米爾的遺體告別。

班超、古蘭丹和疏勒百姓一起，一直目送駱駝走進帕米爾的最深處。

駱駝馱著阿米爾的遺體，將自由行進在河流、冰川、峽谷、草場和氈房邊。牠馱著阿米爾的遺體走遍了帕米爾的千山萬水，最後「轟隆」一聲倒下。

這一刻，疏勒人似乎都聽見了駱駝倒下的聲音，全城百姓引頸向帕米爾的深處眺望。

他們知道，駱駝倒下的地方，便是阿米爾尊貴的墳場。

班超站在西域地圖前已有好長時間了，他在研究一個國家，這個國家叫姑墨。

班超決定率疏勒等國的軍隊進攻姑墨。

嚴格來講，姑墨長期是東鄰龜茲的依附和盟友，但距離姑墨只有六百七十里的龜茲過於強大，所以，這個國家反而被人淡忘了。但姑墨這個小國的位置十分重要，拿下姑墨，脣亡齒寒，就可以震懾龜茲，並可以直接威脅龜茲國的王城。

姑墨國治所叫延城，此處土壤肥沃，地勢平坦，比較適合人類耕田、放牧、居住。此地離長安城有八千一百五十里，有三千五百戶和二．四五萬人，設有姑墨侯、輔國侯、都尉、左右將、左右騎君各一人，驛長二人。這個國家盛產銅、鐵和雌黃。

班超從疏勒、于闐和鄯善等國調集士兵一萬多人，組成聯軍，準備進攻龜茲的盟友姑墨國。龜茲和姑墨十分強大，還有匈奴在背後撐腰，所以，各國出兵時都對其真實兵力有所保留，這是班超意料之中的事。但，萬兵馬已足夠他使用了。

會齊兵將之後，班超即揮師出征姑墨。

聽說班超要攻打姑墨，疏勒王忠帶領府丞成大和眾官為班超送行。班超對疏勒王忠已有了戒備之心，但忠沒有公開反叛，又是疏勒王宮的正室，不能馬上將其廢掉，所以班超不動聲色地囑託忠緊守疏勒王城，以防不測。

忠道：「長史放心，石城有番辰將軍駐守，王城有成大把守，疏勒安如磐石，不要掛念。」

班超在心裡輕輕笑了一聲，他從心裡確實看不起這種兩面三刀的把戲。

一切安排妥當，班超率軍從北門而去。疏勒百姓見大漢將士軍容整齊，威武雄壯，無不歡欣鼓舞，夾道相送。

望著漢軍北去的背影，成大對疏勒王忠道：「漢軍真是紀律嚴明，此班長史治軍有方之故也。」忠卻不屑一顧地說：「漢軍不過三千人耳，姑墨至少有軍隊兩萬，又有龜茲做後盾，匈奴隨時可以援手，班長史此去，吉凶難料啊！」成大沒想到疏勒王忠會如此看待漢軍，不禁暗暗心驚。

姑墨國一面準備迎敵，一面向龜茲國求援。龜茲國國王認為班超人馬太少，構不成威脅，並不急於發兵。

姑墨的軍事陣地在台蘭河沿岸的佳木古城。佳木舊稱紮木台，在蒙古語中是「路」的意思。此地毛驢架子車叮噹作響，棉田沃野，好不繁榮。

卻說班超大軍移步駐防，不一日來到姑墨，在距佳木古城二十里外安營紮寨。

傍晚，姑墨派出一隊人馬前來叫陣，班超笑道：「此以逸待勞之術也，不可妄動！傳令，各營不准迎敵，敵軍逼近時，以箭射之可也。」說罷帶領田慮等登上哨樓，只見姑墨士兵約萬人正在攻寨，凡逼近者，都被漢軍亂箭射殺。姑墨軍隊一無所獲，只好退兵。

班超遠遠看到敵軍步兵多，騎兵少，退軍之時，旗幟歪斜，軍容不整，心中便有了破敵之法。

次日，姑墨軍士在寨前叫罵，班超仍令緊閉寨門，不予理睬。約近午時，田慮進帳道：「敵軍已就地休息，看上去懈怠之極。」班超即傳令大開寨門，由甘英帶領騎兵衝破敵陣，直奔姑墨王城，趁敵不備一舉攻下王城，大軍隨後跟進。眾將依言分頭行動。

只聽一聲鼓炮齊鳴，漢軍營寨大開，甘英率鐵騎似猛虎下山殺向敵陣，姑墨軍隊被衝得落花流水。甘英趁亂殺出重圍，直取姑墨王城。姑墨守城兵士哪裡料到漢軍如神兵天降，還沒顧得上拉起吊橋，甘英就砍斷繩索殺進城去，並在城樓上放火，威懾姑墨士兵不可輕舉妄動，馬上繳械投降。

班超率衛隊在混戰中斃敵無數，殺入姑墨，將姑墨國的統兵將領射殺大半，姑墨的軍心登時就亂了，全城很快被聯軍占領。

班超令人在姑墨城中搜查匈奴使臣，布告百姓恢復秩序，宣布不得擾民，並將所俘姑墨士兵全部釋放。

姑墨國王只得向漢朝投降，並將王宮的所有珍寶奉上。

作為一種禮節，姑墨還向漢朝進獻了產量極少的姑墨小靴刀，以示投誠之意。刀是西域各國的武器，進獻刀具，意味著坦誠相見，永不防範。

班超接受了姑墨國的國書，只取了一小部分珍寶。姑墨國王感恩戴德，歃血盟誓，表示絕不背叛漢朝。

姑墨投降之後，西域反漢陣營的頭領龜茲陷入了孤立境地。

§

班超違抗皇上旨意繼續留守西域，這是殺頭之罪，為此，他一直在思忖該如何向章帝奏明情況。

班超和隨從們商議，目前疏勒已安，必須儘快向章帝奏明違旨理由，並請求皇上派兵增援，以便平定西域，為重設西域都護府打好基礎。

班超對田慮說：「向皇上奏明我等違旨留在西域事體重大，請弟回朝向聖上請命。是非成敗，全在弟一人身上，吾弟慎之！」

田慮肅然曰：「大哥只管放心，弟一定不辱使命！大哥保重！」

田慮攜帶班超親筆起草的奏章，帶領十餘騎精兵，取道于闐，直奔京城。

田慮等人長途跋涉，穿越沙漠與戈壁，風塵僕僕經過玉門關到達敦煌郡。

河西四郡敦煌、酒泉、武威、張掖是漢武帝時先後在河西地區設置的，敦煌是大漢河西四郡中最西的一個郡，是和西域毗鄰的大漢西北軍事重鎮。

此時駐守敦煌的是東漢開國元勛耿弇之後、征西將軍耿秉，他通曉兵法，驍勇善戰，對班超有知遇之恩，田慮於是專程前往拜見耿秉。

作為大漢西北邊防重鎮，敦煌的歷代駐軍均採取保境安民政策，故城池破壞較少，又得祁連山雪水灌溉之便，於是物產富饒，一度被稱作西北糧倉。長期以來，街上川流不息，店鋪林立，和平富庶，好不繁榮。

田慮顧不上遊覽街景，直奔敦煌征西將軍府。

征西將軍府坐落在敦煌太守府對面，在敦煌最繁華的路段。

耿秉已接到部下報告，稱西域長史班超的部將田慮求見，忙傳令相迎。

二人在大帳中落坐，侍者奉上祁連山野菊花茶。

田慮道：「我奉班超長史之命回朝奏本，懇請朝廷繼續經營西域，此去不知吉凶如何。」

田慮將章帝派使臣傳詔令班超回國、疏勒將軍黎弇自刎挽留、于闐國君臣百姓跪留班超的情形向耿秉予以複述，並告知耿秉，班超已違旨重返疏勒，擊敗龜茲、尉頭重定疏勒。

田慮躬身行禮：「將軍長期駐防大漢西陲，對匈奴瞭若指掌，倘西域失守，匈奴鐵騎即可隨時南下，大漢將永無寧日。請將軍得便向皇上奏明，以固守西域為要。」

耿秉撚鬚沉吟道：「班長史率三十六人撫定西域，天下聞名，此等忠心，日月可鑒！西域百姓希望大漢護佑，其情可恤。將軍放心，不日內我將回朝述職，一定面陳聖上重設西域都護。」

田慮大喜過望，道：「將軍乃河西鎮神，我朝重臣。將軍一言，定能使皇上下定決心，安撫西域。」

田慮在敦煌休整兩天後，取道安西、甘州、肅州、秦州、長安，直下洛陽。當晚顧不上休息，直拉攏上班超書信拜見竇固大將軍，亦請他出面支援。

田慮在趕赴京城的時候，先前去疏勒宣班超回朝的欽差大臣已先回到京城。

郭恂問：「班超何在？」

欽差大臣說：「我先回一步，班超交代完西域政務隨後即到。」

郭恂如釋重負，重賞欽差大臣。

但過了半個月，還不見班超蹤影，郭恂質問欽差大臣，後者也感到十分茫然。

一天早朝，百官齊聚長樂宮，中書官員奏道：「陛下，西域長史班超有本上奏。」

郭恂一聽，心中暗喜：班超果然奉詔返回京城了！他左顧右盼，卻並不見班超的影子。

章帝愣了一愣，道：「呈上來。」

田慮本無資格當庭為皇帝呈送奏章，但邊關事務特殊，於是特許他進殿代班超呈上奏章。

章帝翻閱後才知道，原來班超違旨留在了西域。

班超在奏章中說，莎車、疏勒兩國田地肥廣，草茂畜肥，不同於敦煌、鄯善兩地。在那裡駐紮軍隊，糧食可以自給自足，不須耗費國家的財力物力。而且，姑墨、溫宿二國國王又是龜茲國冊立的，心懷二心，隨著形勢的發展，就會進一步相互對立和厭棄，這種情況必定會導致雙方離間和反叛，如果姑墨、溫宿這兩國歸降我們，那麼龜茲自然就可以攻破了。

這封奏章，通篇痛陳西域之要，剖析西域諸國歸漢的迫切心情，稱自己願留在西域，以鄯善、于闐、疏勒之兵討平龜茲、莎車，全服西域，威懾匈奴，以求河山永固。

章帝是東漢的一位明君，他在位期間，國家興盛、政局穩定，社會安寧，與漢明帝共同開創了「明章盛世」。

看到這份奏摺，章帝陷入了沉思。

大漢朝在西域事務上費了很大氣力，先皇曾派陳睦為西域都護，率兵萬人駐守車師，不到三年便兵敗身亡。以耿恭之善戰，駐守金蒲和北疏勒城，最終歸國者僅十三人耳。如今班超僅率三十六人卻能在西域諸國屢戰屢勝，目前還控制著相當大的地域，這難道不是奇跡嗎？

章帝於是讓內侍宣讀班超奏本，令群臣議之。

朝廷上下，照例無非是兩種意見，一種認為班超言之有理，平定西域可斷匈奴右臂，使匈奴不敢南下而牧馬。班長史在西域已聚集了多年人氣，深得西域人民愛戴，倘使班超繼續出使西域，即可在西域建立不朽之大功。

另一種意見則認為，前次大漢十萬大軍征討匈奴，討平車師，立下大功。但漢軍一撤，車師復叛，陳睦敗亡，萬餘漢軍盡失，耿恭僅率十三人歸國。匈奴騎兵縱橫無度，無法長期固守西域，只要大漢緊守河西四郡，則西北邊郡便可以長治久安了！

郭恂和衛侯李邑出列奏道：「聖上已明詔班超回國，班超居然抗旨不遵，此乃死罪。令班超繼續留在西域，待其羽翼豐滿，必生反心，不可不防啊！」

竇固連忙出列跪道：「老臣願以九族性命擔保，班超一心只為大漢江山社稷，郭從事和李衛侯所言，乃無稽之談也，請聖上明鑒！」

章帝冷眼旁觀眾人議論，並不早作斷語。

數日後，征西將軍耿秉回朝述職，章帝大喜，想聽聽耿秉關於西域事務的意見。

耿秉道：「陛下，班超率三十六人在西域屢建奇功，牽制匈奴，使匈奴不敢南下牧馬，河西數年狼煙寥寥，我大漢西北邊患稍安，實班超之功也。倘撤回班超，西域又落匈奴之手，河西勢將狼煙四起，邊界將永無寧日，臣意班超可固守西域，請陛下三思。」

章帝笑道：「將軍所言極是，我意已決，授班超西域將兵長史，假鼓吹幢麾，鎮撫西域。」

眾臣齊聲道：「陛下聖明。」

從此，班超不僅可以號令部隊出戰，而且享受到了旌旗儀仗。

章帝令耿秉守河西，派千人出屯伊吾盧、柳中，和班超形成遙相呼應之勢，以示大漢不棄西域之志。

章帝又道：「班超在鄯善等國已可以調動軍隊萬人，這些人平時為民，戰時為軍，不費糧餉，實為以夷制夷之上策，我意招募有志男兒千人前去西域，支援班超。眾卿以為然否？」

眾人稱善。

於是朝廷張榜布告，招募有志之士前去西域相助班超。

第十四章

在洛陽城外的洛河之濱，有一戶姓徐的人家世代務農，傳到徐幹這一代時家境已很殷實。徐幹任俠好游，練就了渾身的武藝，一次偶然的機會結識班超，結為好友。後來班超受大將軍竇固賞識隨軍西征，徐幹因父母病重在床未能從軍。父母病亡後，他在家種著幾畝菜地，聊以自遣。

這一日，徐幹正和朋友殺雞暖酒，下棋談天，忽然聽人說朝廷正招募有志男兒前去西域協助班超。

徐幹跳起來，扯掉上衣，露出全身的肌肉說：「終於讓我等到機會了！」於是扯上眾人一道去應募。

數日之內，朝廷便募得七百餘志願者，又從犯人中挑選三百人，湊足千人之數。這些犯人大都是死囚，每日在牢中如行屍走肉，只等問斬，聽朝廷說只要出了玉門關，不論身犯何罪一律就地赦免，為國家建功立業，於是爭相參軍。

朝廷經過考察，認為徐幹為人豪俠，又深通韜略。章帝於是任徐幹為假司馬，率領這一千壯士西去支援班超。

徐幹領旨，操練軍隊數日，帶足糧餉，全副武裝，日夜兼程趕赴西域。

田慮在洛陽親見章帝，向章帝呈上班超奏章，出色地完成了班超交付的任務後，又身兼欽差大臣的重任，日夜兼程打馬返回疏勒，傳旨授班超長史之職。

班超起身向東南方向拜倒，眼含熱淚道：「謝皇上隆恩！」

晚上，眾人一齊向班超道賀，班超說：「皇上英明，留我等堅守疏勒，鎮撫西域，我等一定不辜負朝廷厚望，安定西域，報效國家。」

田慮又道：「皇上傳旨招募天下有志之士千人，由徐幹率領前來增援，又令耿秉將軍派將出屯伊吾廬，以示大漢決不放棄西域決心，並和我等構成遙相呼應之勢。」

班超聽說徐幹要來協助自己，非常高興。出屯伊吾廬顯示了朝廷對安定西域的決心和信心，對自己經營西域是一種回應和支持。班超率領的三十六弟兄都長長地舒了一口氣。一千人在西域歷盡艱險，而得朝廷如此器重，死不足惜矣！

不出幾日，徐幹率領的漢軍和甘英率領的于闐精兵首先匯合一處，向疏勒城開來。東門外，三軍會合。班超、徐幹相擁而泣，全軍一片歡騰。

徐幹率軍來援使得班超如虎添翼，鎮撫西域的前景更加明亮了。

一日，班超在疏勒王城商議掃平龜茲、打通西域北道之事。

甘英道：「我大漢國威顯揚萬里，昔日我等在大哥率領下，三十六騎尚能收鄯善、服于闐、平疏勒，今天我們有三千精銳之師，掃平龜茲易如反掌，當立即行動！」

班超道：「此一時，彼一時也。孫子曰：『夫未戰而廟算勝者，得算多也，未戰而廟算不勝者，得算少也。多算勝，少算不勝，況無算乎。』攻打龜茲切切不可大意。」

田慮道：「大哥言之有理，以前取鄯善、服于闐、定疏勒。無不是大哥智勇和眾弟兄用命，所以能出奇制勝。但這些國家離匈奴較遠，又久有向漢之心，故我等因勢利導，即一舉成功。而龜茲是匈奴在西域的重要據點，處西域北道要衝之地，離匈奴較近，久為匈奴控制，匈奴防守甚嚴，況龜茲有常備軍三萬餘人，十倍於我，掃平龜茲需詳加謀劃，以防失手。」

班超笑道：「二位將軍各有勇謀，只要周密計畫，一定會成功。此前我軍已平定附屬龜茲的姑墨，如若再派人聯絡烏孫，便可對龜茲形成兩面夾攻之勢。」

眾人正在商議，疏勒府丞成大突然求見，班超料到有緊急軍情，連忙有請。

成大道：「將軍，我剛得遣使密報，邊將番辰暗中勾結龜茲，頗有異志。」

班超聽了，面色凝重起來，忙問究竟。

原來，番辰是疏勒王忠的大舅子，現居石城。石城地處疏勒之西，和康居相鄰，是疏勒邊防重鎮。番辰身為國舅，常有依附匈奴之心，故對龜茲常常討好。

徐幹拍案而起，對班超道：「大哥，我等明日率軍去攻姑墨，疏勒便成空城，如此一去，番辰必反。與其待其謀反，不如先將其擒於馬下，再出征不遲！」

甘英道：「言之有理，明日我等可照常起兵，佯攻龜茲，急馳石城，拿下番辰，以絕後患。」

班超撚鬚思索片刻後道：「聲東擊西，急馳石城，拿下番辰倒是妙棋，但番辰反形未露，我等若起兵攻之，疏勒臣民必定心生疑慮。我等經營西域須以誠為本，依靠西域各國百姓，切不做勝之不武的糊塗事，以防失去誠信之義，貽誤大局。」

班超令徐幹鎮守疏勒城，以防番辰突然起事。又令田慮派人潛到石城刺探情報，探明對立底細。二將領命而去。

次日，班超正要起兵攻龜茲，卻接到情報稱，番辰已率叛軍包圍疏勒王城。

班超率眾商議，果斷地說：「番辰自尋死路，既來之，則殲之！」

番辰率領石城八千人馬已經到達疏勒王城南門，卻見城門緊閉，徐幹全副武裝站在城頭。

番辰高叫開城，徐幹在城頭大聲道：「番將軍，你不守石城，今率大軍圍攻王城，難道你想造反不成？」

番辰怒道：「我奉國王密旨率軍回城，快快開城！」

徐幹並不理會。

番辰張弓搭箭就朝徐幹射去，徐幹手中銀槍一揮，將射到面前的箭劈為兩截，大喊：「番辰造反，殺無赦！」

城頭亂箭射下，番辰急退到五百步之外。

次日上午，番辰揮軍猛撲南門，班超喝令打開城門，一馬當先衝出南門，手中金槍飛舞直取番辰，番辰抵擋不住，望風而逃。徐幹在身後看得真切，張弓搭箭，番辰應聲落馬。此人反叛不成，終於自尋死路。

番辰的士兵見狀抱頭鼠竄，各尋生路，班超大聲說：「番辰謀反，與各位無關，投降免死！」

眾軍見狀紛紛放下兵器繳械投降。

班超率眾來到疏勒王宮，疏勒王忠嚇得面如菜色，不知該如何向班超交代。班超卻並不深究，只微微一笑道：「疏勒軍民一心向漢，番辰之舉，非關疏勒。」疏勒王忠深感僥倖。

晚上，疏勒王忠在王宮中舉辦了酒會，以表達對班超的歉意。

月上樹梢，星光燦爛，在富有犍陀羅風格的皇宮宴會大廳裡，燈燭輝煌，照得處處金碧交輝，閃閃發光的餐桌上，整齊地放著銀晃晃的餐具，宮廷的侍者們走來走去，端著盛滿珍饈佳餚的銀盤忙碌著。

宴會開始了，疏勒王忠起身舉杯說道：

「班將軍，番辰舉事，死有餘辜，本王管教不當，特備薄酒一份，略以自責！」

班超起身拱手施禮道：「自責倒是不必，懇望大王以大漢基業計，精心施政，播譽天山南北。」

二人於是一飲而盡。

酒過三巡，班超給疏勒王忠講了一則佛經故事。

班超講的是大車國三王子摩訶薩埵的故事。一天，摩訶薩埵跟隨父王和兩個哥哥遊覽至大竹林中休息，見一雌虎產下七個虎崽，已有七天沒有進食，又無暇覓食，坐以待斃，瀕臨絕境。大王子見狀云：「看情形，若繼續下去，母虎為飢渴所逼，必啖其子。」二王子看後說：「實在可憐，這些虎活不了多久了，我能有什麼辦法來拯救牠們呢？」三王子凝眸這些餓虎，決心捨身來挽救牠們的性命。只見三王子摩訶薩埵脫去衣服，走向老虎，並橫臥在餓虎嘴邊，然而虎已餓得連進食的力氣都沒有了。於是，摩訶薩埵便用竹竿刺破自己的頸部，頓時鮮血如注。餓虎先舐吮摩訶薩埵頸部的鮮血，有了力氣，然後吃盡了他身上的肉，吃得三王子僅剩下一副骨頭架子。這時，天空忽然電閃雷鳴，烏雲蓋頂，整個大地被黑暗吞噬，地動山搖。看到自己的親人如此慘烈地死去，父子三人如大海咆哮般失聲痛哭。

班超問疏勒王忠：「你覺得摩訶薩埵王子死得值嗎？」

疏勒王忠說：「太不值了。」

班超輕輕一笑說：「這就叫捨身飼虎。」

然後他繼續講道，其實，捨身飼虎的摩訶薩埵王子，死後投身到兜率天宮。當時，他還有些懷疑，不知自己究竟做了什麼功德，竟然能投生到優美的天界。他對眼前的善果感到迷惑，於是運用天眼，察遍地獄、餓鬼、畜生、修羅和人間等五個世界，才發現自己前生施捨的殘骸散落在一座山林裡，而父母、兄弟正圍坐在屍首旁邊，痛不欲生。摩訶薩埵王子即刻離開天界，立在空中，向父母親百般規勸和訓諭。經過王子的一番說法與教化，國王夫婦才漸漸醒悟了。國王吩咐家臣趕造七寶塔，把王子的屍首厚葬。摩訶薩埵王子看到父母從悲傷的低谷中走了出來，才安心地返回兜率天宮。

疏勒王忠並不信奉佛教，似乎對班超所講不甚開化，說：「有這麼傳奇的故事嗎？」

班超說：「有些犧牲表面是不值得的，但卻是極有價值的。」

疏勒王忠低頭沉思著，但一直沒有弄懂班超的真正用意。

他們便不再談論這個話題，卻把目光轉向舞池。

在抑揚頓挫的音樂聲中，四名疏勒宮廷舞師步入舞池，載歌載舞，表演最受人歡迎的「孔雀舞」。她們體態勻稱，身段婀娜，杏仁眼，鵝蛋形臉龐，膚色黝黑。她們模仿一群翱翔於碧野中的孔雀，扭動著露出肚臍的腰肢婆娑起舞，看上去唯妙唯肖。

§

班超仔細分析了西域諸國的情況，認為烏孫國可以加以聯合。

烏孫是西域大國，擁有十萬軍隊，武帝時曾以細君、解憂兩位公主先後下嫁，宣帝朝曾得到過烏孫國的援助。烏孫一直和漢王朝保持著良好的關係，且地大兵強，如果能借助其兵力，實現平定西域的構想就會容易很多。

班超於是上疏章帝：「烏孫大國，控弦十萬，故武帝妻以公主，至孝宣皇帝，卒得其用。

今可遣使招慰，與共合力。」

班超建議朝廷派人招撫慰問，借其兵從背後攻擊龜茲，漢軍再從南面進攻，龜茲、焉耆必克。再與河西漢軍東西夾擊車師，則西域可全定，西域都護府重設之日可待。

章帝採納了班超的意見，派遣衛侯李邑護送烏孫使者，賜送大小昆彌以錦帛，以求借助烏孫之力進軍龜茲。

昆彌亦作「昆莫」，是漢時烏孫王的名號，猶匈奴之單于。自漢宣帝甘露元年起，烏孫有大小兩昆彌，均受漢王朝冊封。

幾日以後，李邑率三百名御林軍，帶了大批金銀財寶、綾羅綢緞，進關中、出河西，護送著烏孫使者，不一日來到鄯善。

鄯善王設宴殷勤招待李邑一行，筵席豐盛，歌舞曼妙，特別是鄯善所產土著酒，味道醇厚，香飄千里。

李邑道：「此酒醇厚甘美，不知何名？」

鄯善王答：「昔日假司馬班超奉都尉竇固之命過鄯善，其部遂以清澈甘洌之天山雪水釀製醇醪，入口綿甜，酒質清澈透明，回味悠長，為紀念班司馬，故名班公酒，百姓又稱為班超酒。」

李邑一聽此酒以班超命名，心中十分不悅，一張臉拉下來，酒宴不歡而散。

李邑在鄯善逗留數日後才動身前往于闐，並在于闐遊山玩水。他在于闐聽說龜茲王已準備了兩萬人馬準備進攻疏勒，不由得大驚失色道：「我去烏孫必經疏勒，龜茲和匈奴聯軍有近三萬，疏勒豈不以卵擊石？性命攸關，如何是好？」

李邑感受到西域戰爭對他的生命造成了威脅，思前想後，把怨氣全部撒到了班超身上。

李邑想，可恨班超謊報疏勒已定，要朝廷派重臣安撫烏孫。今匈奴、龜茲大軍要攻疏勒，莎車已叛漢，于闐難守，前往烏孫的道路已斷，烏孫如何能去？班超在西域娶美女、擁嬌妻，不肯歸漢，還害得老夫無法完成皇上差遣，真是可恨之極！

天性怯懦的李邑此番卻是領了苦差，路途遙遠不說，在兵荒馬亂的環境中隨時都會遇到危險。

李邑嚇得不敢前進。

李邑唯恐自己的怯懦無能遭到朝廷的斥責，他鎖緊眉頭，絞盡腦汁，想出了一個自救的辦法。

他給皇上寫了一道言辭極其懇切的奏章，大意說自己經過艱難跋涉，抵達西域，通過考察和深入思索，覺得開通西域的事業難以成功，不要再耗費寶貴的人力、物力、財力了。

接著筆鋒一轉，婉轉而又曖昧地說班超在西域無所作為。李邑甚至不惜詆毀班超來為自己的行為辯護，說班超在疏勒「擁愛妻，抱愛子」，只圖腐化享樂，全不把朝廷放在心上，根本無意為國效忠等等。

奏章送達洛陽後，朝廷上下一片譁然。西域離朝廷這麼遠，誰也不知道班超究竟在幹些什麼，以李邑的地位，又是親眼所見，想來他不會信口雌黃吧。

班超在朝中的親戚朋友知道了這件事，急忙向他通報了情況。這位長年在外征戰的志士，面對敵人的刀光劍影沒有皺過一次眉頭，但面對來自內部的暗箭，卻不得不低下了頭。他對身邊的人慨歎說：「我沒有曾參的賢德，遇到多次無中生有的讒言，恐怕要被當世之人懷疑了！」

幸運的是，章帝是個明察的人，他知道班超素來忠誠，肯定是李邑從中搗鬼，所以下詔書責備李邑說：「縱然班超擁愛妻、抱愛子，那遠在萬里之遙，無時不思念回家的士兵有千餘人，為什麼都能與他同心同德呢？」李邑被問得啞口無言。

章帝隨即命令李邑聽從班超的節制調度，又下詔給班超，明確表示，如果李邑能勝任在外事務的話，便留下辦事。

章帝的意思再也明白不過：是李邑說了班超的壞話，章帝信任班超，事實上是把李邑交給班超處置。

章帝的這一招果然十分厲害，朝中大臣一看，原來和班超作對會是如此後果，一些人便悄悄地校正了自己在朝中的角色。

甘英、徐幹等人聽說後都非常高興，把李邑交給班將軍處理，就可以趁機名正言順地收拾這個可惡的小人了。

§

這天晚上，班超因李邑讒言，回府心事重重。古蘭丹問清原由後，卻淡淡地笑了，勸慰道：「將帥帶兵，治軍宜嚴，治人則宜寬。夫君乃西域偉丈夫，斷不可感情用事，命他回京請罪。愚意何如留在身邊調用，好給他立功贖罪的機會。」

班超覺得夫人所言極是，火氣便消了大半。

平心而論，李邑還是有一些才幹，如因誣陷自己便要戴罪，此等胸襟，還怎麼平定西域！豈不教天下人恥笑！

如此一想，班超覺得心胸寬敞了許多，如何處置李邑，心中早已有了主張。

次日，班超公事已畢回到府裡，卻見夫人一身戎裝打扮，帶著同樣戎裝打扮的班勇，一副要出遠門的樣子。

班超不解，這個季節又不是打獵的季節，這娘倆要幹什麼去呢？

班超問兒子：「勇兒，是要去打獵嗎？」

兒子說：「娘要帶我遊歷諸國！」

班超將疑問的目光投向古蘭丹，古蘭丹笑笑說：「夫君身居都護，上承皇恩、下撫西域，任重而道遠。竭力奉公尤恐不周，眷戀妻兒，則不免稍有懈怠。李邑之流所言，不是毫無道理。從今日起，我帶勇兒遊歷西域諸國，讓勇兒增長見識，夫君全神貫注疏勒事務，則朝廷危言可不攻自破！」

班超十分佩服夫人的遠見卓識，能如此巧妙地化解夫君的公關危機，此等胸襟，非一般女子可比。

班超覺得無比欣慰，眼眶也禁不住暗暗溼潤了。

從此，古蘭丹帶著班勇開始周遊西域諸國，所到之處，覽山川、察地理、訪民情、觀風俗，詳細瞭解西域風土。

多日後，李邑奉旨西行，艱苦行軍後，滿臉喪氣地到了疏勒城下，喝令開城。

守城的是疏勒當地的兩名衛兵，他們早已聽說李邑在洛陽讒言班超，章帝差點上了李邑的當。要是班超有個三長兩短，疏勒城該何去何從？幸好章帝開明，否則，班超還真就栽到李邑手裡了。

兩位疏勒衛兵見了李邑，氣不打一處來，兩人耳語一陣，決定捉弄一番李邑。

疏勒衛兵在城頭大喊：「來者通名！」

其實李邑一行打著漢朝的紅色旗幟，看上去很顯眼。漢朝以火德王天下，所以旗幟是紅色的。劉邦起義時，在沛縣「祠黃帝，祭蚩尤於沛庭，而釁鼓旗，幟皆赤。由所殺蛇白帝子，殺者赤帝子，故上赤」，民間也有「東漢西漢南北漢，赤旗獵獵天下傳」的說法，但疏勒衛兵此時假裝糊塗。

李邑在馬上欠欠身，說：「吾乃大漢天子欽定使者，護送烏孫使者回國，請見班長史一面。」

疏勒衛兵說：「你來遲了，班長史已經死了！」

李邑吃了一驚，雖然覺得班超突然死亡的可能性不大，但心頭隱約還是有一種幸災樂禍的期望，忙問：「班長史怎麼死的？」

疏勒衛兵說：「是被一個叫李邑的小人害死的。」

李邑明白疏勒衛兵在捉弄他，便不滿地說：「吾即李邑也，害死班長史卻是從何談起？」

疏勒衛兵馬上裝出一副恍然大悟的表情說：「唉呀，李大人駕臨疏勒，怎不早通訊息，快快有請！」

李邑說：「快放吊橋下來！」

疏勒衛兵說：「李大人，實在對不起，自從班將軍鎮守疏勒以來，疏勒城已多年無戰事了。這道門主要是防匈奴的，已經幾個月沒有開放，放吊橋的機關風吹雨淋，恰好生了鏽，放不下來，要想從此門進入疏勒城，須得乘吊籃，即便是班將軍也不能例外。」

李邑看到遠遠的城牆上，果然懸著三五個竹籃。

此時太陽當空，天氣十分炎熱，疏勒城外荒沙遮眼，全無綠意。李邑本想端端架子，可也受不住日頭的侵襲，身上已是大汗淋漓。轉奔其他城門吧，還指不定要受什麼為難呢。看這疏勒衛兵的意思，今天是不能從城門進入了。那只好乘著竹籃進城吧。

李邑讓烏孫使者等人先乘吊籃，他在後面觀察虛實。

烏孫使者乘了吊籃，城頭士兵拽動繩索，一行人順利進了城。

李邑這才放心地坐到竹籃裡，喝令疏勒士兵將他拽上去。

城頭士兵把李邑拽到一半，突然聽到城內傳出號角聲，他們耳語一陣，停止拽李邑，把繩子纏到城牆上，朝懸在半空的李邑喊：「班長史緊急集合我等議事，就請您先在這裡委屈委屈吧！」

說著，丟下李邑揚長而去。

城頭沒有一個人，連剛剛攀上城牆的烏孫使者等人都不知去向，顯然已被疏勒衛兵招呼到其他地方去了。遠處的箭垛裡保留著兩三個暗哨，無聲地朝這邊張望，卻沒人理會吊在半空的李邑。太陽很毒，李邑全身大汗淋漓，他又氣又惱又無可奈何，於是對班超越發憎恨了。

大約一柱香功夫過後，委頓得像一棵芨芨草的李邑聽見城頭有人說話，抬頭一看，卻不是班長史是誰？

李邑忙喊救命，聲音中充滿了恐懼。班超聽見了，循聲望去，「呀」地驚叫一聲，忙差人拽上李邑，上前施禮，並問何故如此。

李邑怒道：「我奉天子之命西赴絕域，護送烏孫使者回國，不料被你的手下人懸於半空幾個時辰，真是豈有此理！」

班超的兩道劍眉揚了起來，環顧左右：「這是誰幹的？」

兩名疏勒衛兵站到面前，承認是他們幹的。

班超大怒，衝著兩名年輕的斯基泰人後裔喊：「這是大漢的欽差大臣，這樣做是對大漢天子的不敬！」班超喝令將他們拖下去各鞭笞一百。

兩位疏勒衛兵聽了無動於衷，雖然馬上面臨著鞭笞，但他們仍然喜氣洋洋，似乎遇到了無比光彩之事。

甘英把兩位疏勒衛兵帶到旁邊詢問究竟，班超忙不迭的給李邑道歉，承認對手下管教不嚴，保證下不為例，並安排部下好生招待李邑。

李邑受了這通驚嚇，早沒有心情在疏勒國久居，於是以護送烏孫使者回國為由，前往烏孫國。班超差人一路保護，以解李邑後顧之憂。

李邑圓滿完成了護送烏孫使者的任務後，又帶著烏孫國派給漢朝的侍子從烏孫返回疏勒國。按照皇帝的旨意，李邑應就地留在疏勒，由班超調遣。

但是班超並沒有留下李邑共事，他馬上命令李邑，帶著烏孫國的侍子還歸京城覆命。此舉意味著班超已放棄前嫌，不與李邑計較。

徐幹等人認為這樣輕易放走李邑，未免太便宜了他。他們對班超說：「李邑先前親口詆毀您，想要敗壞西域大業，如今您不藉機留下他，還派他護送烏孫國侍子回國，這不是留下後患嗎？」

班超回答說：「這是淺陋之見！就因為李邑詆毀過我，所以今天才派他回去。身正不怕影斜，我自己沒有毛病，為什麼要害怕別人的閒言碎語？為了自己的一時痛快而打擊報復，會使內部不和，於大局不利，並非忠臣啊。」

一席話說得眾人無不佩服班超過人的寬廣胸懷。

第十五章

班超與疏勒王忠、都尉黎弇、府丞成大等人齊心協力，加固了自己所居的盤櫜城和疏勒王忠所在的都城烏即城，指導疏勒軍民灌溉興農、集聚物資、訓練士卒，隨時作好戰鬥的準備。

此時班超已經升任為將兵長史，同時仍兼任西域特使。同時，朝廷又發來援軍，充實班超的兵力。班超徵發了疏勒、于闐兩國兵馬，準備攻擊莎車。

在西域數十個國家中，莎車是與匈奴關係較好的一個。莎車王得到班超即將進攻莎車的消息後，便派使者帶著重禮和樂伎，去賄賂疏勒國王忠，拉攏他一道背叛大漢王朝。

此計甚是厲害，疏勒王忠果然見利忘義，收受重賂後，與班超作對，領兵駐守烏即城。僅僅幾個月時間，疏勒王忠就把烏即城修成了一座堅不可摧的碉堡。

它看上去堅固、厚實、高聳入雲，城牆使用大量石塊壘砌，並修有塔樓、壕溝。城中有完備的宮殿、官署、運動場、劇場、議會廳等。城市的中央設有衛城，呈方形，由塔樓、宮殿、內院、武器庫和一座寺廟組成。

每當坐在這個堅固的城池中，疏勒王忠就油然而生一種優越感。伴隨著這股強烈的優越感，忠越來越覺得近在身邊的大漢是一種累贅。

唯一擺脫大漢的辦法，是盡力不去想他們的存在。

這一天，疏勒王忠在他奢侈又豪華的議政大廳中，聽取絲路商人的報告。

他坐在用純金打造的獅子金椅上，獅椅上空有一頂碩大的紫紅色華蓋。大廳的地上鋪著絢麗的波斯地毯，擺滿了來自地中海諸國的花瓶，花瓶裡插著飄出淡淡香味的馬蹄蓮。

他的臉色紅潤，淺藍色的眼睛顯示出一種志得意滿的神情，偶爾也會掠過某種不安與焦慮。

就在忠感到無所依靠的時候，莎車國王代表匈奴貴族為其送來了一個樂舞班。

這支樂舞班由十五名匈奴青年男女組成，一律身穿短襖長褲，男樂手持嗩吶，女樂手持「蘇爾」（漢人謂之胡笳）。

夜色中，松明火把燃燒時發出「劈啵」的爆裂聲，濺起點點火星。疏勒王忠沉醉於匈奴樂人帶來的歌舞中，忽然覺得心中有所依託了。

只見匈奴男女曼步輕移，到場中擺成了舞蹈隊形。

忽然，男子們的嗩吶一聲長鳴，像一聲號令，帶動女子們吹響了蘇爾。樂音嗚咽，如泣如訴。夜空中迴響起低沉、淒涼、悲切的〈匈奴悲歌〉：

亡我祁連山，使我六畜不繁息；

失我焉支山，使我嫁婦無顏色。

歌聲中隱藏著無限的悲切。

疏勒王忠現在懂得匈奴為何那麼英勇善戰了。他們善戰，是因為他們要奪回自己的牧場，為女人們奪回化妝用的胭脂！

疏勒王忠深深知道，焉支山及其毗鄰的大草灘是匈奴的重要牧地，也是匈奴人襲擾漢王朝西部邊境的一個重要橋頭堡。這裡水草茂盛，冬溫夏涼，宜於畜牧，是游牧民族賴以生存的樂園，也是出生國色天姿的寶地，匈奴婦女搽抹胭脂的原料紅藍花就產於這裡，匈奴諸藩王的妻妾多從這一帶的美女中挑選，她們被稱作「閼氏」。

但是，漢朝派出了一個叫霍去病的將軍，連克匈奴，將焉支山正式納入漢室版圖，匈奴人於是為失去焉支山及其毗鄰的祁連山而發出了「亡我祁連山，使我六畜不蕃息；失我焉支山，使我嫁婦無顏色」的哀歎。

疏勒王忠沒想到，魯莽的匈奴人居然如此愛美，他們念念不忘自己失去的胭脂，就像念叨失去的江山。

匈奴藝人把這短短的四句話反覆吟唱著，就像他們一生只會唱這一首歌似的。那悲哀蒼涼的曲調令包括疏勒王忠在內的所有聽者淒惻動容，一股悲痛絕望但堅定有力的情緒感染了疏勒王忠。

透過悲傷的樂聲，疏勒王忠看到，那個游牧民族為尋覓新的生存地而四處奔走的倉皇背影，非常清晰。

現在，他們像受傷的蒼狼一樣在西域尋找根據地。

看著匈奴歌女們悽楚而幽怨的眼神，疏勒王忠覺得，如果忽視這個民族的堅韌，一定會自討苦吃

疏勒王忠心理上的天平悄悄向匈奴作了傾斜。

他欣然收下了這支樂舞班，並將其中的一名女樂手納為小妾。

他答應莎車國王，從此與莎車一道對付漢朝，為匈奴人牽制漢朝在西域的力量。

忠被收買後，班超突然遭此變故，立即改變計畫，另立疏勒府丞成大為國王，同時召回已經出發的軍隊，並將不願謀反的人全部調動起來，改道去攻打駐守在烏即城中的疏勒國王忠。

烏即城在疏勒西南，地理位置十分險要，易守難攻，漢軍圍攻了幾個月，竟然沒有攻下。

疏勒王忠又派使者潛去康居國，請求康居國王出兵萬人援救。

不久，康居國兵馬進入烏即城，疏勒王忠的防守力量進一步增強了。

此時的班超，真是進退彷徨，非常為難。

正在班超進退兩難的時候，他突然接到情報，稱康居國與月氏國剛剛聯姻，關係密切。班超馬上意識到，從月氏國那裡尋找一條解決問題的途徑，並不是沒有可能。

於是班超便派使者帶上許多金銀錦帛去見月氏王，請他勸說康居王不要援助忠。

財可通神，莫怪夷狄。月氏王收下重禮，慨然應允幫助班超，並立即遣使者去見康居王。

康居王果然顧全與月氏王的親家關係，一道密令傳給康居國領兵統帥。康居國將軍選擇時機倒戈，反而把疏勒王忠活捉了。

烏即城守軍見主帥被俘，一時人心渙散，毫無鬥志，只好獻城投降。

疏勒王忠被押至康居，作為政治俘虜，康居王並沒有為難他，只是將其軟禁，但沒有限制其人身自由。忠趁此機會上下活動，結交了康居國一大批達官貴人。

兩年後，不甘心失敗的原疏勒王忠借得康居國士兵千人，以損中城為據點，積蓄力量，又與龜茲王合計密謀，企圖再次進攻班超。

龜茲王建議忠向班超詐降，以便裡應外合，擊敗班超。忠覺得此計甚妙，於是依計而行，寫好一封詐降信，差使者送給班超。

班超早就料到忠的企圖，他看完信，將計就計，對來使說：「既然疏勒王已自知悔悟，誓改前愆，我亦不再追究，煩你代去傳報，請疏勒王速來投降便是！」

來使大喜，即去回報。忠以為班超中計，只帶了數十輕騎，放心大膽地來見班超。

與此同時，班超密囑吏士，叫他們如此這般，不得有誤。

吏士奉令自去安排，專待忠到來受擒。

忠洋洋得意前來面見班超，班超聽說忠已到帳前，於是欣然出迎，兩廂見面，忠滿口謝罪，班超隨口勸慰，正是以詐應詐之術。

吏士早已遵班超所囑，陳設酒肴，邀忠入席，班超在一旁陪飲。帳中軍樂大作，場面十分隆重。

酒過數巡，班超突然把杯子朝地上一擲，帳外馬上奔來數名壯士，他們持刀而出，搶至疏勒忠面前，一舉將忠拿下，反綁起來。

忠面色如土，不停地辯解、述說，堅稱自己無罪。

班超離席，怒斥疏勒王忠說：「我立你為疏勒王，代你奏請聖上，得受冊封。此等浩蕩天恩，你不思圖報，反受莎車煽惑，背叛天朝、親近匈奴、擅離國土，這是你的第一樁罪。

你盜據烏即城，負險自守，我軍臨城聲討，你抗拒半年有餘，拒不投降，這是你的第二樁罪。你既到康居，心尚未死，還敢借兵入據損中，這是你的第三樁罪。這倒還罷了，今天，你居然還詐稱願意向我投降，以此誑我，想趁我不備內外夾攻，這是你的第四樁罪。你犯這四樁罪，死有餘辜。天網恢恢，疏而不漏，你自來送死，怎能再行輕恕！」

這一席話，有理有利有據，忠頓時啞口無言。

班超不無遺憾地搖搖頭說：「我早就察覺到了你的反心，曾經有意用佛經捨身飼虎的故事開化你，盼你迷途知返，不要做對大漢基業有損之事。但你幾次三番不思悔改，那你今天只有死路一條了！」

班超下令，即刻將忠推出轅門斬首！

兩名壯漢撲上來，反剪忠的胳膊，帶離帳房。

忠大聲求救，但班超毫不留情。

一聲慘叫，疏勒王忠被迅速斬首。

忠的首級被懸在疏勒的城頭上示眾，疏勒的百姓每經過城下，都要呸呸地吐唾沫，以示鄙視。

然後班超率一千騎兵馬突襲損中。康居國的兵馬正等著忠詐降的好消息，準備內外呼應，攻擊班超，沒想到漢軍如神兵天降，出現在康居國，兵馬立時亂成一團，當場被漢軍殺死七百多人，其餘的兵馬均作鳥獸散。

§

血紅滾圓的夕陽即將降落在帕米爾高原的另一側。太陽還沒有落下去，月亮卻已經高高掛起，日月同輝的景象常常出現在疏勒的上空。

月色中，商旅、駱駝和馬隊還疾速行走在疏勒街頭。他們有的從帕米爾方向來，有的要向帕米爾方向去。無論來和去，都需要在疏勒駐紮、打尖。

長久以來，班超除了想念東方的故鄉，就是向故鄉的相反方向深深遙望。神祕、雄渾的帕米爾高原永遠在班超的視線以西。

夜色漸濃，打著火把、戴著尖頂帽的疏勒士兵要將一匹馬獻給太陽。疏勒士兵和他們的鄉親們一樣崇拜太陽，稱自己為「離太陽最近的人」。他們要給太陽獻馬。在他們看來，馬是神聖的動物，代表了所有動物的最高層次，只有人間最快的馬才配得上諸神中最快的太陽。

獻祭馬和戴尖頂帽，都旨在與天上的太陽神溝通。

他們還崇拜火，認為火是太陽在地上的化身，是具有巨大神祕力量的神靈，可以祛除一切魔鬼和穢氣，保證人畜不受猛獸和瘟疫的侵害，使人畜生存繁衍。他們嚮往光明、溫暖的生活，所以他們手持火把精心保護火種，使其延續不斷。

每次向西望去，班超都希望自己是一位土生土長，居住在帕米爾高原的疏勒人。他一抬頭就能看見太陽。太陽很低，就在頭頂，伸手可及。他和疏勒人一道把太陽摘下來，就是一面大手鼓。他們敲起手鼓，吹響鷹笛，跳起鷹舞，模擬神鷹的樣子，去追趕高原上的太陽……。

即將墜落在帕米爾另一側的太陽，便永遠成了班超的心事。

帕米爾高原的日出日落是一件大事，牽動並影響著所有疏勒人的情緒。班超聽說，在一個叫科庫西力克的地方，有九條平行的峽谷，每天，太陽自東向西，從第一條峽谷落下，在第二條峽谷升起，從第二條峽谷落下，又在第三條峽谷升起。因此，科庫西力克一天會出現九次日出日落。

班超渴望全天都能沐浴到帕米爾的洶湧陽光。但是，總有一些陽光無法撒到他身上。

離太陽最近的人，有時離太陽又很遠。

班超從沒有翻越過帕米爾高原，他渴望知道高原那邊的世界是什麼樣子。

但是他是一位駐守疏勒的軍人，他要對大漢王朝負責，也要對疏勒負責，所以，他不敢離開他的營帳半步。

更多的時候，班超只好心事重重地去疏勒藏書館，翻閱一本古老的聖書。

這本聖書的名字叫《阿維斯塔》。

它是疏勒人普遍信仰的瑣羅亞斯德教（又稱祆教或拜火教）的聖書。

無所不藏的疏勒藏書館的鎮館之寶，就是這部《阿維斯塔》。

班超小心地打開《阿維斯塔》，它居然是用黃金寫在一張張熟牛皮上的，散發出一種高貴、神聖的光芒。

年邁的疏勒藏書館管理員告訴班超，《阿維斯塔》全本用金字寫在一萬兩千張熟牛皮上，有二十一卷三十五萬字之多，但由於戰亂的原因，目前保存在疏勒藏書館的《阿維斯塔》只有其中的五分之一。

大約在西元前五世紀，生活在帕米爾高原的疏勒人的祖先開始信仰瑣羅亞斯德教。他們的保護神叫阿胡拉·瑪茲達，是一個善神，也是太陽神和光明之神，其對立面是惡神安格拉・曼紐。前者駕一匹金耳朵的白駿馬，後者騎一匹猙獰可怖的黑禿馬。就像一黑一白的馬，瑣羅亞斯德教的基本教義是「善惡二元論」，其宗旨是崇尚光明、禮拜聖火，將太陽崇拜推向了一個新高度。

在古老的疏勒人眼中，火是神聖和光明的象徵，能治病、驅魔、淨化人的心靈。火代表著熔煉，指向一個人的新生。

班超知道，這部聖書深刻地影響了疏勒人的日常生活。

疏勒人有一個重要的節日——皮里克節，也叫「燈節」。這個節日要舉行兩天。第一天晚上是「家中皮里克」，每人做兩支油燭，插在一個盛滿沙子的大盆內，大家圍坐在一起，祈禱、誦經，念每個人的名字，相互祝福。第二天夜裡舉行「墓地皮里克」，全家人都要參加，主要是祭奠死去的親人，祈願亡靈保佑子孫後代。「墓地皮里克」結束後，每家屋頂燃起火把，孩子們在空地上燃起篝火，做各種遊戲。皮里克節的帕米爾高原，到處是火把和篝火，火焰把夜空映照得如同白晝。

白色食物被疏勒人視為「光芒般的食品」。所以，奶和麵粉是他們最為珍愛的。在疏勒的民間神話中，天空原本是經常下麵粉的，由於人類糟蹋糧食，不知珍惜，上蒼生氣了，就改下冰冷的白雪了。但出於憐憫，還是給人類留下了一粒麥種。人類靠這粒麥種活了下來，從此知道了耕種的艱辛和麵粉的珍貴。每年春分前後，疏勒人清掃房屋後，要在牆上撒麵粉，用麵粉畫各種各樣的抽象圖案，以示幸福、吉祥。

有一次，班超在一對疏勒青年男女的婚禮上，看到人們往新郎和新娘身上撒麵粉，原來，這也是一種親人們的祝福。

日復一日，漸漸地，班超覺得，他也像一名普通的疏勒人那樣崇拜太陽，嚮往太陽了。他向藏書館的老管理員索來一張熟羊皮，研好從中原帶來的墨，用羊毫筆虔敬地抄寫起《阿維斯塔》的一個章節。

他抄寫的是聖書的第三卷《亞什特》：

「在永恆、快似駿馬的太陽升起之前，出現在哈拉山頂的第一位天神身披萬道霞光，最先從壯麗的山頂探出頭來，從那裡俯視所有雅利安人的家園……」

班超剛剛寫到這兒，聽見有人大踏步跑進藏書室，原來是田慮。

田慮氣喘吁吁地說，將軍，朝廷的聖旨到了，快去接旨！

班超扔下墨跡未乾的羊皮，帶著田慮飛奔前去接旨。

藏書館的老管理員顫顫巍巍地走到桌前，看到班超灑脫的字體，不禁頻頻點頭。待墨跡乾了，他便將羊皮文書細心地卷起，鄭重地保存到一個木匣中，與《阿維斯塔》一道收拾起來。

班超接到的聖旨，是朝廷要求他撤離疏勒，前往座落於它乾城的西域都護府鎮守。年底，班超正式出任西域都護，按以往慣例遷駐龜茲它乾城。

臨行之際，班超派自己最得力的助手西域長史徐幹長駐疏勒，以示對這個老根據地的高度重視。

它乾城地處塔克拉瑪干大沙漠與天山南麓之間，雄居在一片綠洲上，原屬龜茲國。班超收服龜茲、姑墨、溫宿、焉耆、危須等國後，為了便於管轄和監視，便從罷免的龜茲廢王尤利多手中接管和占領了該城，作為西域都護府所在地。

作為重要的軍事要塞，它乾城的城牆很高，頂部用石頭砌成雉堞，十分堅固。遠遠望去，整個城堡猶如一頭雄獅。進得城中，看不到壯觀的瓊樓玉宇，也沒有華麗的皇家宮闕，它最重要的建築，是雄偉的西城都護府衙門，除此之外，便是驛館、酒樓、軍營和茶肆。它乾城內常年駐軍為兩千人，全為驍勇的騎兵，能自如對付西域各國發生的叛亂、紛爭、篡位等。每當西域發生戰事，西域都護府便會迅速作出反應。如果駐紮在它乾城中的兩千人的軍事力量還不夠使用的話，西域都護作為大漢駐紮在西域的最高軍事當局，還有權徵調周圍各國的軍事力量。那一年，為了對付一直投靠匈奴而抗拒大漢的莎車國，身為西域都護的班超就是徵調了于闐國和疏勒國的兩萬五千人，與增援莎車的龜茲、溫宿、姑墨、尉頭等國的聯軍展開大戰，迫使其紛紛撤退的。

它乾城的南面是浩瀚的塔克拉瑪干大沙漠，北面是雄偉壯麗、氣勢磅礴的天山山脈。來往於此地的使臣、高僧、商賈絡繹不絕。從它乾城向東，經過尉犁國，沿孔雀河到達樓蘭國，再經過羅布泊的蒲昌國，可達敦煌的玉門關，然後經過酒泉、張掖、武威、長安，最後到達被西方人稱作「賽拉」的京城洛陽。從這裡向西蜿蜒而往，經過姑墨國、溫宿國、烏孫國，可翻過帕米爾，到達貴霜帝國的東部城市費爾干納，再經過粟特到達安息王國的西海岸，直至黑海的東部。所以，它乾城可謂控東西之要衝。

它乾城的街面上，到處是來自粟特、安息、大食、貴霜、希臘等國的商人。他們向中國商隊購買成匹的絲綢、成捆的生絲以及中國產的茶葉、瓷器等。而中國商人則從這些來自西域各國的商隊手中，購進象牙、犀牛角、乳香、龍涎香、珍珠項鍊、薔薇香水、波斯地毯和各種寶石等。

班超在西域的最後歲月便是在它乾城度過的。

§

為了使絲路南道徹底暢通，必須拔除莎車這顆埋在身後的釘子。

莎車位於「絲綢之路」南道要衝，塔里木盆地西緣，東界塔克拉瑪干沙漠，西鄰帕米爾高原，南傍喀喇崑崙山。莎車城地處葉爾羌河畔，東沿沙漠，南緣達「美玉之鄉」于闐，西北經疏勒通大宛，西南經蒲犁可達天竺，是古代東西方陸路交通樞紐。境內河渠縱橫，水草充足，宜牧宜農，是西域諸國中富庶地區之一，為漢與匈奴長期爭奪之地。東漢建武五年（西元二九年），因莎車王「康」抗擊匈奴有功，光武帝封康為漢莎車建功懷德王、西域大都尉，代漢管轄西域諸國。後莎車王降服匈奴。

章和元年（西元八七年），班超又調集各國兵馬兩萬餘人，往擊莎車。

莎車國的國王頗有謀略，早就看出匈奴不是漢朝的對手，決定結好班超，與漢朝建立良好的關係。但是漢章帝封閉玉門關使莎車國王改變了初衷，認為漢朝不值得信任，毅然投向了龜茲國。班超攻破姑墨國後，玉門關也重新開放，莎車國王卻沒有改變想法。

莎車向龜茲乞援，龜茲王遂與溫宿、姑墨、尉頭三國聯兵五萬人，自為統帥，馳援莎車。

班超組織起二・五萬大軍準備出征，莎車國王以姑墨為教訓，採用了新的策略。一面加緊備戰，一面派出間諜帶上奇珍異寶到疏勒國活動，鼓動疏勒國的王公貴族叛亂。這一手果然奏效，疏勒國發生了內鬥，班超無暇出征，全力平叛穩定秩序，莎車國由此贏得了寶貴的準備時間，等來了龜茲等國調遣的五萬援軍，實力由此大增。

班超只有二．五萬兵馬，對方的兵力至少是他的三倍，實力極其懸殊。但班超不改初衷，仍然率軍向莎車國挺進。部下有人建議與莎車決一死戰，但班超明白，己方的軍隊組成比較複雜，不具備與對方死戰的勇氣，不能貿然硬拚，還需智鬥。

班超經過審時度勢，很快有了計畫。

班超對田英等人說：「敵眾我寡，相持起來十分困難，不若知難先退，各自班師回國。于闐王可引兵東行，我從西退回。但是必須要等到夜間，以擊鼓為號令，方可開拔，同時行動，免得為敵所乘。」

此時，有哨兵報導：「龜茲諸國兵馬，已經到來，相距不過數里了！」

與此同時，班超令于闐王等各歸本營，閉壘靜守，聽候鼓號。大家依言退去。

班超進攻莎車時，沿途已抓獲龜茲的數名情報人員，捆綁在帳後。到了黃昏的時候，他故意釋放情報人員，讓他們逃回龜茲。並特意當著這些情報人員的面放出風聲，稱因為與莎車實力懸殊，各國兵士怯戰，紛紛歸國，漢朝已經準備放棄戰鬥了。

龜茲王聽了情報人員的祕密軍情後，大喜過望，親率一萬騎，馬上分兵埋伏，放過各國軍兵，全力截殺班超及其麾下兵馬。並派溫宿王率八千騎兵，向東攔截于闐王。

班超麻痺對方之後，暗地裡召回軍馬，重新組織起大軍，看準時機向莎車國的軍隊發動了猛攻。

此時，龜茲國的援軍都在遠方設伏，軍隊沒有絲毫準備，方寸大亂。

班超登高遙望，只見敵營中人喊馬嘶，料定龜茲、莎車已經分兵，於是返入營中，祕密召集數千精銳，準備停當，等到雞鳴時分，悄悄潛入莎車營前，一聲號令，拍馬突入。

莎車國兵士聽說班超要退兵，早已卸下心防，正在營中呼呼大睡，毫無防備，被班超殺了個措手不及，一下子被斬首五千餘人，莎車王也被生擒。

莎車王見大勢已去，拱手稱臣，遞交了國書。

漢軍盡奪財物牲畜，且令軍士大呼道：「降者免死！」莎車兵無路可走，只好投降。

龜茲國大軍中計，戰機已失，無奈之下只好退回本國。

班超進入莎車王城後，才派人通和全營將士和于闐王。于闐王一夜不聞鼓聲，正覺心神不定，待到班超傳召，才明白班超計中有計，因而格外敬服。其餘各王聽到消息後，也都各自領兵回國了。

莎車再次歸漢，南道遂通。

多次失利的龜茲國不甘心失去在西域的地位，便鼓動另一個西域強國大月氏與班超較量。

大月氏本來與漢朝的關係很好，早年曾經幫助過出使西域的張騫，也曾經幫助過班超。後來大月氏王提出與漢朝和親，遭到拒絕，關係於是冷淡下來了。

龜茲國多方挑撥，誘之以利，做出多種承諾，大月氏王動心了，派遣副王率領十萬大軍討伐班超。

消息傳來，班超麾下的軍士人心惶惶。大月氏國的軍兵驍勇善戰，連匈奴都不敢輕易招惹，如今敵眾我寡，如何抵敵？

面對強敵，班超自有主張，認為大月氏國的軍隊遠道來襲，所帶糧草必然不會很多，只要堅守一月，對方便不戰自亂。

班超派出兵將把能搜集到的糧草全部囤積起來，斷絕大月氏軍隊就地補充糧草的管道。然後加固城牆，深挖戰壕，多預備強弓硬弩以備久戰。

與此同時，班超還切斷了月氏國軍隊與龜茲國的連繫。

大月氏國的軍隊來勢凶猛，準備速戰速決，很快發動了攻擊，但均以失敗告終。

正如班超所料，一個月後，大月氏國的軍糧沒有了，就地搶掠卻一無所獲，只有向龜茲國求助。

班超派人守候在大月氏與龜茲國間的通道上，將月氏國的使者及其隨從一網打盡，首級送回。月氏副王大驚，接連派出三路使者，都被班超截獲，十萬大軍得不到糧草，人心惶惶，絲毫沒有戰鬥力。

月氏副王無奈，只好派出使者向班超請降。班超準備恢復與大月氏國的關係，便接受了月氏副王的請求，為其提供糧草，讓月氏國大軍安然歸國。月氏王十分感激，向班超遞交了國書，每年派人向漢朝進貢。

在班超的不懈努力下，西域形勢對漢朝十分有利，西域各國都敬畏遵從班超，從此再不敢生二心。就是匈奴也聞風震懾，好幾年不敢南下侵犯漢朝邊境。

此後，班超收服龜茲、姑墨、溫宿、焉耆、危須等國。西域大大小小五十多個國家都歸附了漢王朝。

§

西元九五年（和帝永元七年），朝廷下詔，封班超為定遠侯，後人因此尊稱班超為「班定遠」。

離開了疏勒的班超，常常感到寂寞難耐。這種寂寞，既有對中原的嚮往，又有對疏勒的思念。

世間最大的痛苦是思念故土而遙遙無期。

班超久在絕域，覺得自己老了，再也不能在西域耗下去了。

年老思土，葉落歸根，他懂得這一點。

於是，垂垂老者班超上疏朝廷，請求儘快回國。

他只有一個心願：不敢望到酒泉郡，但願生入玉門關！

這是班超的願望，一道玉門關，割斷了念想，阻斷了路途。又是何種力量將心桎梏在家國之外，一忍三十年？

班超在給朝廷的奏章中說，姜太公雖然封在齊國，死後卻安葬在周國。狐死首丘，代馬依風。周國與齊國同在中原，相隔只有千里，太公尚且思戀故土，何況小臣遠處絕域，怎麼能不想念家鄉？

班超說，蠻夷的風俗，歷來敬服青壯，瞧不起老人，如果他再留在西域的話，可能就會讓西域產生輕慢之心。隨著自己年紀越來越大，常常擔心死在他鄉。當年蘇武滯留匈奴十九年，現在臣得到皇上的厚愛，奉命守西域，如果終老於此，也無怨無悔，就怕後人因此不願再出使西域了。臣不敢奢望到酒泉郡，但求能活著走進玉門關！

班超這是「冒死上奏」，是一位將軍的死諫。文人永遠無法對這種為國為民的悲壯、舍家舍親的愴然釋懷。

定遠侯定遠，定遠而忘歸。沉澱太久的思念甦醒，生入玉門關成了班超耄耋之年的最後夙願，青春與疏勒同在的年近七十的老將軍，十分堅定地渴望返鄉。

後來，班超的妹妹班昭又上表章，希望漢和帝能垂憐，召班超生還。班昭當時被稱為「曹大家」，因其夫家姓曹，而「帝數召入宮，令皇后諸貴人師事焉，號曰大家」，即其具體工作是皇后以及眾妃嬪的老師，可見其博學高才，當時的女子無人能出其右。

班昭的請命書從親情、蠻夷習性、國家的利益、班超的身體狀況及回家的迫切願望等方面為班超求情，整篇文章文采斐然，情真意切，行文技巧也顯爐火純青。

班昭首先稱皇家恩典如何浩蕩，我等下臣又是如何惶恐，這是「承恩」。接著她開始述說兄長在西域三十餘年，為國家百戰征伐，如何不懼險死，都是由於「賴蒙陛下神靈，且得延命沙漠」，這是「表功」。然後陳述兄長的身體狀況如何糟糕，若是域外再起戰亂，恐怕力不從心，這是「泣苦」。再下來引經據典，以證明班超還朝既合禮法，又顯皇家聖恩，這是「循禮」。最後又用趙括之母的故事向皇帝做出某種暗示，表明事情將來會演變到何種程度，這是「示禍」。五個要旨一氣呵成，如行雲流水，文至意達，是一篇非常出色的公關文章。

班昭的話已說到這個分上，皇帝劉肇也覺得如果再拒絕班超回朝的請求，於情於理都似乎說不過去，於是下詔，讓班超還朝。

班超收到回朝的詔書後，激動萬分，但仍保持著一個大政治家應有的遠見與敏感，並沒有因此而對離任後的善後事宜有絲毫放鬆。一切安排妥當後，班超準備啟程了。

鬍鬚花白的班超站在它乾城的城樓上，引頸遙望他駐守了十七年的疏勒，渾濁的眼中有許多不捨。

他愛疏勒。當初在進入這座繁華的中亞古城的那一刻，他就深深地愛上了它。他不忍離開它。它渾身上下有一種神祕的氣息，即便班超在西域鎮守了三十一年，在疏勒生活了十七年，也無法完全領略這種神祕。神祕是因為它處於東西方的十字路口，在天山以南的所有城市中最大、最繁華、也最富傳奇色彩。當年違旨留在西域，也是因為喜歡上了這種氣息。班超看到，那些穿越了沙漠、翻越了帕米爾高原的商隊，正依次進入疏勒休整，東西往來的商人在這片綠洲交換雙方的貨物。沒有哪一件貨物是一口氣運到長安或羅馬的。在絲綢之路沿線的一系列城市中，這些貨物如同接力一般進行交換、集中，然後重新上路，疏勒無疑是其中最大的集散地。

班超感到一絲欣慰，他就像疏勒的一個節點，通過他，東西方的貨物才開始不間斷地流通。

於是，疏勒成了絲綢之路的一個終點，又成了一個起點。

他希望暢通的氣息能在絲綢之路上保持得時間久些、更久些。

班超終於狠狠地收回自己的目光，就像把自己的全部心事都收入囊中一樣。

他的赤炭火龍駒在城樓下仰首嘶鳴，不停地噴著響鼻，舔食著它乾城的鹽鹼地。這裡是赤炭火龍駒的故土，牠不願離開。

赤炭火龍駒和班超一樣，也在疏勒的大地上馳騁了三十一年。牠熟悉這裡的一切，包括帶有濃厚羊膻味的氣息。但是，他們得離開疏勒了。

臨走的這一天，疏勒人載歌載舞，簞食壺漿，歡送這位深受他們愛戴、擁護的大使。

此時，從洛陽到疏勒的普通商旅行程大約需要四個月時間，而以西域都護身分統領西域的班超一行回到首都洛陽，在路上用了近兩年時間。

永元十四年（西元一〇二年）八月，班超回到洛陽，朝廷任命他為射聲校尉。

「射聲校尉」是漢武帝朝設置的八校尉之一，俸祿二千石，與列卿和太守是一個級別，主要職能是「掌待詔射聲士」，即此職掌握的是皇帝的狙擊部隊。所謂「射聲」，是指善射者於聞聲便能射中目標；所謂「待詔」，是指必須要有天子詔命才能發射。

班超平素便患有疾病，病的名字叫「匈脅疾」。回朝後，病症加重。皇帝專門派侍奉皇帝及其家族的太監前往慰問，賜給醫藥。

同年九月，班超逝世，時年七十一歲，葬於洛陽北邙山上。

一代名將得以善終。風過無痕，塵埃落定。

第十六章

對帕米爾太陽的嚮往，是疏勒國永恆不變的傳世法則。

疏勒人心目中的保護神、太陽神，用它的光芒與靈光庇護了人類。後人對帕米爾的嚮往，其實就是對太陽的嚮往。

現在，一隊唐朝的軍人，就要沿著班超當年收回的目光，前往帕米爾高原，走近距太陽最近的地方。

唐朝軍人的領隊，名叫高仙芝。

高仙芝是高句麗人，出身於將門之家，長得姿容俊美，且善於騎射，驍勇果敢，引領著一時風尚，唐朝的少年軍人，無不以之為榜樣。

高仙芝最初跟隨父親高舍雞到安西駐軍，因父親征戰有功，被授予遊擊將軍，並與父親班秩相同，當時他只有二十餘歲。他先後在安西四鎮節度使田仁琬、蓋嘉運手下任職，但未受到重用。後來夫蒙靈察擔任節度使時，發現了高仙芝的才幹，從此不斷提拔重用，官至安西副都護、四鎮都知兵馬使。

安西四鎮是決定唐在西域的統治能否存在的關鍵，四鎮存，則西域存；四鎮失，則西域失。特別是疏勒鎮，地位更加重要，疏勒失，則塔里木地區北沿及帕米爾盡失。

高仙芝從安西拔營，率領軍隊，浩浩蕩蕩進入疏勒國。

此時的疏勒國，和班固鎮守的疏勒國相比，擁有更多的軍、鎮、烽、燧、守捉、戍等軍事機構，以及卡倫、哨所等軍事設施，疏勒的戰略地位更為重要。它此時像一隻警惕的獵犬，時刻留意著帕米爾高原另一側的動靜。

唐代中央政府對疏勒地區非常重視，在漢代疏勒國國都的遺址上，設立了最高行政機構疏勒都督府，並在控扼南部平原與北部山區的要道和咽喉之地，設立了最高軍事機構疏勒鎮，使之成為一夫當關、萬夫莫開的關隘。

一路之上，經歷無數征戰的高仙芝不禁頻頻點頭——朝廷果然高明無比，整個疏勒已經成為防止北部山區突厥部落南侵塔里木盆地農耕諸部的要塞，同時，也是阻止南部吐蕃集團進入天山山谷的要道。

而現在，最大的威脅來自南部的吐蕃集團。

高仙芝的重要使命，就是給予強硬的吐蕃人以精確而致命的打擊，消除邊患。

高仙芝進入疏勒，安頓下兵馬，便在疏勒守捉使趙崇玭的陪同下，急切地來到疏勒藏書館。

他早在河西走廊駐軍時，就聽父親不止一次談起過疏勒藏書館。

父親當初帶著一種嚮往的口氣說，漢代大將班超創立的疏勒藏書館，不僅收藏書籍和文書，還收藏一切具有檔案性質的事物，比如，行軍打仗時的各類權杖、歷次戰役的重要戰利品等等。所以說，疏勒藏書館既像圖書館，也像一個軍事陳列館。

整個西域大地，特別是塔里木盆地，因為有了疏勒藏書館，才有了自己的記憶，有了回憶過去的根系。

父親說，只有讀過疏勒藏書館中藏書的人，以及見識過疏勒藏書館兵戈箭矛的人，才有可能真正走進疏勒。而走進了疏勒，才有可能真正懂得西域。

父親還說，走進了疏勒藏書館，一定要拜讀疏勒藏書館的鎮館之寶——瑣羅亞斯德教的聖書《阿維斯塔》。

父親嚴肅地說，雖然我們不一定信奉瑣羅亞斯德教，但是入疏勒者，一定要對《阿維斯塔》頂禮膜拜，因為它是古老的疏勒文化的一個縮影。而越古老的東西，就越有神性，哪怕它只是一本書。

起源很早的瑣羅亞斯德教曾被西域各國廣泛定為國教，《阿維斯塔》神話在塔里木盆地廣為傳播，深入人心，它闡揚的基本教義是善惡論。《阿維斯塔》原本所藏位置不詳，疏勒藏書館所藏《阿維斯塔》是用金字抄寫在牛皮上的。

高仙芝懷著崇敬的心情走進疏勒藏書館高大的宮殿式建築內。經過幾個朝代的發展，疏勒藏書館已經從當初的一個小院子變成了很有氣勢的一個古老建築群。見證了疏勒藏書館歷史的，是院中那棵古老的胡楊樹。它生長了上千年，但是仍然枝葉茂密。

管理疏勒藏書館的已經是一大群學富五車的博士生，他們大都有留學中原的經歷，懂得如何保管文冊。

看到身佩寶劍的高仙芝，疏勒藏書館的管理員面露不悅。他們要求他解下佩劍，並且要脫下靴子，赤腳上樓去。

疏勒守捉使趙崇玭對管理員說：「這是大唐的將軍，他要阻擋吐蕃人弄髒克孜勒河的水。他是我們的朋友，你能這樣對待我們的朋友嗎？」

看上去非常木訥的圖書管理員眼珠子彷彿固定在眼眶中一般，機械地搖搖頭。

趙崇玭生氣地說：「你難道沒有聽老人說過嗎——嬰兒是屋子裡的明燈，友誼是幸福的明燈。高將軍是我們尊貴的朋友，他可以佩劍進入藏書樓！」

圖書管理員繼續搖搖頭。巧克力色皮膚和淺灰色眼睛把他搭配得像一個毫無生氣的人。但是，他看上去一定要信守規則。

趙崇玭剛想發作，高仙芝卻攔住他，順從地解下佩劍，脫下靴子，放在門口。

趙崇玭見狀，只好跟著解下佩劍，脫下靴子，放在門口。

他們順著木樓梯吱吱嘎嘎從一樓邊走邊看，一直走到三樓。

陽光從木樓的縫隙中投射進來，細密的塵埃在書架間輕輕飛舞。

這塵埃顯得異常厚重，因為它積澱了數百年，是歷朝歷代塵埃的總和。

經過無數層密密麻麻整齊排列的書籍，現在，展現在高仙芝面前的，是一個巨大的檀香木櫃子。

幾十卷羊皮書整齊地放在檀香木櫃子裡，金色的字跡閃著誘人的光澤。

是《阿維斯塔》！

高仙芝雖然現在並不信奉，將來也不打算信奉瑣羅亞斯德教，但是這麼近距離地看到該教的聖物，仍然感到激動萬分。

他禁不住單膝跪地，虔誠地打開一冊文書，輕聲讀了下去。

還好，這部金字抄錄的《阿維斯塔》居然全部用漢文抄成。很顯然，抄錄此書的人有留學中原的功底，一管金色毛筆字寫得極其挺拔和幹練。

此書的文字比較艱澀，高仙芝讀了兩頁，沒辦法繼續讀下去。他慚愧地搖搖頭。

就在他準備換上另一冊文書時，木櫃子最上邊「啪」的一聲，掉下另一卷文書。

塵埃更加細密地在館中飛舞。

高仙芝彎腰小心地撿起書來，發現這是一卷羊皮文書，比《阿維斯塔》更輕，也更新。打開一看，是用墨跡寫成的《亞什特》，散發著一股潮溼的氣息。

高仙芝正要研究這卷羊皮文書究竟是何人所留，這時，那個木訥的疏勒藏書館的管理員在身後說：「將軍，這是班超將軍的手跡。」

「班超班將軍？」

「是的，班將軍，他被稱作西域萬王之王。」

「你怎麼可以確認這就是班將軍的手跡？」

「將軍，我家世代管理疏勒藏書館，班將軍的手跡是看管的重點。班將軍當初離開疏勒時，留下一個心願。如果有哪位漢朝的大將奉命攀上帕米爾，更近地接近太陽時，請帶上這冊文書。我們世代一直把班將軍的這一心願口口相傳，但幾百年過去了，至今還沒有一個人替班將軍完成這一心願。」

高仙芝很吃驚，疏勒藏書館的管理員祖祖輩輩堅守在這裡，居然堅守出了這等令人肅然起敬的氣節。

高仙芝對班超離開疏勒時的心願十分感興趣。

他打開羊皮卷，只見上面寫著這樣一段話：

「在永恆、快似駿馬的太陽升起之前，出現在哈拉山頂的第一位天神身披萬道霞光，最先從壯麗的山頂探出頭來，從那裡俯視所有雅利安人的家園……」

一瞬間，他以一顆將軍的心，迅速明白了這位漢代大將的心思。

他是想站在帕米爾之巔，向四周眺望啊！

那裡距離太陽很近很近。

高仙芝說：「吐蕃人正在教唆小勃律翻越帕米爾，要在克孜勒河邊飲馬。一旦讓他們得逞，疏勒的樹便是吐蕃人的樹，疏勒的女人也是吐蕃人的女人，我們不能坐視不管。現在，我就要翻越帕米爾，前去征戰小勃律。班將軍的願望，我一定替他實現！」

疏勒藏書館的管理員聞言，「撲通」跪到地上，大聲說：「既如此，請受小人一拜！」

§

炎炎烈日之下，一萬名整裝待發的士兵列陣站在疏勒國南門外的大校場上。他們身著明光甲，各執陌刀，包括戰馬在內，全都保持著肅靜。偌大的一個校場，竟然毫無聲息。

這是高仙芝率領的安西軍，將要奉旨討伐小勃律。

安西四鎮為龜茲、疏勒、于闐、焉耆，安西都護府則座落在龜茲。隨著大唐帝國的興起，同時代也有兩個強國正在悄悄崛起，一個就是青藏高原上有史以來最強大的帝國吐蕃帝國，還有就是中東崛起的阿拉伯帝國。

小勃律地處帕米爾要衝，西域諸國入朝獻貢，必然經過此處。如今小勃律投向吐蕃，使西域與中原的連繫中斷，動搖了唐朝在西域的統治根基。吐蕃更可借小勃律直接威脅疏勒、于闐二鎮。大唐將士逢此危難之時，無不群情激昂，只期早日平定小勃律。

站在疏勒南門外的大校場上的唐朝軍人，只待高仙芝一聲令下，就可開拔小勃律。

這支軍隊中，還有數目眾多的疏勒軍。

疏勒軍直接歸安西都護府控制。位於天山以南的安西都護府轄境內，分設以龜茲為中心的北道防線，和以于闐為中心的南道防線，兩線在西端又總匯於疏勒。

此時的疏勒，除有疏勒鎮所轄的常規性地方部隊外，還有作用相當於野戰部隊的疏勒軍，常備兵力最盛時可達萬人以上，兵員大半來自內地，其餘不足部分由西域各地少數民族士兵補充。疏勒軍設正、副軍使統率，鎮設鎮守使，其下又有城（設城主）、守捉（設守捉使）、堡（設堡主）、戍（設戍主）、烽（設烽帥）和驛（設驛長）等一系列有嚴密組織的軍政機構，有效地執行著唐朝中央政府的軍政命令。除以上那些正規軍政組織外，由原來疏勒王擔任的大都督，還直接領導著一支由本地少數民族士兵組成的地方軍隊，其軍事長官稱「藩落大使」，同樣也接受安西都護府的調遣，但主要責任是維護地方治安。

統率疏勒軍的將領是著名的陌刀將、疏勒守捉使趙崇玼。

三天前，趙崇玼奉命徵調兩千名疏勒軍與高仙芝率領的軍隊匯合。他為疏勒軍訓話，稱自己的軍隊是塔里木盆地上的雄鷹，一定要擔負起守衛唐朝西陲的重任。

疏勒軍團是一個重裝步兵和騎兵混和的兵團，人人手執明光閃閃的陌刀，他們已經熟練地掌握了陌刀的用法，並把這種雙刃、柄長四尺、重約五十斤的兵器訓練得像自己身體的一部分。

疏勒軍團還配備有儀刀、障刀和橫刀，分為弓手、弩手、駐隊、戰鋒隊、馬軍、跳蕩和奇兵等多個兵種。在趙崇玼的調教下，疏勒軍團進退有序，像雪山的神鷹一樣，越是困難的時候，就越顯出強大的戰鬥力。

每當戰鬥開始，敵人尚在一百五十步以外的時候，弩兵就開始射擊；敵人推進到六十步左右的時候，弓箭手開始射箭；敵人攻入二十步左右的時候，弓弩手發箭後執陌刀、棒等與戰鋒隊匯齊奮擊。己方重裝步兵與敵方步騎兵短兵相接後，奇兵、馬軍和跳蕩軍皆不准輕舉妄動，如果前方步兵的戰況不順利，跳蕩、奇兵和馬軍方可出擊，重步兵則後退整頓後準備再援。如果跳蕩、奇兵和馬軍進攻不利，所有的步軍包括陌刀手、防禦弓矢等遠端武器、盾牌手，以及手持短兵器的輕步兵必須配合騎兵同時作戰。敵軍退卻，騎兵不得輕易追擊，必須確認敵人真正潰敗後，才能相繼掩殺。

趙崇玼看著疏勒軍團如林一樣豎起的長柄陌刀，感到信心百倍。他瞭解自己手下的軍人，他們手中的陌刀，會像牆一般推進，正面絞殺敵軍有生力量，敵軍往往在陌刀重步兵的絞殺下人馬俱碎。在很多戰役中，疏勒軍團的陌刀如牆推進戰術，創造了陌刀的神話。

這樣一支以一當十的強大的疏勒軍隊，就要在趙崇玼的指揮下，為高仙芝充當急先鋒了。

高仙芝手按長劍，身披龍鱗鎧，肩後繫著大紅披風，一步一步走上點將臺，慢慢轉過身來。

眼前的這一萬名軍人，是高仙芝親自從安西軍隊中挑選出來的。安西大軍號稱擁兵十餘萬，其實大多是各屬國的番兵。都護府轄下，僅有大唐本部軍馬兩萬四千人。此次出征，高仙芝只點了一萬精騎，其餘兵馬都留下來鎮守安西，以防大食等國趁虛而入。

眾將認為小勃律是高山之國，易守難攻，並且有吐蕃大軍進駐，一萬兵馬出征恐怕太單薄了。高仙芝明白小勃律難以征討，前三任安西都護都曾經取之不下。但安西軍旨在鎮撫西域，不可因小失大。此去討伐小勃律路途遙遠，人馬太多不利於急速行軍，況且一路上還有各鎮州城兵馬可供徵調。兵貴神速，高仙芝決心以一當十，儘快拿下小勃律。

站在點將臺上的高仙芝雄視著一萬勇士，遲遲沒有說話。他的神情中隱藏著驕傲與自豪。他為擁有如此勇猛雄壯的軍隊而驕傲、自豪。多年來，高仙芝就是靠著這些精兵強將威鎮西域二十餘國，北抗突厥，西敵大食，南征吐蕃。眼前的鐵騎雄師，是他賴以縱橫西域的利器神兵。

「溥天之下，莫非王土，率土之濱，莫非王臣。我大唐開國以來，征伐攻掠，無往不利，邊荒小國，俱俯首稱臣。大唐國威，盛於四海！」

說到這裡，他又掃視了一遍大軍，「如今卻有小勃律，依附吐蕃，蔑禮不臣，更窺伺我大唐疆土。如此狂妄小國，當不當伐？」

「當伐！」一萬人軍士發出了震天動地的吼聲。

「如此無禮之君，該不該殺？」高仙芝又大聲問。

「該殺！」吼聲繼續在疏勒上空激盪。

「既如此，你等當隨我遠征小勃律，破其城池，奪地問罪，以揚皇帝陛下的不世威名！」高仙芝高聲喊道。

眾人都齊聲應道：「願隨將軍出征，建此奇功！」

高仙芝滿意地頷首，又命段秀實宣讀了大唐軍令，即七斬律。記有：聞鼓不前者，斬！鳴金不退者，斬！不遵上令者，斬！謊報軍情者，斬！貽誤軍機者，斬！禍害百姓者，斬！私通投敵者，斬！凡犯以上七律者，無論貴賤，定斬不赦！

一萬個聲音齊聲應答：「願遵將軍法令！」

高仙芝於馬上調撥軍隊，令斥候營五百騎，立刻出發前往撥渙城；虎賁營一千騎和龍驤營一千騎在斥候營之後出發；步軍三千人由段秀實率領，午時前出發；跳蕩營、玄甲營、弓弩營以及都護府內衛隊跟隨高仙芝午時後進發；封常清代行都護之職鎮守安西。

一切安排停當，唐軍疾騁出校場，向著南面的大戈壁馳去，消失在戈壁深處。

小勃律地勢高險，氣候寒冷，唯有夏秋兩季才見轉暖，當下是四月末，出征正當此時也。此次用兵，朝廷特地派了邊令誠作為監軍。

高仙芝擔心的是大軍出動以後，北方的突騎施部落與西面的大食軍該如何應付。安西乃唐軍根本，萬不可有失。部隊開拔前，他派快騎到大宛和康居兩處都督府，嚴令其密切監視大食形勢，如有異動，速速回報。並函復北庭都護王大人，讓他西線屯兵，以為策應。

高仙芝將全軍分作三路，命疏勒守捉使趙崇玭統三千騎出北谷，撥換守捉使賈崇瓘自赤佛堂進軍，高仙芝與中使邊令誠自護密國入，約定七月十三日辰時在吐蕃所據連雲堡會師。

高仙芝的大軍走在帕米爾之上，地勢漸漸高起來了，山脈從地平線處延伸出來，巍峨的山影慢慢變大，沙漠終於被拋在身後，草原開始顯露出迷人的風光，所有的人都興奮起來，加快了速度，向著前方趕路。

傍晚時分，全軍抵達了喀拉崑崙山脈的腳下。

喀喇崑崙山脈的名字來源於突厥語，意思是「黑色岩山」。

在高仙芝的眼中，喀喇崑崙山脈不是普通的雪山，因為它的山體上遍布著嶙峋峭立的黑色岩石，山頂上覆蓋著終年不化的皚皚白雪，簡直就是死亡之山。

當喀喇崑崙山脈慢慢出現在高仙芝的視線中時，這位原高句麗人感到了恐懼。他的軍隊只攜帶著武器與最簡單的補給，卻要義無反顧地踏進這片讓人恐懼的山脈，去征服雄踞在那裡的敵人。

身長七尺、膂力絕眾的趙崇玭也感到一絲恐懼正向自己襲來，他於是向高仙芝建議讓軍隊暫緩前行，找一個合適的地方安營紮寨，休整軍隊。並且要禁止士兵飲酒，節縮食量，派人尋找合適的水源，讓每個人每天保持一定量的飲水，以維持軍隊的戰鬥力。

部隊駐紮下來了，眼前是一望無際的草原，黃色的帳篷像羊群一樣遍布在草原之上。高揚的軍旗在朔風中激烈飄蕩，不時有號角聲響起，打破了高原的寧靜。

軍營悄悄進入夢鄉時，高仙芝獨自走出轅門，在黑暗中望著遠處雄偉的山脈。這裡是帕米爾高原的心臟地帶，不用說，他們已經在距離太陽最近的地方了！

但是現在，高仙芝只感覺到了寒冷。面前的山脈頂端，是終年不化的積雪。冰川發源的區域和冰川的最高部分，都在潔白如銀的月光中浴中，但那深不見底的山谷中卻如漆一般黑。

高仙芝覺得，他和頭頂的星宿只差了一步，他舉起手，甚至好像可以摘到月亮！

第二天，帕米爾的太陽早早地升起來了，雪山反射出刺目的光芒，萬道金光使高原如同籠罩在某種神祕的諭旨之中。

高仙芝和他的軍隊此時心頭為之一震。

高仙芝從懷中掏出班超手書的《亞什特》，當著士兵的面大聲朗讀起來：

「在永恆、快似駿馬的太陽升起之前，出現在哈拉山頂的第一位天神身披萬道霞光，最先從壯麗的山頂探出頭來，從那裡俯視所有雅利安人的家園……」

士兵們在四周發出震耳欲聾的歡呼聲。

然後，高仙芝張弓搭箭，把那張羊皮文書向雪山頂射去。一聲呼嘯，班超的手跡便消失在帕米爾高原的最深處。

高仙芝的軍隊，要沿著一條細如游絲的山路而上，去攻打小勃律的要塞連雲堡。七月的高原顯得特別清涼，絲毫沒有夏季的影子，似乎春風被遠遠地卡在了天山之東。到了山頂，氣候恐怕會變得更加寒冷。士兵們能不能經受得住寒冷的考驗，是高仙芝最擔心的一個大問題。這裡已經遠離了安西，他們僅靠附近的護密國、識匿國補充物資，等到大軍開到連雲堡後　糧草輜重的供應會更加緊張。

高仙芝清楚，小勃律的軍隊倒不足為慮，但勇猛異常的吐蕃人一向慣於在高山作戰，戰鬥力遠遠超過唐軍的想像。此前倒不曾料到小勃律王如此大方，不光迎娶了吐蕃公主，還肯讓吐蕃人的軍隊開赴到他的北方來防守連雲堡。小勃律反唐，看來是鐵了心了。

大軍繼續在群山峻嶺之間蜿蜒前行，由於沿途各鎮兵馬的加入，隊伍逐漸擴大到近兩萬人。為了加速部隊在山地行進的速度，高仙芝命令將一部分軍馬留在山腳的大營中，只保留少數作為軍官們的坐騎和馱運物資的腳力。

地勢越來越高，士兵們的呼吸有一點困難，越來越多的人在行進中放慢了腳步，靠在一旁的山石上休息。甚至有人在沒有任何前兆的情況下突然倒地，陷入了昏迷。

檢校醫官迅速把這一情況報告了上來，高仙芝眉頭緊鎖，緊緊捏著手裡的馬鞭思量許久，轉頭問醫官：「有昏暈症的兵士大概有多少？都是哪些部隊的人？」醫官回答說：「目前大約兩三千人，數量還在繼續增加。出現暈症的大都是沿路加入的各鎮兵馬，常居此處的護密國、識匿國部隊受到的影響不大，安西本部兵馬也有少數人出現這種症狀。」

高仙芝道：「傳令下去，凡自覺不適者，可隨後慢行。身體無恙者，繼續行軍。」

監軍邊令誠的呼吸也變得極其困難，他不滿地說：「應當讓部隊停下來休整，這樣下去會不戰而敗的！」

高仙芝並不理會邊令誠的建議，他威嚴地說：「我們首先要考慮的是時間，而不是生病的人！眼下我們已經踏進了小勃律人的土地，進入了虎穴，如果一天之內趕不到連雲堡，小勃律很快就會知道我們的行蹤，不但連雲堡的防守將更會固若金湯，甚至吐蕃人也會派遣大軍增援小勃律，那時候，我們就只能束手待斃了！」

一天時間的急行軍，兩萬人的大軍中有近七千之眾被落在了半途中。

天色漸漸暗了下來，當一萬兩千多唐軍在艱苦的行軍後到達連雲堡前時，所有人都被這個險要的幽隘驚呆了。

只見在綿延不絕的山脈之上，高聳著兩座並列的山峰，一條細若絲線的夾縫從山峰間通過。這條夾縫，就是吐蕃通往小勃律國的唯一通路。而連雲堡如同一隻踞伏在側的黑色怪獸一樣橫亙在通路面前，它三面環山，北臨婆勒川。寬闊高大的堡壘圍牆一直延伸到東西四五里之外，高高的石牆像周圍的山壁一樣陡峭直立，即便飛鳥也難以逾越。在連雲堡的下方，則是奔騰湍急的蒲赤河，每年這個時候，四周山峰上的積雪都會融化，雪水匯聚到蒲赤河裡，使河水高漲，低頭一看，人的頭腦就會發暈，它像連雲堡的另一道天塹，護衛著這條吐蕃通往小勃律國的唯一通路。

當晚，高仙芝的大軍在蒲赤河的北岸紮下營來。

§

此時，連雲堡中的吐蕃守軍僅有千人。不過吐蕃又在城南十五里處因山為柵，駐紮了兵士八九千人。高仙芝統一率領的一萬軍馬，到達連雲堡的有九千；另外還有三千多人，大都是護密國和識匿國的部隊。他們到達蒲赤河北岸時，小勃律人和吐蕃人毫不知情，他們絕不會料到，唐軍在高原上行軍居然會如此神速，就像神兵天降。

但是，蒲赤河水暴漲，唐軍無法渡河。

中軍大帳內燈火通明，高仙芝和部將都在研究一張簡略地圖。這是到達連雲堡之後，高仙芝派人登上高處臨摹下來的。

趙崇玭說，他已親自探查過蒲赤河，河水很深，且水流湍急，滲入肌骨，要想渡河非常棘手。

高仙芝指著地圖中一條蜿蜒曲折的粗線，眉宇間透著一股英氣，果斷地說：「後面的兵馬不用等了，已經到達的兵士每人自備三天乾糧，今晚我們必須強渡蒲赤河，在南岸列陣，務必於明天一早強攻連雲堡！」

在場的人都大吃一驚，以為高仙芝發狂了，沒人敢相信他會下這樣的命令。

邊令誠說：「還是等後面的人馬會齊後，一併商量進攻之事為宜。眼下這一萬餘疲憊之師面對的是一萬多以逸待勞的吐蕃人，以疲憊之師強攻高牆堅壘的連雲堡，多有不測啊……」

高仙芝打斷邊令誠的話說：「邊大人，你是皇上派來的監軍，宜以勵兵督戰為要，戰務之事，本帥自有主張，不敢有勞大人。倘若戰事不利，邊大人再向高某問罪不遲。」

邊令誠碰了個軟釘子，滿臉尷尬地起身悻悻而去。

高仙芝又把目光投向地圖上指示蒲赤河的那條線，沉思良久。

趙崇玭說：「都護大人，我去蒲赤河沿岸走走，刺探一下渡河的地點。」

高仙芝默許之，仍在研究那張地圖。

趙崇玭從陌刀隊中點出五十名士兵，一隊人馬跨上坐騎，順著蒲赤河溯流而上。一路行來，蒲赤河水流湍急，根本沒有平緩之地。高仙芝向來言出如山，他決意要今夜渡河，便一定會渡河，不會留待明日。

可是，到底該從哪裡渡河呢？趙崇玭專心勘察河面，尋找水流緩和的地段，但是一無所獲。他不由得一籌莫展起來。

忽然，走在前面的陌刀手大喊：「什麼人？」

聽到喊叫，十餘騎陌刀手一齊策馬前馳，越過趙崇玭的坐騎，從深可及腰的草叢中提出一個人來，狠狠地摔在地上，那人痛得禁不住叫出聲來。

趙崇玭打眼一望，那人身著長袖寬領的白色大袍，袒露右襟，頭髮用絲綢紮成辮子，看上去狼狽不堪。

眾人驚呼，原來是一個吐蕃人。

陌刀手紛紛下馬，四散深入草叢搜索，以防附近設有埋伏。

趙崇砒走到前去，一手攥住那人胸襟，便將他提了起來：「蠻子，你的死期到了！」

那人嚇得雙腿篩糠，不停地說著什麼，但趙崇砒一句都聽不懂。

趙崇砒朝身後大喊：「懂吐蕃語的快過來！」

一名陌刀手飛奔而來，充當臨時翻譯。

被縛的那人央求趙崇砒鬆手，連連聲稱自己不是吐蕃人。

趙崇砒一怔，追問道：「你既然說自己不是吐蕃人，那你可是小勃律人？」

趙崇砒的目光看上去凶神惡煞，那人慌忙點頭稱是。

趙崇砒繼續盤問那人：「你在此處何干？可是刺探我軍軍情？」

那人驚恐已極，連連招供：「我家原住北岸，前日被連雲堡中的吐蕃兵趕到南岸，說是此處即將開戰，須遠循才是。我在南面的山裡住了幾天，擔心家裡一些未及收拾的財帛被敵軍擄去，就從南岸悄悄潛了回來，不曾想遇到了幾位大人。大人開恩，放過小人。小人決計不是什麼吐蕃人的探子。」

趙崇砒心頭一震：「什麼？如此急湍的蒲赤河，你居然能獨自潛過來？」

那人肯定地點了點頭。

趙崇玼大笑起來，命令陌刀手將小勃律人押回大營，交由高仙芝親自處置。

高仙芝打量著地上跪著的那個袒露右襟的小勃律人，淡淡地問：「你果真是小勃律人？可是住在蒲赤河畔？」

那人匍匐在地上，絲毫不敢亂動，誠惶誠恐地說：「大人明鑒，小人名叫格列，真的是小勃律人，住在連雲堡上游五里處的北岸……」

高仙芝又問：「你是何時渡過蒲赤河的？」

格列簡短地答道：「昨夜。」

高仙芝暗暗一驚：「昨夜？蒲赤河水如此之急，你是如何渡過的？」

格列說：「蒲赤河一年四季水流湍急。只有我們這些本地人才知道，其實這河水都是從山上流下來的，是山上的冰川所化。到了夜裡，天氣就會轉寒，冰川也就重新凍結起來。河水斷了源頭，水流就會大大減弱。此去上游兩里處，有一段河床比較寬闊，午夜後那裡河水就只有齊腰深了，水流不急，人是可以過去的。」

高仙芝大喜，下令立刻召集各位將軍議事，特別是識匿國和護密國的軍隊對渡河大有用處。

格列還跪在地上，趙崇砒伸手去抓格列的胳膊，要把他押下去，格列卻恐懼地叫喊起來：「大人！不要殺我！不要殺我！」

趙崇砒恐嚇他道：「死到臨頭還這麼多廢話！」抓住他的臂膀就往外拖。

格列此時已知道面前的人是大唐的軍官，與吐蕃、小勃律都是敵人，於是整個人都癱了下來，哭叫著：「大人不要殺我啊！我去過孽多城，我可以給你們帶路！不要殺我！」

孽多城是小勃律的國都，勃律王所居之處。高仙芝聽到後喚住趙崇砒，板著臉問格列：「你真去過孽多？你可知道去此地的路徑？還有哪些關卡？」

格列頻頻點頭，高仙芝面露喜色，吩咐把格列帶到後室好生看管，財物伺候，不可怠慢飲食，他日必有大用。

凌晨過後，氣溫降低，冰川雪水明顯減弱，蒲赤河的水位線下降了！

當河水降至腰部時，高仙芝下令，強渡蒲赤河。

「長風飛兮旌旗揚，大角吹兮礪刀槍……！」

高仙芝所部在震天的號炮和〈大角歌〉歌聲中開始拔營，迅速渡過了蒲赤河，以至「人不溼旗，馬不溼韉，已濟而成列矣」。渡河成功，他們立刻攻打連雲堡。

葛邏祿部作為攻擊力量的第一波，約一千人的隊伍以分散隊形向上仰攻。

吐蕃守軍未料到唐軍如神兵天降，大為驚駭，慌亂中只能依山拒戰，滾木礌石如雨而下，聲勢驚人，不可攀登。以高仙芝的經驗，由此知道守軍作戰經驗不足，並且有些臨陣膽怯，因為在半山進攻的軍隊隊形分散，這時滾下的檑木及巨石對攻方殺傷性不大。葛邏祿部已攻近營柵，忽然被一陣密集的箭雨射倒一大片，阻止了唐軍的整個攻勢。葛邏祿部士兵稍事休整，便用巨人的牛皮牌擋在陣前，形成一道遮擋箭雨的屏障，並緩慢向山上推進。

為了儘快拿下連雲堡，高仙芝急令吐火羅部從另一側進攻。山上守軍正全力推檑石、射箭攻擊葛邏祿部，完全沒有料到吐火羅部從另一側撲了上來，一時慌了手腳，整個城池的防禦瞬間崩潰，葛邏祿部與吐火羅部會師山巔，追殺無路逃竄的敵軍。

高仙芝命疏勒守捉使趙崇玼為陌刀將，手持一旗，領陌刀手自險處先登，奮力殺去，與吐蕃軍力戰，自辰時至巳時，大敗吐蕃，斬首五千級，俘虜千餘人，其餘的人都潰逃了。唐軍繳獲戰馬千餘匹，衣資器甲數以萬計。

連雲堡成功攻克，唐軍奪取了重要的據點。

§

連雲堡是小勃律的門戶，此前三任節度使帶領數萬軍馬攻打都沒有打下來，今天被高仙芝打下來了，應該算是大勝。

部下有人提議舉行慶功大會，高仙芝沒有理會。沒有猜得到他心裡正想著什麼。

高仙芝的眼睛幽幽地望向遠處的雪山，一字一頓地說：「連雲堡，區區小勃律之門戶耳。汝欲取敵之國，方踏足於其門戶，即止步而彈冠乎？」

當高仙芝像鷹一樣高遠的目光穿過雪山，投射到無人知曉的另一側時，他手下的將士被默許自行慶祝勝利。於是大營內篝火遍地，像是點燃了士兵們體內的激情，一張張粗糙生硬的臉透出紅潤和張揚，像風中獵獵飄揚的戰旗。處處是醉酒的呼喝聲和輕快的歌舞聲，晚上，高原的風吹來，帶著一些迷離的曖昧。

風過處，遠處傳來士兵們的歌聲：

駱駝的鈴聲，
在我耳邊打開綠洲；
溫柔的風兒，

在我眼前扯開風景；
戰馬的蹄聲，
不如家鄉的流水動聽；
擂動的戰鼓，
不及家鄉的琴聲。
看那月兒明，
惹我心惆，
彷彿聽見有人喚我姓名，
只得對人應。
遙遠的故鄉啊，
你在何方？
你在何方？
彈斷了最後一根琴弦
也沒見到你的模樣……。

勝利使士兵們開始思鄉，軍營籠罩在一片淡淡的思鄉之情中。

一場突如其來的瓢潑大雨劈頭蓋臉地落在婆勒川大地，雨水洗刷著沉澱在婆勒川大地上的血汙，湍急的蒲赤河中滲入了殷紅的血水。

邊令誠在連雲堡的宮殿裡望著窗外的雨簾，無聊地把玩著手裡的一串崑崙玉石，大罵高仙芝是高麗奴才，不該下令翻越坦駒嶺。

邊令誠也不知道高仙芝到底在想什麼，在邊令誠看來，三任節度使沒有拿下的連雲堡已經到手，足以向朝廷交代了。於是他前去高仙芝的營帳打探消息。

兩人的對話是從剛剛獲勝的這場戰鬥開始的。

「往昔三任節度使引軍遠征，次次碰壁，將軍此次出馬，率萬軍、行千里，一戰而破敵，此為千秋萬代傳誦的奇功啊。」邊令誠毫不吝惜自己的讚譽。

「監軍使鞠躬盡瘁，為大軍盡心操勞，此次大勝，監軍使功不可沒啊！」高仙芝樂得送邊令誠一個順水人情。

「如此，待明日大軍回師，我當奏請聖上，請賞三軍。」邊令誠如此刺探高仙芝對於班師回朝的態度。

高仙芝劍眉一挑，威嚴地說：「吾領聖上之命克小勃律，斷其與吐蕃之連繫，使我大唐能扼吐蕃之咽喉。而今僅克連雲堡，安敢回師覆命？」

邊令誠還想做做高仙芝的工作：「將軍雄心壯志，令人欽佩之至。不過長途遠征，大軍行於此處已成強弩之末，人心思歸，如果強行通過坦駒嶺，勞師動眾，隱患大焉，望將軍三思。」

高仙芝爽朗地大笑起來，笑聲中順便給邊令誠安排了退路：「監軍使倘畏懼高山寒雪，可統帥識匿國一眾番兵在此鎮守連雲堡，待吾等凱旋歸來之際，再一同進京面見聖上如何？」

留在部隊的大後方，正是邊令誠求之不得的事，他滿口答應，要為唐軍守好後路。

戰功顯赫的高仙芝整編了軍隊，裝備了精良的武器，並給士兵豐厚的賞賜，軍中士氣大振。

高仙芝忖別安撫了番兵。來自突厥、吐谷渾、鐵勒、回鶻、契丹、党項等胡族的番兵歷來是安西四鎮非正規的輔助部隊，他們的來歷非常複雜，既分屬極為駁雜的種姓，又有志願從軍的、戰敗歸降的，既有姓阿史那的突厥貴族，也有名不見經傳的胡人散騎。和應召而來的疏勒駐軍、跟隨唐軍作戰的葛邏祿、識匿國軍隊不同，他們徹底荒廢了田園牧耕，沒有固定的歸屬，完全變成了唐王朝的職業僱傭兵。他們渴望勝利，每次戰爭的戰利品就是對他們作戰的獎賞。他們以戰爭為生，也因戰爭而死。但是他們的軍紀、裝備和訓練水平均不及唐帝國正規的軍隊，整體作戰能力也遠不及唐軍，這也是唐軍在與無數胡族作戰時往往能以少勝多並席捲西域遼闊疆域的重要原因。

大唐軍營此時燈火輝煌，酒香四溢，被篝火烘烤著的牛羊肉氣息到處彌漫，人人沉浸在勝利的喜悅中，將士們豪邁的喧嘩徹夜不息。

華麗的帥帳中，高仙芝站在掛滿整整一面牆的西域疆界全圖前，眼神灼熱。

疏勒守捉使趙崇玼咳嗽一聲，輕輕走進帳內。二十盞巨大的羊油燈將大帳映得亮如白晝，波斯的琉璃、揚州的刺繡、大食的金器以及和闐的玉飾在亮光下閃爍著不同的色彩。

帳內很靜，似乎只有高仙芝一個人的呼吸聲。這種安靜透出一股威嚴，趙崇玼不敢吱聲。

高仙芝沒有轉身，仍舊鑽研著那幅地圖。

然後，他從身後招招手。趙崇玼忙趨步向前，順著高仙芝的目光，看到了地圖上的坦駒嶺。

高仙芝手指坦駒嶺，淡淡地又不容置疑地對趙崇玼說：「攻打坦駒嶺，你部作先鋒。」

趙崇砒一驚，這可是九死一生的重任啊！

坦駒嶺在達爾科特山口，非常險峻，登臨山口，必須沿冰川而上，別無其他蹊徑。這裡有兩條冰川，東面的是雪瓦蘇爾冰川，西面的是達科特冰川，冰川的源頭就是坦駒嶺山口。冰川上冰丘起伏，冰塔林立，冰崖似牆，裂縫如網，稍不注意，就會滑墜深淵，或者掉進冰川裂縫裡喪生。此處高山插天，又缺乏給養，該如何維持軍隊的供應？況且，坦駒嶺山口有吐蕃重兵把守，只要進入冰川，就是進入了死亡之地！

趙崇砒本來以為拿下連雲堡就會凱旋班師，沒想到高大帥會決定繼續征伐，要大軍不顧疲憊遠途奔襲，一舉征服小勃律，徹底解決安西西部門戶的憂患。這是何等之難啊，前幾天斥候抓到幾個吐蕃奸細，說吐蕃安西討擊使、當朝駙馬雲丹才讓率領萬人大軍正星夜馳援小勃律

他猶豫的目光被獵人一樣的高仙芝截獲到了。

高仙芝道：「難道，你不想為大唐盡忠嗎？」

趙崇砒不知道該如何回答。

高仙芝道：「我年少跟隨父親至安西戍邊，幾十年來效命大唐，不敢懈怠。我的故鄉在高麗，但我卻將生命留在大唐，為了大唐在西域的霸業，我願意忘卻自己的故鄉！」

高仙芝激動起來，臉微微泛紅，閃著寒光的目光逼在趙崇砒臉上：「但是，大唐的很多人卻沒有忘記我是高麗人！」

趙崇砒看到高大的高仙芝，神色間隱藏著莫名的悲哀與孤寂，原來狂傲自負的大將身後，也有如此痛苦和矛盾的一面。他被諷為「邊夷降將」，這成了他的宿命，他一生這麼為大唐朝賣命，似乎就是為了校正這種宿命的論調。

趙崇砒低下頭，一個高麗人尚且能為大唐的江山社稷如此賣命，自己身為堂堂唐朝大將，縱然知道面前橫亙著死亡之海，也得縱身赴蹈、在所不惜。

高仙芝道：「明天一早，我軍進軍坦駒嶺，你做前鋒。三天之後，我要在阿弩越城看到你！」

接受命令後，趙崇砒便愁眉深鎖，無法與將士們共用勝利的喜悅。

坦駒嶺險峻異常，且路途遙遠，他連夜安排人尋找經常往來西域諸國、熟知地形、通曉當地風土人情及語言的人作嚮導。

第二天，是大軍開拔的日子。

趙崇砒率領自己的疏勒團，和李嗣業率領的西涼團等四鎮兵馬共計三千大軍，趁著晨曦率先上路了。

在他身後，高仙芝有條不紊地布置著守城與攻寨的力量。

他讓邊令誠和隨行的文官帶領三千名羸弱和養傷的士卒留守連雲堡，趙崇砒為右路軍主將。

「長風飛兮旌旗揚，大角吹兮礪刀槍……！」

裝備齊整的軍人在震天的號炮聲中，用刀劍敲打著盾牌，用長槍擊打著地面，齊聲高唱唐軍出征時〈大角歌〉，軍容十分齊整。

翻越坦駒嶺的人馬為輕裝疾進，每人勒令只攜帶三天口糧，三天過不了嶺，就是死路一條。

趙崇砒率領的疏勒團從連雲堡出發後，沿著青山蔥綠、水草豐美的河谷向坦駒嶺挺進。美麗如畫的河谷中，飛禽走獸頻頻，像一個世外桃源，優美的環境甚至使趙崇砒產生了錯覺：坦駒嶺真有傳說中的那麼可怕嗎？

此次出行，趙崇砒帶了十餘名小勃律人，領頭的叫索朗孜摩。長著滿臉濃密鬍鬚的索朗孜摩虔誠地仰望著前方若隱若現的皚皚雪山，嘴裡念念有詞，說：「尊敬的大人，過了這蘇瓦那河谷，地勢會陡然艱險起來，那裡有千年不化的冰川，冰崖似牆、裂縫如網，稍不留神，便會喪身冰雪，屍骨無存。『蘇瓦那』意為金色的河谷，多少年來，不知有多少人埋沒於此，我們稱之為神聖的雪瓦蘇爾，對其敬畏有加……」

說著，索朗孜摩帶領小勃律人齊聲唱起歌來，他們在歌頌山神雪瓦蘇爾，乞求祂允許軍隊安全越過祂的肩膀。

唱完歌，氣色很好的索朗孜摩欣喜地對趙崇砒說：「尊敬的大人，我們選的季節不錯，但也是最後能通過坦駒嶺的時節，山上不刮風則已，一旦刮風，轉瞬便會風雪大作，不僅奇寒徹骨，同時會伸手不見五指！」

只要翻越坦駒嶺，五天內即可到達阿弩越城，那裡距孽多城不過六十里，是最為快捷的道路。但大多數人通往孽多城都會選擇走赤佛堂大路，儘管要費時長達二十多天，但生命相對有保障。

小勃律人的歌聲在河谷中飄蕩，當疏勒軍的旗幟走出河谷時，小勃律人神祕地一齊住口，全部斂神屏氣起來，只顧提韁急走。

趙崇砒一頭霧水，索朗孜摩回頭小聲說：「我們正在山神的腳跟下行走，請大人嚴令眾人不得喧嘩，以免褻瀆神靈……」

趙崇砒立刻傳令噤聲，否則軍法從事。此刻，他只求快速行軍，早一刻到達坦駒嶺。

果如索朗孜摩如言，一出蘇瓦那河谷，山勢陡變，草木稀疏，到處都是裸露的青黑色岩石。高高的禿鷲在空中盤旋，發出淒厲的尖叫。崎嶇的山路上遍地礫石，不斷有馬匹滑蹄。陣陣肅殺之氣伴隨著從山口吹來的冷風狠狠襲來。

難道，可敬的雪瓦蘇爾山神不喜歡大唐軍隊這樣的不速之客？

趙崇砒和所有的人繃緊了神經，感到真正的考驗來到了。

「大人請看，前面就是坦駒嶺！」

順著索朗孜摩手指的方向，趙崇砒果然看到了映襯在湛藍天際下橫亙綿長的皚皚雪峰，山體高峻雄偉。潔白如玉的冰雪在陽光下熠熠生輝，猶如粉雕玉琢一般，使人頓生敬畏。一重一重的山峰如忠誠的衛士緊緊簇擁著，如一根長矛直刺蒼穹的最高山峰，組成了一道威嚴如儀的自然屏障。坦駒嶺主峰周圍，陽光下飄浮著姿態萬千的雲彩，時而像一面旗幟迎風招展，時而像波濤洶湧的海浪；忽而變成婀娜上升的炊煙，忽而又似萬里奔騰的駿馬。

索朗孜摩說：「大人，這就是旗雲，是天神的表情。」

坦駒嶺的表情變幻莫測，大起大伏的雲彩使坦駒嶺神祕萬狀。難道天神在發怒？

索朗孜摩說：「正午時分，我們將到達雪線，真正的翻越將從那裡開始！」

趙崇玼勒住戰馬，神色凝重地眺望著高聳的雪山，又回頭看看低頭行走的大軍。

能翻過去嗎？

一定能的！

他不停地在心裡給自己打氣。

趙崇玼輕輕一夾馬腹，一馬當先，帶領隊伍向雪線走去。隊尾傳來一聲短促的號角，表明疏勒團所有人馬都進入了坦駒嶺。

坦駒嶺，大唐來了！

山越來越高，人們的喘息也越來越粗重，不少人覺得口乾舌燥、肌肉僵硬、四肢麻木、腦袋發蒙，腳步也愈發遲滯起來。一些人開始頭暈、頭痛、耳鳴、噁心。部分人開始嘔吐，個別人甚至已經接近昏迷，皮膚、嘴唇和指甲呈現出了輕微的藍色。

大部隊開始渙散起來，歪歪扭扭地到達雪線。

時間已近中午，趙崇玼跳下戰馬，下令就地休息。士兵們抓起身旁的雪放進嘴裡，只覺一股涼意從舌尖沿著喉嚨滲進胃裡，四肢百骸為之一振。

這是一片冰雪的世界，士兵們從沒體驗過如此讓人凜然的蒼白。

按照索朗孜摩的建議，高仙芝為攀登坦駒嶺的每個人都準備了禦寒的衣物、繩索和雪鞋，每隊士卒的腰間都用繩索相連，以便相互照應。

氣喘吁吁的士兵們圍坐在一起，開始啃吃各自攜帶的乾糧，營地上沒有一個人說話，只聽見進食的嘎嘣聲。馬匹的嘴上套著食袋，也在有氣無力地咀嚼著自己的草料。

冰雪反射的陽光刺得人睜不開眼，風像刀片一樣刮來。士兵們學著小勃律人的樣子，用布料紮起了頭巾，將臉和頭包得嚴嚴實實。

趙崇砒最擔心的是前面的冰川，在徵求了索朗孜摩的意見後，他下令說：「我們一定要在天黑前通過冰塔山口，明天一天內一定要通過雪瓦蘇爾冰川……」

夜幕降臨。隊伍雖然推行得十分艱難，但幸好並沒有什麼意外發生。

突然，只聽前面轟隆一聲，一個小勃律人和他騎的馬踏破冰面，陷入了暗流中。咆哮的激流很快將小勃律人和他的坐騎卷走，轉眼便不見了蹤跡。小勃律人聲嘶力竭地呼喊同伴的名字，但是無濟於事。一群人口裡喃喃誦經，為喪命的同伴送行。

暗夜行軍，危險無處不在，軍隊隨時都會被暗流卷走。趙崇砒見狀下令擇地紮營休息，不再前進。

第十七章

即便趙崇砒在西域征戰、生活多年，也沒料到坦駒嶺的夜空竟是如此明淨。那是一抹深不見底的暗藍，天空低得出奇，頭頂上的星星大而明亮，幾乎伸手可及。

這是一種被天寒地凍裹挾著的暗藍，四周傳來「嘩嘩」的水聲，看不見的暗流還在威脅著部隊的安全，稍有不慎就會全軍覆滅。以疏勒軍為主的先鋒部隊紮營之地，是經驗老到的索朗孜摩權衡再三選定的，尚可平安度夜。

趙崇砒裹緊了高仙芝贈送的水貂皮大氅，仍感到寒冷一陣緊似一陣地襲來。他的部將，早已在冰雪中瑟瑟發抖。在急行軍的隊伍中，他們不敢生火，以防敵人發覺。他們滿心希望黑夜早日過去，太陽儘快升起。

索朗孜摩和他的同伴在暗流邊跪成一排，雙手高舉，齊聲唱誦著什麼，有人還跳起了奇特的舞步。那是小勃律人的送葬儀式，他們在為自己遇難的同胞祈禱。

趙崇砒鼻子一酸，想起了與自己一道多年征伐的弟兄們。一些人已為了大唐捐軀，但是，自己身為疏勒守捉使，多年來戎馬倥偬，一直沒有機會為戰死疆場的疏勒勇士舉行什麼儀式，超度他們的亡魂。待與吐蕃的戰鬥結束後，回到疏勒，一定要為他們大做法事，讓他們高貴的靈魂得以安息。

帶著對弟兄們的愧疚，趙崇砒進入似夢非夢的假寐中。

突然，他被部將踏在冰雪上遲鈍而著急的腳步聲驚醒。刺探敵情的部將報告說，在據此不遠的山谷中突然發現了火光。

趙崇砒連忙奔上山坡，順著部將的手指望去，果然，星空與大地融為一體的暗藍色的遠方，閃爍著一堆火光！

趙崇砒感到吃驚，這會是什麼人呢？是設伏的吐蕃人還是小勃律軍隊？不大可能。他們不會這麼主動暴露自己的行蹤。那麼，是準備翻越坦駒嶺的商隊？也不大可能，絲路南北道的商人都知道大唐與吐蕃正在交戰，不會如此自投羅網。

趙崇砒命令全營戒備，各營輪流值更，不得鬆懈。部將建議派人偵察一下，趙崇砒搖了搖頭。以他在西域征戰的經驗，這團火光看上去很近，其實很遠。在冰寒肌骨的雪原上遠行打探軍情，甚至發動冒險的攻擊，是兵家大忌。確保宿營平安是最可靠的選擇。

好在暗藍的天很快就會亮起來的。

高原的黎明，開啟黑夜的晨曦好像不是來自天上，而是來自地下。好像不是一道光，而是一道閃電。好像不是撕開了包著光亮的布幕，而像兩塊巨石突然無聲地撞擊在一起，迸出驚天的火花來。

黛青高曠的蒼穹尚有數顆忽暗忽明的星星，但整個高原已經在激動地孕育著什麼，等待著一個噴湧而出的時機。天地間一種淡白色的光澤越來越白，越來越亮，終於，山崖、坡坎、河灘、流水都漸漸顯出清晰的輪廓來。

天亮了。

天亮之後，部隊吃掉了所帶的一部分乾糧，馬上啟程。天色陰沉下來，烏雲浩浩蕩蕩向雪瓦蘇爾冰川聚集，其洶洶來勢使疏勒軍不寒而慄。

淒厲的北風尖號著，從山頂直撲下來，疏勒軍舉步維艱，每前進一步，都要付出百倍的努力。如嬰兒拳頭般大的冰雹劈頭蓋臉砸下來，身上的鐵盔咣咣作響。冰雹過後，漫天飛舞著濃密的雪花，隊伍首尾不見，士卒們全憑腰間的繩索保持連繫。神祕的冰塔和宏偉的雪山全部被隔絕在雪簾中。這支鐵軍隊伍，眼看就要在掩埋在冰川之上了！

趙崇砒和他的隊伍感到了從未有過的恐懼。在這樣險惡的環境中，進與退都是不可能的事，必須要尋找一個避風的地方宿營，否則他們就會被悄無聲息地凍結在冰川之上！

「索朗孜摩！索朗孜摩！」

趙崇砒扯破嗓子大喊，此刻，唯有長期生活在這一帶的嚮導，才能給軍隊帶來生機。

優秀的嚮導、大山的兒子索朗孜摩，果然沒有忘記自己的職責，他們一群人組成了一葉冰川上的扁舟，四處摸索，終於找到了一處避風的山崖！

雪花在山崖下飄揚得小多了，等隊伍集結到山崖附近，趙崇砒清點人馬，發現已有三五十騎人馬不見了蹤影。

趙崇砒讓所有的牲口團團圍攏起來，士兵們聚集在牲口中間擠成一團，等待風雪過去。

索朗孜摩和他的小勃律同伴從馬身上抱下一罈酒來，打開瓶口，倒出一碗揚向半空，嘴裡嘟囔著：「偉大的雪瓦蘇爾山神啊，請賜我們生路！」

然後，一碗酒才遞到趙崇砒面前。趙崇砒仰脖喝下一大口，只覺胸腔一陣發燙，身上果然有了一絲暖意。

一碗碗酒在兵士們手裡傳遞，人人都珍惜地喝下一小口，嘖嘖地感歎，舒適地咂嘴。山崖外的雪還在縱橫揮舞，但對生命的威脅已經退在了三丈之外。

「大人，不出一個時辰，風雪必停！」

索朗孜摩又咂了一口酒，豪邁地說，他高大的身形看上去就像是山神雪瓦蘇爾的兒子。隊伍立刻歡騰起來。士兵們寧可戰死在疆場，也不願被活活扼殺在風雪裡。

「偉大聖明的雪瓦蘇爾啊，請您一定賜給我們一條生路！」

疏勒守捉使趙崇砒，這名外表堅毅的大將，無助地像索朗孜摩那樣默默在心裡祈禱，目光焦灼地投向依舊風雪大作的冰川。

§

一個時辰之後，山神果然顯靈了，猛烈的暴風雪突然像聽到號令一般消散無形，天際漸漸開闊起來。烏雲與烏雲之間開天闢地一樣裂開巨大的縫隙，太陽的光芒穿透雲縫，向茫茫雪原和冰川投下神諭一般的光芒，整個冰川大地，此刻顯得既純淨又明麗。

索朗孜摩率領小勃律人跪在雪地上，雙手舉過頭頂，眼中泛出淚花，喃喃低訴。

「感謝偉大的雪瓦蘇爾，感謝您終於露出了慈祥的微笑……」

疏勒軍的將士們不敢相信駭人的暴風雪就這樣消散了，剛才所經歷的生死考驗好像只是出現在夢裡。士兵們被小勃律人所感染，紛紛加入到跪拜的行列。

趙崇砒站到隊伍前列，提氣大聲說：「弟兄們，偉大聖明的雪瓦蘇爾山神考驗了我們，決定保佑我們了！」

隊伍爆發出巨大的歡呼，山谷回應激盪。

索朗孜摩急得滿臉煞白，他慌忙擺手，又把手指豎到脣上作噤聲狀，示意士兵們不要出聲。原來，山嶺上積壓的大雪在陽光照耀下會鬆動，極易崩塌，倘若受到外力震動，就會趁勢傾瀉而下，形成雪崩。真要如此，就是山神想幫助我們，也愛莫能助啊！

疏勒的兵士們聽了，無不駭然，有人悄悄蒙上了嘴巴。

趙崇砒低聲而威嚴地說：「雪瓦蘇爾山神允許我們越過祂寬闊的肩膀，現在，讓我們拿出戰勝一切的信心和勇氣來，出發！」

疏勒軍人給各自的馬匹戴上嘴套和腳套，小心翼翼地前行。

他們剛剛穿過一個狹窄的谷口，就聽士兵們歡呼過的地方「轟隆」一聲，一塊巨大的雪嶺自天而墜。

雪崩了！

遠處騰起巨大的雪霧，若非親見，誰也不敢相信這美侖美奐的細密煙霧竟然有著扼殺一切的力道。特別是那些來自中原的疏勒軍士兵，不由得倒吸一口涼氣，好險啊！

索朗孜摩連忙告誡大家，剛才的雪崩是山神的警告。此處乃是非之地，不可久留，須加速行軍才是。

隊伍無聲地疾行，在山谷的拐角處，突然看到一個黑點相向而來，越來越近，開道的士兵已經壓低聲音發出了警報。

越來越近的黑點卻是一匹鞍背上無人的駿馬！

駿馬被士兵攔住，馬背上沒有血跡，只有一個裝著乾糧衣物的包裹。從衣物上判斷，這是吐蕃人騎的馬匹。那麼，昨夜看到的火光，一定是馬匹的主人點燃的。

士兵們緊張起來，紛紛四下逡巡，擔心吐蕃的軍隊就在左近。

趙崇砒馬上下令部下占領有利地形，以輜重馬匹結陣，隨時準備迎敵，自己則親自帶著索朗孜摩與屬下三十餘騎沿著駿馬奔來的方向前往查探。

索朗孜摩的神情則顯得十分輕鬆，據他判斷，剛才身後發生雪崩時，他還聽到了前面山谷中傳來了同樣的轟鳴，一定是連帶發生了雪崩。即使吐蕃人埋伏在左近，剛才的雪崩也足以使他們毀滅。

奔馳不久，他們發現不遠處的雪地上有一大灘鮮血，十分刺目。

趙崇砒下令二十名騎手張弓環繞戒備，自己和索朗孜摩縱馬急馳向那一灘鮮紅的血。走近一看，原來並不是鮮血，而是一匹紅綾。

索朗孜摩說：「雪下有人！」

二十名騎手繼續張弓搭箭在四周巡邏，其餘諸人滾鞍下馬，各持器械挖雪。昨夜一場大雪還沒有積實，虛鬆的雪很快被刨開，赫然出現了一個女人蒼白的臉。繼續挖，女人完全出現在面前，栗色的長髮、紅色的頭巾、深目高鼻，顯然是一個吐蕃女子，但已被凍僵了。

索朗孜摩上前仔細辯認，突然腳下一個趔趄，差點跌倒，失聲大叫：「墀馬類！」

趙崇砒不知所以，忙問索朗孜摩，墀馬類是什麼意思？

索朗孜摩說：「墀馬類是吐蕃公主，也是小勃律王蘇失利之的妃子。小勃律人都認識墀馬類，因為她的紅頭巾太有名了。只要看到紅頭巾，就是看到了蘇失利之的妃子，所有的小勃律人都要拜倒在地的。」

趙崇砒聞言大驚，小勃律王蘇失利之的妃子居然獨騎出現在雪原上，這是什麼原因呢？

索朗孜摩說：「墀馬類公主肯定參加了連雲堡戰鬥，失敗後逃脫，想趕往孽多城報信。」

趙崇砒說：「那她就是我們的敵人！」

部將刷地一下抽出佩劍，只等墀馬類醒來，就要給她顏色。

十餘騎小勃律人不幹了，他們也刷地一下抽出佩刀，和唐軍對峙起來。雙方劍拔弩張，氣氛十分緊張，濃濃的火藥味彌漫在雪地上，一觸即發。

索朗孜摩鐵青著臉對趙崇砒說：「墀馬類公主是我們尊貴的女神，任何人都不能傷害她！否則，剩餘的路就需要你們自己走！」

趙崇砒朝前看了看，前面的路險惡未知，要是沒有小勃律人作嚮導，能否順利翻越坦駒嶺，他沒有任何把握。

趙崇砒點點頭，喝令疏勒兵首先放下武器。

小勃律人也放下武器，湧上前去，輕喚墀馬類公主的名字。

趙崇砒解下身上的水貂皮大氅扔給索朗孜摩，後者將大氅裹在墀馬類公主身上。不多時，墀馬類悠悠醒來，雖然眼神恍惚，但生命已無大礙。

索朗孜摩等一干小勃律人欣喜異常，齊齊拜伏在地。

索朗孜摩判斷得沒錯，墀馬類跟隨吐蕃將領巡視連雲堡時，恰逢連雲堡守軍敗退，她在小勃律衛士的保護下衝出包圍圈，原本想偷渡婆勒川，取道赤佛堂返家，但唐軍防守嚴密，一直不能得手。後來，西征坦駒嶺的大軍調動時，他們才有機會穿過唐軍防線。墀馬類公主探知唐軍準備翻越坦駒嶺，奇襲首都孽多城的軍情後，感到情勢十分危機，為讓小勃律都城能夠提前得到這個重要的軍情，她放棄走大路，冒險先行翻越雪山。但墀馬類公主畢竟不瞭解坦駒嶺，低估了這條路的凶險，一路之上艱難行軍，又遇到了雪崩，隨行盡數被雪崩吞沒，倘不是自己的坐騎優秀，她早被埋沒在大雪之中了。

雖然墀馬類是吐蕃的公主、小勃律王的妃子，趙崇砒也不禁為其軍人式的氣概和膽識感到欽佩。他讓索朗孜摩一路上照顧著體弱的公主，繼續向孽多城方向挺進。

於是，趙崇砒的隊伍構成變得有趣起來，即有疏勒兵馬，又有西涼兵馬；既有大唐人，又有小勃律人，還有吐蕃的公主。人人各懷心事，特別是墀馬類公主，身處敵軍陣中，居然不能為小勃律出力，那份心焦，真有回天乏術之感。

索朗孜摩也心事重重起來，不知道是該繼續為疏勒軍出力，還是為小勃律盡忠。他知道，小勃律現在處於十字路口，唐軍和吐蕃軍都是一隻張著血盆大口的老虎，而小勃律不過是他們爭奪的一塊肉。

索朗孜摩判斷，這口肉可能最終要落到唐軍嘴裡。他和這支軍隊已經打過一段時間的交道，瞭解他們的心氣與膽識。

索朗孜摩同時也清楚，即便墀馬類公主順利到達孽多城，也絕對挽救不了小勃律。趙崇砒的疏勒軍只是高仙芝的先頭部隊，數量近萬的唐軍大部隊由高仙芝親率，就在離疏勒軍不遠的身後，他們將以迅雷之勢占領孽多城。

索朗孜摩覺得，現在，保護好他們心目中高貴的墀馬類公主，是他最大的使命，其他一切與他沒有關係。

經過三天的高原急行軍，險惡的坦駒嶺，已經被他們成功翻越！

當坦駒嶺終於被趙崇砒和他的戰士們拋在身後時，激動的疏勒軍發現，前面嶺下是一馬平川的原野，流水淙淙，鳥語花香。

近三千名士兵看著這江南水鄉一般的場景，半晌說不出話來。

他們的行囊中，已經沒有一顆糧食。每個士兵的臉上都因高原陽光的直射而發黑，像蛇蛻一樣掉下一層層皮來。一些士兵嘴角翻著白沫，嘴唇乾裂，眼神迷離，但是風景宜人的平原使他們驟然打起了精神。他們明白，最艱苦的行軍已經過去了。

疏勒軍團的戰士們集中在一起，向茫茫雪山發出了痛快淋漓的吶喊。戰士們傲然長嘯，氣貫長虹，豪氣干雲。雄偉的雪山應聲作答，原野上一片歡騰。

稍事休整，疏勒團借助繩索沿著陡峭的山坡順勢而下，空降在距小勃律邊關重鎮阿弩越城僅有四十里的大地上！

他們的身後，近萬名唐軍大部隊正沿著疏勒軍留下的路標浩蕩開來。墀馬類公主焦急地注視著身後連綿不斷的唐軍隊伍，知道小勃律敗亡之日越來越近，她忍不住便哭了起來。

這裡已是小勃律的心臟地帶。阿弩越城郊的牧人們看著面前從天而降的大唐軍隊目瞪口呆。趙崇玼下令，不得侵擾牧人，只管買下他們手中的羊以充軍糧。

阿弩越城郊的牧人們歡天喜地地把大尾巴高寒羊趕進唐軍的後營，換來數目可觀的銀子，並透露了一個重要的情報：小勃律王蘇失利之也在民間大量收購牛羊，以充即將到來的吐蕃大軍的軍糧。

趙崇玭敏銳地判斷到，馳援的吐蕃大軍正煙塵滾滾向小勃律的方向趕來，不日可到，他們如此大量收購糧草，一定是為了輕裝趕路，沒有從本國攜帶充足的軍糧，而阿弩越城則是他們囤積大批軍用物資的據點。因此，火速拿下吐蕃大軍馳援小勃律的必經之路的阿弩越城，可以起到釜底抽薪之效，不僅可以阻絕吐蕃大軍的去路，也可以為即將到來的高仙芝大軍提供足夠的糧草，使其迅速從飢餓疲憊中恢復戰鬥力，獲得最好的休整機會。

淳樸的牧人們並不瞭解兩個軍事集團各自的算盤，他們將所有的牛羊出售給趙崇玭的疏勒軍，並答應帶領疏勒軍抄近路趕往阿弩越城。

趙崇玭安排好接應高仙芝和看護糧草牛羊的兵馬後，親自帶領疏勒軍，換上小勃律牧民的服飾，帶著對勝利的渴望，連夜急行軍，以咄咄逼人的氣勢直撲阿弩越城。

阿弩越城人口不過千餘，守兵也只有區區百人，而且守城的士兵並不習武練兵，他們最大的能耐，就是守在烽火臺那裡揮舞刀劍，徵收過往絲路南道商賈的官稅。

唐人來得好快啊，此刻，吐蕃增援的雲丹才讓大軍在哪裡呢？據說還有兩天才能到達娑夷河，真是太遲了。如此遲緩的一支軍隊，怎麼能抵擋得住如同插了雙翅的唐軍呢？

阿弩越城的城主很快也感覺到了三十里外逼近的咄咄氣勢。他命令守軍點燃城外的烽火臺，以此報告遠處的吐蕃人：阿弩越城馬上就要落入大唐之手了。

疏勒軍團閃電般突近阿弩越城，一隊小勃律守軍象徵性地在城外列陣迎敵。唐軍的強弓硬弩使戰鬥成為一種表演，小勃律守軍的死屍橫七豎八地躺在烽火臺周圍，不少小勃律士兵甚至來不及拔出自己的刀劍就已經躺在血泊之中。

阿弩越城主放下武器，手舉花環，搶到趙崇砒面前行禮，並將花環套在了戰馬的脖子上。阿弩越城的大小官吏和富商紛紛爭先恐後地向唐軍進獻花環，他們有商人一般精明的頭腦，知道逢迎意識著平安地生存下去。但長期急行軍的疏勒軍團急切需要一場屠殺證明自己存在的價值，對小勃律守軍高舉的雙手並不作理睬。

趙崇砒縱容他的軍隊將阿弩越城踏在腳下。他知道，嗜血是激發戰士魂魄的一個重要途徑。他沒有理由制止士兵們，他甚至縱容士兵們的刀箭極度飢渴地飲下降軍的鮮血。只有喝飽敵人的血，才能保證戰士們的戰鬥力。在一個憑刀劍說話的地方，也只有刀劍才能最終解決問題。

然後，趙崇砒將阿弩越城囤積的糧草一一拿下，一邊打探吐蕃的動靜，一邊等待高仙芝的大軍入城。

§

跟隨著疏勒軍留下的路標，高仙芝的大軍在坦駒嶺疾速前行，向阿弩越城進發。

冰川之外，完全無路可走。幾日來，唐軍硬生生地在冰川之上手腳並用爬行了數十里。他們已經走了三天三夜，乾糧早就吃光了，一小部分人葬身冰川。

前面仍舊看不到人煙，不知道何處是盡頭。士兵們在山口高坡上停下，精疲力竭地癱坐在地上，出發時的萬丈豪情隨著時光的流逝，一點點被冰川消磨殆盡。

前途迷茫，人困馬乏，軍心浮動。

高仙芝暗忖疏勒軍應該已經占領了阿弩越城，而現在，自己的萬名大軍缺乏的除了溫飽，更重要的是精神鼓勵。

他舔了舔乾裂的嘴唇，吩咐席元慶如此這般，席元慶領命而去。

困倦的高仙芝大軍稍事休整，命令士兵們繼續向前，違令者斬立決。

士兵們有氣無力地起身，他們感到，自己的生命正離自己的身體一點一點地遠去。

突然，有探子來報：「大帥，嶺下來了二十餘人求見，自稱是小勃律的信使。」

「哦？」高仙芝似乎怔了一下，「有請！」

來人被領到高仙芝面前。

「拜見高大帥，您是高原上真正的戰鷹，我們小勃律子民萬分敬仰您，請接受我們的敬意。」小勃律的信使如此說。

「爾等來我軍中，可是受降而來？」高仙芝眉宇間帶著一種不屑。

「尊敬的大帥，自從您帶著雄鷹一般的大軍攻克了連雲堡，您的威名就像那高原上的風，吹進我們小勃律子民的心中……」

高仙芝皺皺眉，示意小勃律人說正事。

「我們從嶺下的阿弩越城來，帶來的是城中百姓和阿弩越城長官最真誠的崇敬之情，我們願意迎接大軍進城，願大唐軍隊早日解救小勃律子民於水火之中。為了表達我們的誠意，我們已經把娑夷水上的藤橋斬斷，吐蕃蠻人已經不能派軍來騷擾我國國境。」

高仙芝嘴角泛出一絲笑意，爽快地說：「好！我今日就領大軍下嶺，請爾等早日回城覆命，迎接大唐軍隊入城！」

小勃律人領命而去。

高仙芝回頭對大軍說：「弟兄們，阿弩越城就在嶺下不遠處，那裡的美食正冒著熱氣等著我們。吐蕃軍隊已被阻隔在娑夷水對岸，待弟兄們養精蓄銳，再全殲他們不遲！」

本還萎靡不振、氣息奄奄的高仙芝大軍都興奮地站了起來。

疏勒團果然占領了阿弩越城，眾軍歡聲雷動，士氣大振！

高仙芝按捺不住喜悅的心情，揚鞭高喊：「全軍下山！」

看著疾速前行的大軍，高仙芝和身後的席元慶交換了一下眼神，會心而笑。原來，剛才所唱雙簧，正是高仙芝為激勵士兵特意安排的。

若干年後，英國探險家斯坦因勘察了高仙芝行軍的路線後，評論曰：「數目不少的軍隊，行經帕米爾和興都庫什，在歷史上以此為第一次，高山插天，又缺乏給養，不知道當時如何維持軍隊的供應？即令現代的參謀本部，亦將束手無策。」又歎曰：「中國這一位勇敢的將軍，行軍所經，驚險困難，比起歐洲名將，從漢尼拔，到拿破崙，到蘇沃洛夫，他們之越阿爾卑斯山，真不知超過若干倍。」

大軍快速下嶺，行不多時，一群疏勒軍等候在半道，一面唐字大旗在風中獵獵作響，二十餘騎身著胡服的阿弩越城守兵飛奔來到高仙芝馬前，一齊下馬拜倒在地，說：「趙將軍派我等迎接大軍進城！」

高仙芝在馬上高聲問：「阿弩越城戰事如何？」

來人亦大聲道：「阿弩越城已順利拿下，前方不遠即是。城中已備好乾糧，只等大帥兵馬進城！」

高仙芝又問：「吐蕃軍隊何在？」

來人稱：「請大帥放心，吐蕃軍尚在趕來阿弩越城的路上，距此尚遠。」

趙崇玭在城門下迎接高仙芝入城，士兵們來不及卸下輜重，就撲向冒著熱氣的肥美牛羊，整個軍營傳來此起彼伏的讚歎聲。

高仙芝此時才感到了徹骨的飢餓，但是他的心思還在吐蕃軍隊身上。目前，吐蕃軍隊正在星夜向娑夷橋進發，誰占領了娑夷橋，誰便基本取得了戰鬥的勝利。

娑夷河即古弱水，兩岸都是筆直如刀削的陡崖，猶如天神拿刀在岩石上劃過的溝壑，兩岸間唯有一線相連，那就是娑夷橋。

娑夷橋是一座藤製橋，是小勃律為方便吐蕃西進而專門修建的，也是小勃律通往吐蕃的唯一之路。該橋只有一箭距離，修了一年方告成功。

趙崇玭將娑夷橋的危勢密告高仙芝，高仙芝聽了大驚失色，如果雲丹才讓的吐蕃大軍搶先渡過娑夷河，那費盡心力的坦駒嶺奔襲不僅功敗垂成，前功盡棄，而且數千疲憊之師也會全軍覆沒！

高仙芝馬上命令剛剛坐到餐桌前的席元慶，抽調最精壯的士卒，換乘戰馬，不惜一切代價馳奔娑夷橋，砍斷藤橋，阻止吐蕃援軍的到來。

席元慶領命，向趙崇砒求援：「將軍，可否將疏勒軍士借我一用？」

趙崇砒的疏勒軍已在城中休整了半日，剛剛緩解飢餓與疲勞，比剛剛入城的高仙芝大軍更具戰鬥力，他索性自告奮勇向高仙芝請命，要求與席元慶同去娑夷橋執行命令。高仙芝同意了。

趙崇砒和席元慶帶領百餘精壯兵力，由索朗孜摩帶路，向娑夷橋飛奔而去。

§

遵照吐蕃贊普的諭旨，雲丹才讓率領一萬一千吐蕃大軍從吐蕃鐵牙山口出發，星夜增援小勃律。

此次征途十分遙遠，道路崎嶇，又多經不毛之地，即使是具有吃苦耐勞傳統的吐蕃軍隊也是疲於奔命，苦不堪言。

雲丹才讓在馬背上掐指算計：連雲堡有重兵把守，至少可以支援一月以上；小勃律險惡萬端，可有效阻止唐軍進攻。唐軍要拿下這兩大重地，沒有一兩月的努力是不可能的。看著將士們疲憊的臉，雲丹才讓下令放慢行軍速度，步步為營，以利於軍士休整。

就在一天前，雲丹才讓卻吃驚地接到情報：連雲堡已被唐人攻破，唐軍已由先鋒趙崇玭率領疏勒軍隊，連夜急行軍，翻越了雪瓦蘇爾冰川，阿弩越城已經獻城投降，唐軍已開始進逼孽多城，懇請他火速進軍，前去救援。

雲丹才讓對所接到的情報將信將疑。

唐軍如此神速，除非插有雙翼。能夠翻越死亡之區雪瓦蘇爾冰川的，不會是一支大規模的軍隊，只能是神的使者。

但雲丹才讓還是命令大軍火速行進，不管情報是真是假，先行搶進阿弩越城，補充即將耗盡的糧草，是上上之策。

「娑夷橋還有多遠？」雲丹才讓問帶路的小勃律人。

「還有不到十里，大人！」

雲丹才讓在馬背上感到奇怪，只有不到十里地了，怎麼沒有看見阿弩越城的迎接隊伍？

一絲不祥之兆襲來，難道唐軍真的插上雙翅，攻陷了阿弩越城？

擺在面前的任務，就是儘快占領娑夷橋。

§

高仙芝命令趙崇玭和席元慶務必多備火油柴草，日暮前斬斷藤橋，以絕吐蕃來援之路。一千名士兵在水囊裡裝上滿滿的油，呼嘯而馳。

噠噠的馬蹄聲，一陣緊似一陣。

馬背上刮起了旋風，席元慶和趙崇玭率領策馬狂奔的疏勒軍隊，十萬火急地奔向娑夷橋。

從孽多城到娑夷水只有區區六十里，但這一馬平川的六十里路，卻讓疏勒軍感到無比漫長。

西墜的太陽現出赤紅的顏色，像一個巨大的火球，燒紅了天邊的雲彩，好像疏勒軍人赤紅的胸膛。

快啊，再快一點。疏勒軍人雙腿不停地夾緊馬腹，馬鞭急切地抽打著跨下的坐騎。

太陽像紅色的大圓球，快速地向地平線落去。

到了！他們看到了娑夷水上的大峽谷！。

當唐人的旗幟出現在娑夷水右側時，吐蕃先鋒部隊的旗幟也出現在娑夷水的另一側。

兩支兵馬同時向娑夷橋奔去。

雙方已經同時發現了自己的對手，弓箭手幾乎同時向對手張弓搭箭，要阻止對方前進的步伐。

一排一排箭鏃在娑夷水兩側交織，發出淒厲的呼嘯聲。雙方互有兵士中箭，不斷有人掉進水流湍急的娑夷河中。

吐蕃大軍人多勢重，一旦他們衝過了橋頭控制了峽谷，後果不堪設想。

吐蕃的先鋒騎兵已經衝上了南岸橋頭，從橋上向北衝來。

箭！放箭！疏勒兵士來不及下馬就抽出弓弩對著橋上一陣亂射，幾名吐蕃騎兵立刻落下馬來，直接墜下橋面，被河水裹挾了滾滾東去。

疏勒兵取下硫磺火油，沿橋潑灑。

「先點火！」席元慶急促地命令。疏勒兵打著火，引燃藤橋。數名疏勒兵衝上橋面，在已經著火的橋上拚命揮斧砍橋。

雲丹才讓大軍雷鳴般的馬蹄聲從對岸隆隆傳來。

火舌沿著橋面和繩索向南翻滾，快速逼近吐蕃人。雲丹才讓連聲喝斥，命令吐蕃軍人放箭，猛射砍橋的疏勒兵士。

趙崇玭像一支燃燒的箭鏃衝到了橋頭北岸，指揮疏勒兵掩護砍橋的士兵。

他們也到了！只慢那麼一步啊！

吐蕃人戰鬥的號角吹響了，聽上去像大象一聲又一聲的淒厲長嘯。

砍橋的士兵此時已將生死置之度外。無論如何也要砍斷藤橋，否則吐蕃萬人大軍即可踏平高仙芝的營帳。

疏勒軍士發出了野獸一般的咆哮。在他們的吶喊聲中，藤橋正一截一截地斷裂，

「嚓嚓！」大斧和著汗水和鮮血瘋狂地劈砍著結實的藤橋，藤橋如連接峭壁的一條火蛇，顫抖著、喘息著，吱吱地發出怪響。

一輪又一輪吐蕃的亂箭射在砍橋的疏勒兵士的身上，橋上的士兵很快成了一個箭垛子，但是，他們晃晃悠悠地舉起手，一下又一下地堅持砍著。

趙崇玭心裡流著血，看著橋面上自己親愛的弟兄們像一捆乾柴，在長嘯聲中揮下最後一斧。

「咯喇喇！」藤橋的一邊斷了開來！

「嘣！嘣！嘣！」一股股粗壯的藤索一一迸裂！

「轟隆」一聲，橋面分崩離析，飛速坍塌，裹著像箭垛一般的疏勒兄弟的遺體，墜入

激流當中。

藤橋斷了！戰鬥結束了！

熊熊燃燒的藤橋殘骸掛在陡立的河岸峭壁上，像一面耀眼的旗幟。

雲丹才讓一聲長嘆，駭然道：「沒想到唐人裡居然還有這樣的勇士！」

娑夷橋兩岸，突然陷入了靜默。趙崇砒與雲丹才讓的目光對視，誰也沒有說一句話。

雲丹才讓知道自己敗了。他只慢了一步，卻要為此付出慘重的代價。

趙崇砒和席元慶知道自己勝了，他勝在快了一步，但是，如果沒有疏勒兄弟的拚死砍橋，這種快，又有什麼意義呢？

片刻的靜默後，趙崇砒所部歡聲雷動，號炮震天，士氣高漲。

吐蕃軍和唐軍隔河對峙僅一天便不得不連夜撤軍。吐蕃人在娑夷橋上僅僅慢了一步，便喪失了作戰的主動性，看來天神這次是站在唐軍一方的。小勃律已經是高仙芝的囊中之物，吐蕃人既沒有了糧草和補給，也喪失了作戰的信心和勇氣，一旦唐軍突襲，便毫無還手之力，只有鎩羽而歸。

§

吐蕃軍隊連夜撤軍後，高仙芝立刻收兵轉赴阿弩越城休整。阿弩越城外廣闊的平原上，營帳連綿，蜿蜒數里，旗幟獵獵，鼓角連連，好不威風。疲憊的唐軍需要一次徹頭徹尾的休整，士兵們需要迅速恢復體力，振作鬥志，重新獲得前進的動力。

趙崇玼率領疏勒軍團擔當著護衛高仙芝三千主力軍隊的任務，每日帶領巡營甲士巡營。忽然，部將匆忙來報：「嚮導索朗孜摩和墀馬類公主不見了！」

趙崇玼一驚，前日索朗孜摩帶領他和席元慶趕往娑夷橋之後，就不見蹤影，原來是擒墀馬類公主逃遁了！

索朗孜摩本是小勃律人，救走他們大王的妃子也似乎在情理之中。但趙崇玼還是懊悔不已。小勃律人向來在吐蕃與大唐之間左右搖擺，不會堅定地忠於哪一方，早就該料到索朗孜摩會救走墀馬類公主的，真是失職！

趙崇玼向高仙芝報告了索朗孜摩的動向，高仙芝胸有成竹地說，他們肯定躲在孽多城中，我們一定要儘快拿下孽多城！

大鬍子索朗孜摩果然率領和自己出生入死的十幾位小勃律人，趁著唐軍圍攻娑夷橋，抄祕道潛回了孽多城。

小勃律王蘇失利之此刻是絕望的，他感到自己的國家已成了唐軍刀上的肉。他想徹底對大唐表示臣服，只要能在吐蕃與大唐之間保住性命就要感謝偉大的天神了。但是，剛剛從唐軍中逃得性命的蘇失利之的妃子、吐蕃公主墀馬類視自己落入唐軍手中為恥辱，不甘心束手就擒。

墀馬類公主鼓勵蘇失利之打起精神，不斷從周圍城鎮抽調兵力，加強孽多城的防禦，能多守一天是一天。蘇失利之於是抱著一線希望，派遣信使星夜急赴吐蕃，求援兵出擊安西，如果天神垂顧，挽救頹敗的局勢不是沒有可能。

幾天後，高仙芝大軍的馬蹄如驚雷一般直逼孽多城下。

這次進攻孽多城，趙崇玭還是率領疏勒軍團打先鋒，他們一路修橋築路，搜尋給養，為高仙芝大軍開路。

連雲堡一戰，小勃律精銳盡失，防守孽多城的，盡是羸弱驚惶之眾，根本談不上什麼戰鬥力。趙崇玭兵鋒所指，直指孽多城命門。從娑勒城、迦布羅、大勃律等地趕來的增援軍隊還沒有靠近孽多城，就被趙崇玭的前鋒部隊殲滅了。當高仙芝的大部隊兵臨孽多城下時，蘇失利之的守城軍馬已不足一千。

趙崇砒向高仙芝請戰說：「請大帥下總攻令，我軍半日內即可踏平孽多城！」

此時，席元慶在帳門外向高仙芝施禮：「大帥，小勃律使節出城求見！」

高仙芝失聲而笑，看來蘇失利之想和大唐軍隊做買賣啊。

小勃律大首領珂黎布額頭沁著細密的汗珠，急急忙忙走向大廳。剛才，席元慶帶他穿營而過，珂黎布觸目所及，見旌甲遍野，刀槍蔽日，唐軍威儀甚是了得。

珂黎布是小勃律老臣，曾赴長安向唐朝進獻過吐蕃特產，蘇失利之派他前來說項，是想提醒高仙芝：唐蕃之間也有友好交往的歷史。

老態龍鍾的珂黎布跪在高仙芝面前，請求唐軍放全城百姓一條生路，果真如此，天神會眷顧大唐的。

高仙芝沒有說話，在他身後的牆上，仍然懸掛著那幅詳盡的西域疆界全圖。大唐隴右道全境、北方的突厥、南邊的吐蕃以及多坦嶺、夷播海以北的廣袤地盤無不一一標注其上。大好江山啊，豈容異族入侵！

高仙芝告訴珂黎布：「明日，唐軍即入孽多城，爾等死罪可免，活罪不可赦！」

珂黎布躬身退走，寬大的布袍搖擺如風中動盪的江山社稷。

趙崇砒感到不忍，小勃律已經放下了武器，高仙芝不該這樣對待降族的。

儘管唐軍兵臨孽多城內，自己隨時可能落入敵軍之手，但蘇失利之的王妃、吐蕃公主墀馬類早起時，仍然按部就班地按照多年形成的梳妝打扮的既有步驟打扮著自己。

她這樣做，像是力求保持自己的一份尊嚴，不使其因為戰爭的降臨而改變。

她從陶罐中取出搗碎的奧斯曼草泥，將其細心地塗抹在自己的兩道濃眉上。當她還是一個嬰兒時，母親就已經開始用奧斯曼草塗抹女兒的眉毛。這種學名叫菘藍，長著粉紅株杆和深綠葉子的草，被疏勒人稱為「眉毛的糧食」，有生眉養眉的功效，女人用奧斯曼的葉汁塗抹眉毛，眉毛就會變得烏黑發亮。墀馬類的兩道濃眉，就是受惠於奧斯曼草。當她走在孽多城內時，遠遠地，人們還沒有清她的面容，但已經看清了她的兩道濃眉。

然後，她拿出儲備好的海納花，將花瓣搗成泥狀，塗在十個指甲上。她知道，只需一小會兒，指甲就會變紅，和她脖子上的頭巾一樣紅。

她用來做眼影的是一種叫「蘇日曼」的濃黑色礦石粉，她把它當作眼影粉，淡淡地敷於眼圈和眼窩處。獨特的眼影襯著她大大的眼睛和濃黑的連眉，使孽多城內的居民無不驚異地睜大了雙眼。

她從院子中生長的托特庫拉克花上取下花瓣，放在手心裡揉一揉，直接塗在臉上，那是一位疏勒國的女僕教她做天然胭脂的方法。

她的閨房裡還有一處用沙棗膠做成的髮膠，她把這種樹膠加水化成液體，塗在頭髮上，頭髮顯得又黑又亮。

最後，她把自己那條象徵性的紅絲巾繫在脖頸上，然後，才掀簾走出王宮。

王宮外，唐軍的旌旗已經越來越近，馬蹄得得，如擂在大地上的戰鼓。

蘇失利之站在女牆上，手搭涼棚，向遠處張望。

洪水一般的唐軍氣勢磅礴地逼近孽多城，旗幡獵獵，鼓角錚鳴，如林的長槍和陌刀高舉在陣中，隨時準備嗜血。

唐軍到達時，發現孽多城的城門是洞開的，小勃律人已經放棄了抵抗。

走在部隊前列的疏勒守捉使趙崇玭看到，蘇失利之手挽王妃墀馬類的手走到城門，鎮定地看著千軍萬馬降臨城下。

高仙芝也看到了蘇失利之和墀馬類公主。這位一生作戰的將軍在馬背上怔了一怔。

大軍如風一樣卷過墀馬類身旁。

所有人都聞到了這個吐蕃女子身上的異香。

返回疏勒的路是無比輕鬆自在的，大勝而還的高仙芝在距離太陽最近的地方，某一刻甚至覺得自己就是太陽的化身。

高仙芝下令在帕米爾高原上點燃巨大的火堆，烈火映紅了傍晚的天空，遍地褐色的石頭看上去無比淒豔。

高仙芝打開隨身的行囊，那裡是他囑咐疏勒藏書館管理員依照班超手跡抄寫好的羊皮卷，在遙遠能看到疏勒城的地方，他帶領士兵們大聲誦讀起上面寫著的一段話：

「在永恆、快似駿馬的太陽升起之前，出現在哈拉山頂的第一位天神身披萬道霞光，最先從壯麗的山頂探出頭來，從那裡俯視所有雅利安人的家園……」

雄壯的聲音久久瀰漫在帕米爾高原的上空。

西域輓歌：疏勒

作　　者	薛林榮
發 行 人	林敬彬
主　　編	楊安瑜
編　　輯	林佳伶
行銷經理	林子揚
行銷企劃	徐巧靜
封面設計	蔡致傑
編輯協力	陳于雯、高家宏
出　　版	大旗出版社
發　　行	大都會文化事業有限公司 11051臺北市信義區基隆路一段432號4樓之9 讀者服務專線：(02)27235216 讀者服務傳真：(02)27235220 電子郵件信箱：metro@ms21.hinet.net 網　　址：www.metrobook.com.tw
郵政劃撥	14050529 大都會文化事業有限公司
出版日期	2024年12月初版一刷
定　　價	480元
I S B N	978-626-7284-77-3
書　　號	Story-48

Banner Publishing,a division of Metropolitan Culture Enterprise Co., Ltd.
4F-9, Double Hero Bldg., 432, Keelung Rd., Sec. 1, Taipei 11051, Taiwan.
Tel:+886-2-2723-5216 Fax:+886-2-2723-5220
Web-site: www.metrobook.com.tw
E-mail: metro@ms21.hinet.net

國家圖書館出版品預行編目（CIP）資料

西域輓歌：疏勒/薛林榮 著. -- 初版. -- 臺北市
：大旗出版：大都會文化發行, 2024.12
432面；14.8×21公分. --（Story-48）
ISBN 978-626-7284-77-3(平裝)

857.7　　113017104